Uma união extraordinária

* LIGA DA LEALDADE *

ALYSSA COLE

Uma união extraordinária

* LIGA DA LEALDADE *

TRADUÇÃO

Solaine Chioro

Rio de Janeiro, 2021

Copyright © 2017 by Alyssa Cole. All rights reserved.
Título original: An Extraordinary Union

Todos os personagens neste livro são fictícios. Qualquer semelhança com pessoas vivas ou mortas é mera coincidência.

Direitos de edição da obra em língua portuguesa no Brasil adquiridos pela Editora HR LTDA. Todos os direitos reservados. Nenhuma parte desta obra pode ser apropriada e estocada em sistema de banco de dados ou processo similar, em qualquer forma ou meio, seja eletrônico, de fotocópia, gravação etc., sem a permissão do detentor do copyright.

Direitos exclusivos de publicação em língua portuguesa cedidos pela Harlequin Enterprises II B.V./S.À.R.L para Editora HR Ltda.

A Harlequin é um selo da HarperCollins Brasil.

Contatos: Rua da Quitanda, 86, sala 218 — Centro — 20091-005
Rio de Janeiro — RJ
Tel.: (21) 3175-1030

Diretora editorial: *Raquel Cozer*
Editora: *Julia Barreto*
Copidesque: *Karine Ribeiro*
Revisão: *Lorrane Fortunato; Cintia Oliveira*
Imagem de capa: *Alan Ayers / Lott Representatives*
Design de capa: *Renata Vidal*
Diagramação: *Abreu's System*

Dados Internacionais de Catalogação na Publicação (CIP)
(Câmara Brasileira do Livro, SP, Brasil)

Cole, Alyssa
    Uma união extraordinária / Alyssa Cole ; tradução Solaine Chioro. – 1. ed. – Duque de Caxias, RJ : Harlequin, 2021. – (Liga da lealdade ; 1)

    Título original: An extraordinary union
    ISBN 978-65-5970-029-5

    1. Ficção norte-americana I. Título II. Série.

21-65168   CDD-813

Índices para catálogo sistemático:
1. Ficção : Literatura norte-americana   813

Aline Graziele Benitez – Bibliotecária – CRB-1/3129

Para Isabell, a última pessoa escravizada e a primeira emancipada na história da minha família.

Nota da Tradutora

Traduzir livros de ficção que se passam numa época diferente traz sempre um desafio: muitas escolhas precisam ser feitas levando em conta o período histórico retratado, mas sem deixar de pesar se alguns termos são cabíveis ou não nos dias que correm. Nesta obra, precisei fazer algumas escolhas, e talvez a mais importante entre elas seja o uso da palavra "escravizado".

 Atualmente, o debate sobre o uso de "escravo" (*slave*) para designar as pessoas que viviam a escravidão já é um pouco mais conhecido do que em 2017, quando este livro foi originalmente lançado. No livro, a autora se refere aos escravos como *"slaves"*, em vez de *"enslaved people"*. Muitos defendem que o termo "escravizado" traz a força da imposição que aquelas pessoas sofriam, porque um escravo é escravo *de alguém*, enquanto um escravizado é escravizado *por alguém*. Tirar o senso de propriedade e colocar na palavra o peso do que foi a escravidão do povo negro é um ato cheio de significado e que passa uma mensagem importante.

 E então entra a questão de o termo ser ou não cabível para esta narrativa, um romance histórico. Será que podemos mesmo usar "escravizado" dentro do contexto do século XIX? O termo não soa moderno demais? Mas também não podemos subestimar a consciência e discussão daquele tempo. Pessoas negras e não negras abolicionistas existiam — como bem podemos ver na história contada por Alyssa

Cole — e não aceitavam tudo de modo passível, como muitas vezes somos levados a acreditar.

Foi por acreditar na força dessa mudança de vocábulo (que pode parecer pequena para muitos, mas é imensa) que decidi usar "escravizado" na tradução deste livro. Há algumas ocorrências de "escravo" na tradução, mas sempre vindas de personagens que apoiam a manutenção do sistema escravocrata ou quando um personagem revolucionário finge se passar por alguém conservador. De resto, utilizei "escravizado", acreditando ser o melhor para a história e para os leitores brasileiros de hoje.

A importância desta obra, vale ressaltar, vai muito além dessa escolha de tradução. Temos um número escasso de romances de época com protagonismo negro, e menos ainda publicados no Brasil, um país com uma vasta população negra. Apesar dos contextos históricos diferentes entre os países, ter um livro retratando a luta abolicionista, protagonizado por uma mulher negra — e escrito por uma autora negra —, é enriquecedor para qualquer leitor, trazendo um novo ar ao romance de época e mostrando como explorar o ponto de vista de pessoas socialmente marginalizadas pode ser revolucionário.

PRÓLOGO

Abril, 1861
Baltimore, Maryland

SERÁ UMA TAREFA FÁCIL, UM *simples repasse de informação. Algo que até mesmo uma mulher como você deve ser capaz de fazer.*

Elle reprimiu um riso amargo quando se lembrou da instrução que o mestre LaValle da Liga da Lealdade lhe passara havia alguns dias.

Fácil?

Ou o superior dela havia subestimado terrivelmente o amor do homem sulista por uma oportunidade de ser violento, ou ele a colocara de propósito no meio do perigo. Ela duvidava que fosse esta última opção, mas tinha que considerar que o homem *estava* desnecessariamente irritado com Elle por ela ter a audácia de ajudar o país sem a virtude de certo apêndice balançando entre as pernas. Como se um pênis de alguma forma fosse mais útil para a Causa do que o "dom" peculiar dela. Pelo que Elle percebera nos últimos meses, qualquer benefício que o órgão supostamente conferia era cancelado pela teimosia e pela propensão à tolice. A cena ao redor era prova suficiente.

Inquieta, a pele dela formigava enquanto Elle observava o fluxo de homens entrando na rua da Estação de Bolton, em Baltimore, provocando uns aos outros enquanto aguardavam o trem que carregava os primeiros voluntários corajosos a responderem ao chamado de

Lincoln depois da abominação em Forte Sumter. Chapéus escondiam rostos, e os rumores de vozes graves tramando estragos enchiam o ar. A multidão continuava crescendo, repleta de arruaceiros, estivadores e mesmo de aristocratas, até o ar estar impregnado com o cheiro de tabaco e corpos sujos. A possibilidade de uma tarefa *fácil* fora pisoteada sob as botas daqueles patifes com ódio no coração e agitação no olhar.

Elle pressionou as costas na parede e torceu para que o vestido cinza encardido e o turbante comum típicos de escravizadas ajudassem-na a se misturar com as sombras.

— Vou dar para esses ianques desgraçados o gostinho da minha pontada — disse um homem rude a alguns passos dela, passando uma faca pequena e afiada de uma mão para outra.

Algo parecido com medo percorreu a coluna de Elle, mas o medo de verdade tinha origem no desconhecido. Os secessionistas de Baltimore já haviam destroçado os trilhos da estrada de ferro e derrubado as linhas de telégrafo, dando fim ao contato da cidade com a capital e mostrando que cada ameaça feita era para valer. Eles tramavam morte e discórdia. Elle sabia exatamente o que aconteceria se algum deles suspeitasse que a mulher negra no canto tinha em posse um criptograma que, quando decodificado, levaria muitos da laia deles perante o Exército do Potomac e sua Justiça. Baltimore tinha um problema com secessionistas, e Elle estava ali para resolvê-lo — se não fosse descoberta antes.

Seu estômago revirou quando um homem trombou nela ao passar, mas ela se repreendeu. Elle sobrevivera semanas em mares tempestuosos durante a viagem precária indo e voltando da Libéria no ano anterior; deveria conseguir conter suas entranhas muito melhor. Diabo, perdera Daniel, e também sobrevivera a isso. Ela sentiu uma ardência nos olhos e afastou os pensamentos sobre seu melhor amigo e a rejeição no olhar doce como mel dele na última vez que o vira. Aquilo era passado. Ela presenciara muito mais perigo do que enjoo no mar e o coração partido de um homem nos últimos meses.

Ela era uma mulher da Liga da Lealdade agora. Seu dom lhe concedera entrada na sociedade de pessoas negras, tanto livres quanto escravizadas, com conexões pelo país, levando o máximo de informações para o Norte que poderiam reunir. Fora sua capacidade de pensar rápido — e sacar uma arma ainda mais rápido — que lhe garantira uma posição como detetive, trabalhando para prevenir o caos completo pelo país, que deslizava cada vez mais para uma desunião. A nação estava agora envolvida em uma guerra que deixaria o povo dela livre ou condenado. Era irrelevante se LaValle havia ou não feito pouco-caso da situação em Baltimore; aquela era sua primeira tarefa solo, e Elle se recusava a dar a qualquer uma, União ou Confederação, o prazer de seu fracasso.

Ela olhou para o grande relógio no salão central da estação de trem, desejando que o ponteiro dos minutos andasse mais depressa e que o trem trazendo o regimento chegasse. O alvo era a Artilharia de Washington vinda de Pottsville, Pennsylvania; ela procurou pelo criado deles, Nick Biddle. Enquanto Biddle era visto como uma ajuda competente para a companhia do capitão, ele era, como muitos dos irmãos dela, bem mais do que aquilo. Era mais um que havia jurado pelos Quatro Ls: Lealdade, Legado, Longevidade e Lincoln.

De repente, começou uma comoção vinda da fileira de homens próximos ao túnel. A multidão vibrava, de uma ponta à outra, com a percepção da iminência do que estava para acontecer, logo antes de o apito ressoar, anunciando a chegada do trem. Todos os homens ao redor de Elle dispararam para a frente, como se o trem emitisse alguma força magnética, atraindo ódio à justiça. O estômago de Elle se revirou de novo, e ela fechou os olhos para a cena horrível diante de si.

Homens gritavam e atiravam lixo e pedras no trem. Vísceras de animais e outros restos eram jogados contra o impenetrável metal, causando pouco efeito, mas lá dentro havia homens feitos de carne e osso que teriam que marchar por aquela loucura.

Por que precisa ser assim? Elle de repente se sentiu pequena e insignificante diante do puro ódio carregando o ar ao seu redor. Sentia falta de casa e de seus pais. Qual era o propósito dela naquela luta em que não se podia confiar em nenhum dos dois lados?

Elle fechou os olhos e focou os pensamentos, respirando fundo para acalmar a mente inquieta. Ela *iria* encontrar Biddle e transmitiria a mensagem, a multidão que fosse para os infernos. Ela não era nenhuma mocinha tonta. Era Elle Burns, e ajudaria a destruir a Confederação.

Ela levantou a saia para andar na direção do trem, mas um homem parou na sua frente. Ele era mais alto e corpulento do que o grupo variado que ocupara o lugar antes dele. Também emitia alguma forma de magnetismo, atraindo o olhar de Elle quando ela deveria estar olhando para outra direção. Suas roupas — calça apertada e sobrecasaca rústica — sugeriam que ele era um trabalhador do cais. O cheiro de peixe que exalava sustentava a suposição.

Os homens ao redor dele ferviam de raiva, ficando ainda mais agitados ao verem os movimentos daqueles que já tentavam invadir o trem, e ele se juntou ao coro contra a União.

— Jeff Davis é o verdadeiro presidente! — grasnou ele sobre a cabeça dos companheiros.

Ele mudou de posição, permitindo que ela o visse melhor. A maior parte do rosto estava escondida sob uma barba espessa e escura que precisava ser aparada, mas os olhos estavam visíveis. Diferente dos homens em volta, cujos olhares estavam obscuros pelo fanatismo febril, os intensos olhos azuis dele eram serenos e atentos enquanto observavam a multidão. Ele se parecia com os outros, mas não era um deles, algo que Elle podia apontar com certeza já que passara boa parte da vida naquela mesma posição.

Ele virou a cabeça um pouco mais para o lado, e seu olhar se prendeu ao dela. Elle estacou, como uma presa à espreita, sem se mover, torcendo para que pudesse passar despercebida por seu predador. Eles sustentaram o olhar por um momento infinito, e o barulho da multidão desapareceu ao redor. Uma inquietação que ela nunca havia sentido tomou conta de seu corpo; o homem não a olhou com lascívia, disse algo malicioso ou olhou além dela. Ele a *viu*, e aquela foi a reviravolta mais perigosa que poderia ter recaído sobre ela.

A troca de olhares se rompeu quando ele foi empurrado por outra explosão da multidão, que lentamente, mas com confiança, estava chegando perto das portas da estação. Tudo voltou ao foco, e Elle soltou o ar que prendera. Os soldados haviam desembarcado e agora marchavam da estação para a rua, e os homens raivosos procurando por alvos foram logo atrás. A maioria dos regimentos que chegaram estava indo para o Forte McHenry, exceto pelo de Biddle, que estava indo para a capital. Elle mantinha muitos criptogramas na cabeça; aquele que precisava passar para Biddle era apenas uma pequena parte. Não poderia arriscar passar aquela informação por correio, e as linhas de telégrafo estavam rompidas e não eram seguras. Biddle era o único homem presente que fizera o mesmo juramento que ela, e assim, era o único homem no qual ela confiava para levar a informação à capital.

Elle se esgueirou para fora da estação por uma porta lateral e se espremeu pelos prédios atrás das pessoas irritadas enquanto tentava seguir os passos dos regimentos. Deveria ser fácil encontrar Biddle, sendo o único negro, mas, em meio à aglomeração indomável gritando injúrias e aos policiais tentando sem entusiasmo proteger os soldados, era difícil distingui-lo. A multidão fez o trabalho por ela. Quando um grupo de homens se separou dos outros regimentos de Penn, ela ouviu uma voz e depois mais outra gritar:

— Um crioulo! Um crioulo de farda!

Então, tudo se tornou um inferno, com a multidão à beira da loucura batendo de frente tanto com o regimento quanto com os policiais de sua própria cidade. Punhos foram lançados, assim como garrafas, tijolos e qualquer coisa que os homens enfurecidos pudessem pegar.

Elle congelou por um momento, o medo lhe roubando o propósito; mas então ela se lembrou da primeira noite de treinamento com a Liga da Lealdade. LaValle empurrou para ela um pequeno livro chamado *A arte da guerra* e ordenou:

— Leia esta noite. Você o recitará para mim palavra por palavra ao amanhecer, ou vai voltar para o Norte, onde é o lugar de uma mulher como você.

Que ele achara aquela uma tarefa difícil mostrava a limitação dele, não a de Elle. Ao fim, as estratégias antigas se provaram mais úteis que qualquer coisa que LaValle tentara ensinar a ela. Enquanto os homens revoltados se batiam com fervor, foram as palavras de Sun Tzu que a impulsionaram a continuar:

Em meio ao caos, há também oportunidade.

Ela se apressou pelo amontoado de pessoas, sua estatura pequena permitindo que deslizasse pela multidão enfurecida como um bagre escorregadio às margens do rio. Biddle estava à vista, e ela foi direto a ele. Biddle se virou no momento em que ela derrapou ao parar em sua frente. Elle estava surpresa por descobrir que o homem era mais velho do que o pai dela.

— Vejo que você viajou por muito tempo.

A resposta dele foi rápida, dada com apenas um toque de indulgência paternal que devia tê-la irritado, mas, em vez disso, deu-lhe conforto:

— Viajei sim, e foi um trajeto solitário, menina.

Elle sentiu o alívio percorrer todo o seu corpo. A tarefa estava quase completa.

— Lembre-se disso e passe para aqueles que ajudariam nossa causa quando chegar a Washington: oito para dezesseis, quando os corvos voam; trinta para quarenta e cinco, quando o sol se põe — disse ela depressa, e depois segurou a mão dele e o fez repetir.

Elle não achava que era necessária uma memória espetacular para se lembrar de dois criptogramas curtos, mas ela não era a melhor referência, tendo em vista sua habilidade estupenda. Esperava estar certa.

— Vou garantir que isso chegue aos ouvidos de Pinkerton — falou ele, e então se virou e continuou adiante com seu regimento.

À medida que ele se afastava, os joelhos de Elle começaram a tremer de alívio. Ela havia esperado dias para completar a missão que levara, talvez, trinta segundos.

Biddle estava caminhando na frente dela, e de repente não estava mais. Estava estirado no chão, um corte profundo ao lado da cabeça. Havia sido abatido por um dos tijolos que ainda estavam sendo atirados pelos secessionistas desgraçados em meio à revolta. Então, o medo que perseguira Elle a missão inteira a agarrou, esmagando-a enquanto ela olhava, descrente, para o corpo debruçado de Biddle. Por um momento ela pensou que ele devia estar morto, certamente estava. Mas, de repente, ele se colocou de pé, cambaleante, olhando para ela atordoado antes de ser levado depressa por membros de seu regimento.

Ela serpenteou de volta pela multidão, o coração acelerado e os pulmões finalmente se enchendo de ar.

Sucesso. Algo parecido com um sorriso se repuxou na boca dela, mas era apenas uma resposta física à adrenalina e ao orgulho que corriam por suas veias.

Ela encontrou uma passagem no meio da briga, um beco usado por escravizados como atalho quando estavam cumprindo tarefas. Conduziria a uma rua que estaria livre dos homens vis que a cercavam naquele momento. Elle estava quase chegando à entrada do beco quando a mão de um homem se fechou em torno do braço dela, forte como uma videira. Ela tentou se soltar, mas não podia escapar da força do aperto.

— Por que você correu até aquele homem?

O sotaque era uma estranha mescla de menino do interior e estrangeiro — alemão, talvez? —, parecido com o de tantos outros homens de classe baixa, sem se destacar. Ela se virou e prendeu a respiração — de novo. Era o maldito trabalhador do cais que estava na estação de trem.

Como ela podia ser invisível para homens como ele, exceto no exato momento em que mais lhe causaria problema?

— Eu corri porque andar não é prudente quando se está no meio de uma aglomeração, seu tolo. Agora me solte imediatamente — ordenou ela antes que pudesse se conter, depois resmungou, agitada. Ela devia ser tímida e modesta se fosse abordada, mas sua inclinação natural ganhara. Não seria a primeira vez e, se LaValle ouvisse um pio sobre aquilo, ele não ficaria feliz. Ela moldou o tom para um de súplica, o sotaque combinando com a roupa. — Por favor, me deixe ir, sinhô.

As sobrancelhas dele se ergueram, mas a expressão era de divertimento, não raiva.

— Não antes de você me responder. Ou você é uma assanhada excepcional, esperando passar na frente de suas competidoras, ou procurou aquele regimento com algum propósito específico. Pode me dizer agora, ou posso pedir a opinião daqueles cavalheiros batendo cabeças logo ali.

A humilhação fez Elle ferver dos pés à cabeça. Não que ninguém nunca houvesse falado com ela daquela forma antes — muitas pessoas a diminuíram em sua vida —, mas o sorriso sugestivo no rosto dele era demais para aceitar. Ela manteve o olhar preso ao dele, no entanto, e o suavizou o suficiente para deixá-lo desconcertado. Funcionou, a favor dela. No momento em que sentiu a mão dele afrouxar um pouco, ela o socou, direto em sua lateral, perto dos rins. Bater em um homem branco era perigoso, mas não mais do que a missão ser descoberta caso ela fosse presa.

Ele a soltou no lampejo do primeiro segundo de surpresa, e aquilo foi tudo do que ela precisou. Elle se virou e correu. Seria mais rápida do que ele. Conseguiria voltar ao refúgio.

Ela tinha dado alguns passos quando uma dor explodiu na base de seu pescoço, na cavidade macia onde ele se ligava à clavícula. Um calor agudo e cortante e depois um naco de tijolo rolou pela frente do seu vestido, com vermelho nas pontas. Ela não conseguia respirar e, quando levou a mão ao pescoço, sangue fluiu para os dedos.

Não.

Elle se orgulhava de nunca ter desmaiado, mas sua visão começou a esmaecer nas bordas e, embora fosse uma tarde fresca de primavera, ela suava como se fosse meio-dia em uma plantação na Georgia.

— Diabo de mulher! Por que você não respondeu à pergunta? — questionou uma voz profunda e forte.

Depois daquilo, os pés dela não tocavam mais o chão, e ela não sabia dizer se era por ter desmaiado ou por ter sido empurrada. Tudo estava se tornando nebuloso, até mesmo a dor no pescoço. Por um momento, ela flutuou no nada, e a seguir colidiu contra algo quente, sólido e com o odor penetrante do mar. Então, a escuridão foi se espalhando e consumiu tudo...

Quando Elle acordou, não sabia onde estava ou quanto tempo havia passado. Estava em um quarto escuro, iluminado por uma vela fraquíssima, e ela supôs que alguns chamariam de cama a superfície dura na qual estava deitada. Havia algo em seu pescoço que cheirava a hospital. Ela grunhiu.

O rosto de LaValle apareceu sobre o dela e, embora Elle soubesse que o atormentava terrivelmente, o alívio ao vê-la acordada era claro.

Ele levou um copo de água à boca dela e, mesmo querendo beber como um cavalo em um cocho, LaValle permitiu que ela tomasse apenas algumas gotas. Quando tentou engolir, Elle sentiu-se grata.

— Você não deve falar — disse ele antes que ela perguntasse o que havia acontecido e como havia acabado precisando daquela pequena cirurgia. — Ordens médicas, e uma benção para mim. O que preciso de você requer apenas um assentir ou balançar de cabeça, menina. Você passou a informação a Biddle?

Ela assentiu, o queixo encostando na compressa que repousava sobre o pescoço. Elle manteve o olhar longe do dele, incapaz de falar e não querendo encarar a decepção, o julgamento.

— Excelente — disse LaValle, segurando o queixo dela e virando o rosto na direção dele. O olhar era especulativo ao encará-la. — Tive minhas dúvidas, mas, no final das contas, você pode acabar sendo útil para a Causa.

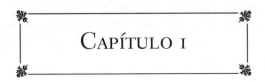

Capítulo 1

Janeiro, 1862
Richmond, Virginia

"Nenhum homem é capaz de colocar grilhões no tornozelo do companheiro sem encontrar a outra ponta presa no próprio pescoço."

A citação surgiu na mente de Elle quando tentava se manter calma diante de mais uma indignação. Ela decerto esperava que o sr. Douglass estivesse certo; precisava acreditar naquilo, caso contrário, cederia às fantasias raivosas que a atormentavam quando era forçada a estar na presença de sua senhora. Parte dela ainda queria jogar a xícara de chá quente que carregava diretamente sobre a cabeça da maldita Susie Caffrey, mas aquilo não seria aceitável nem mesmo quando era uma mulher livre. Além do que, por mais que Susie a tirasse do sério, ainda era menos doloroso lidar com ela do que com a ardência causada pelas tiras do couro.

Ainda assim, era muito tentador, especialmente quando a moça relaxava na espreguiçadeira do salão da mansão, distribuindo ordens como uma tirana e folheando uma publicação de fofocas que detalhava as novidades da elite de Richmond. O pasquim era a obsessão de Susie, como se o fato de seu pai ter sido recentemente eleito senador confederado e a ameaça da guerra estar eclodindo bem à porta deles não fossem emoção suficiente. Ela o lia sob o pretexto de estar fazendo sua parte pelo Comitê de Vigilância de Richmond, um grupo que brincava de caçar espiões, mas que contava com beligerância e pressuposições para controlar seus cidadãos.

Elle se permitiu fantasiar por um momento sobre o chá escuro escorrendo pelo chapéu emperiquitado de Susie, saboreando a possibilidade de destruir os cachos perfeitamente organizados e manchar o belo vestido de seda azul. Quase valeria a pena, mesmo que só para ficar na memória. Lembrar-se de tudo o que via e ouvia era a especialidade de Elle e, nos últimos tempos, eram raras as situações capturadas em sua mente que lhe traziam contentamento.

Um par de dedos pálidos estalaram em frente aos olhos dela, puxando-a de seus devaneios.

— Você é muda, mas sei que não é surda — disse Susie devagar. — Agora sei por que o chá esfriou para começo de conversa, com você vadiando por aí, como se não tivesse trabalho para fazer. Eu *mandei* levar embora.

Os olhos de Susie eram da cor de mel, quentes de uma maneira que em outra pessoa talvez transmitissem gentileza, mas ela os estreitou para Elle como um felino antes de voltar sua atenção ao jornal fútil.

Você é uma escravizada agora, Elle se lembrou das palavras de LaValle enquanto se virava e saía do salão, seguindo pelo corredor de teto alto, ladeado por estátuas de mármore e pinturas primorosas. As duas tranças bem rentes à cabeça — para impedir que os cachos volumosos roçassem em seus ombros — balançavam com a velocidade de seus passos. *Você fará o que mandarem e não será insolente. Muita coisa depende disso.* No entanto, a ordem não entrara em sua cabeça. Em vez disso, ela se lembrou do conselho de Sun Tzu para atrair o inimigo para o abate: "Sejas extremamente sutil, ao ponto de perder a forma física. Sejas extremamente misterioso, ao ponto de não emitir nenhum som. Assim, tu poderás ser o dono do destino de teu oponente."

Sim, aquilo era muito mais do seu agrado.

Elle repetiu as palavras enquanto levava o chá "frio" que Susie rejeitara e mandara de volta à cozinha, quase se queimando quando o líquido derramou pela borda da porcelana e caiu em sua mão.

Reprimiu uma exclamação — não seria bom gritar na cozinha ou fazer qualquer barulho que fosse. Ela tinha um papel a desempenhar.

Elle acalmou o ritmo de seus passos irritados — também não seria bom quebrar qualquer louça. A última coisa de que precisava era chamar atenção para si. Apesar de seu humor amargo, ela cumprimentou Mary, a líder dos escravizados que desempenhavam serviços domésticos, com um aceno de cabeça amigável, quando esta entrou na cozinha abafada. O nariz pequeno e arredondado de Mary e o rosto largo a marcavam como uma escravizada, embora sua pele — a cor de leite fresco com uma pitada de cacau para dar gosto — não fosse muito mais escura que a de Susie.

— Ela mandou de volta outra vez? — perguntou Mary, lançando os olhos em direção ao salão antes de revirá-los. — Jesus, Tantinho! Não que a sinhazinha Susie fosse um anjo antes, mas ela tem sido o próprio demônio desde que você apareceu. Sempre encontra algo para reclamar de você! Devia ter avisado que ela está de mau humor hoje.

Elle não conseguia conter o sorriso quando Mary a chamava pelo apelido. Fazia-a sentir como se fizesse parte de algo, apesar do fato de estar na mansão sob um falso pretexto. "Você é um tantinho baixa e um tantinho escura demais, mas é bonita mesmo assim", Mary disse logo que Elle chegou. "Melhor tomar cuidado perto de Marse Caffrey e os amigos dele."

Mary caminhou pela cozinha, passando com cuidado por entre o caos de panelas e escravizados em uniformes, que estavam se preparando para a chegada do senador Caffrey e seus convidados. Elle a seguiu de perto, como se fosse a sombra do meio-dia de Mary — menor, mais escura e totalmente silenciosa. Embora prestasse atenção em tudo o que Mary dissesse, também observava os outros escravizados, escutando pedaços de suas conversas caso alguém compartilhasse algo que ouvira os Caffrey ou os convidados dizerem.

Apesar da pesada carga de trabalho, Mary tomou Elle sob sua asa logo que ela chegara. Os outros escravizados se cansaram rápido de ter que explicar tudo para a mulher muda que parecia incapaz de fazer as tarefas mais simples com eficiência, mas Mary trabalhou com

Elle até que ela se acostumasse com seu lugar entre a criadagem. E se Mary achara estranho que Elle sempre quisesse fazer tarefas que a colocassem na presença do senador Caffrey e seus compatriotas, ou no escritório dele quando o mesmo não estava presente, ela nunca dissera nada a respeito.

— Como se chá fosse barato hoje em dia — continuou Mary, pegando a xícara das mãos de Elle. Ela soprou cuidadosamente e tomou um gole. — Esse troço está em falta como dente em galinha! Homens arriscam suas vidas contrabandeando esse tipo de coisa pelos bloqueios dos ianques, e aquela bestinha não se importa em jogar fora como se fosse a água do banho. Eu juro, a mulher não vale mais do que um peido num furacão.

Mary levava a displicência de Susie em relação ao bloqueio como algo pessoal. Seu marido, Robert, também era um escravizado, e um navegador de rio respeitado, procurado por todo capitão no James. Ele era contratado por diferentes homens, conseguindo manter uma porção de cada pagamento que dava ao seu senhor. Durante suas curtas visitas, ele contava à Mary os detalhes de como as classes altas estavam obtendo luxos contrabandeados, como chá e açúcar, apesar do bloqueio da União, enquanto muitos lutavam para conseguir o essencial para sobreviver. Vez ou outra, ele mesmo era forçado a contrabandear as mercadorias de luxo. Irritava-o ajudar a manter aqueles que lutavam pela perduração da escravidão, mas um escravizado, especialmente um escravizado sublocado cuja esposa trabalhava na mansão do senador, não estava em posição de recusar uma ordem do exército de Davis. Além do mais, toda moeda que recebia aproximava Mary e ele da compra da liberdade.

Mary andou enfurecida até o barril que, quando Elle chegou na mansão, estivera preenchido até a boca com grãos de café, mas que naquele momento corria o risco de ficar vazio.

— Ah, meu bom Deus, e com o café é ainda pior do que com o chá. Quase cinquenta e cinco vinténs pela grama! A sinhá vai querer arrancar minha cabeça. Talvez eu devesse tentar aquela raiz de chicória moída que os mestiços têm usado...

Mary recuou em seus pensamentos, obviamente calculando onde, como e de quem ela conseguiria certo produto a certo preço, e o que perderia na barganha.

Com a guerra declarada ao redor deles, os suprimentos eram escassos, e os nervos estavam à flor da pele. Ainda assim, Mary precisava manter a casa funcionando como se não existisse um bloqueio, ou enfrentaria as consequências.

— Eu sei que é muito errado, mas, quando a sinhá briga comigo porque a carne assada está muito dura ou porque as batatas estragaram, eu fico querendo que o Abe recue sua marinha e acabe com o bloqueio — confessou Mary, seus olhos escuros cansados. — Não é uma vergonha? Estão dizendo que o homem está pensando em nos libertar, e eu só me preocupo com o que a sinhá vai me atormentar na próxima vez.

Elle apertou o ombro da mulher em um gesto de apoio, e Mary agradeceu com alguns tapinhas na mão da outra antes de pegar uma pilha de guardanapos para dobrar.

— Já Susie está toda-toda porque o pai está trazendo um rebelde de Maryland. Disseram que ele está trazendo notícias dos separatistas ordinários de Baltimore, que sorriram na frente do Lincoln e depois tramaram contra ele pelas costas.

Elle levou a mão ao pescoço com a menção de Baltimore, mas ela se interrompeu antes de tocar a grossa cicatriz que havia ali. O que importava é que havia se recuperado da ferida, embora sua impossibilidade temporária de falar tenha dado a LaValle a brilhante ideia de tê-la se passando por muda. Aquilo impediria a língua afiada dela de estragar a delicada tarefa de trabalhar na casa de um dos alvos; se Elle não pudesse falar, não colocaria a si mesma e a outros agentes em perigo. Ela compreendia que também havia um quê de punição naquela ordem; uma vingança por suas réplicas rudes. A mãe de Elle sempre disse que as respostas espertinhas da filha lhe trariam problemas um dia.

— Marse ficou preso esperando por uma balsa com o camarada e agora acha que o sujeito é a melhor coisa que aconteceu desde que Moisés abriu o Mar Vermelho — continuou Mary. — Sabe, ele tem estado solitário desde que nos mudamos para cá por causa do Congresso. Engraçado, já que há bem mais pessoas aqui do que lá na plantação.

Era fascinante quanta informação, tanto de negócios como pessoais, as pessoas trocavam livremente diante de escravizados. Elle não sabia por que aquilo ainda a surpreendia — afinal de contas, havia sido por aquele motivo que fora mandada para aquela missão em particular —, mas cada nova descoberta incitava uma mistura confusa de alegria e desdém. Daquela vez, ela também sentiu uma ponta de animação. O novo amigo do senador poderia ser útil. Novas fontes de informações sempre significavam a possibilidade de aprender algo que poderia ajudar a cessar a rebelião de uma vez por todas.

Mary tagarelou sobre o que estava acontecendo na casa, sem se dar conta de que Elle estava pensando no futuro da nação.

— Mas é melhor esse camarada tomar cuidado. Com todos os homens indo lutar, a sinhazinha Susie anda sem os namoricos e está preparada para enfiar as garras em qualquer um. Ele pode parecer uma ameixa velha e ressecada, contanto que não seja casado, ou talvez até mesmo se for.

Elle quase abriu a boca para concordar, mas a fechou bem apertada, dando um sorriso retorcido para Mary e revirando os olhos. Ser uma escravizada de novo, depois de tantos anos em liberdade no Norte, já era difícil o suficiente, mesmo sendo fingimento; o subterfúgio adicional de ser uma escravizada *muda* não ajudava.

Maldito LaValle e suas ideias ridículas!

— Vá em frente e veja se a mesa foi colocada direito — pediu Mary ao voltar ao trabalho. — A última coisa de que preciso é a sinhá me atormentando por causa da colher da sopa ou do prato de pão fora do lugar. Você lembra onde ficam?

Elle assentiu. Lembrar minuciosamente de algo era sua razão de ser, mas claro que Mary não estava a par disso.

Ela foi à sala de jantar para checar mais uma vez a organização da mesa. Enquanto trabalhava, se perguntava quais notícias o rebelde trazia de Baltimore. Muitos separatistas continuaram na cidade em vez de fugir para o Sul e usavam seus contatos para recolher informações para a Confederação. A informação que ela havia dado para Biddle fizera um político cair junto com seus subalternos; mais uma prova de que a traição dentro da União alcançara seu nível mais elevado. Se aquele estranho tivesse informações de Baltimore que pudessem complementar a informação já preservada na memória de Elle, ele realmente poderia se provar muito valioso.

A luz do sol radiava pela sala de jantar, destacando a elegância — o acabamento de cetim das estampas do papel de parede, a enorme mesa de nogueira que havia sido polida até brilhar. A luz cintilava sobre a prataria, acentuando o refinado acabamento em porcelana dos talheres. Elle pensou em sua própria residência em Richmond: um quarto pequeno e maltrapido numa casa para escravizados sublocados, em que a cama mal serviria para um animal de celeiro. E era um luxo tremendo comparado ao que outros — aqueles que trabalhavam na plantação de manhã até à noite sem nenhuma recompensa — chamavam de casa. E era aquilo que o Sul lutava para manter.

Elle se apressou em ajustar um pequeno prato que pendia perigosamente na beirada da mesa, mas seus pensamentos furiosos tornaram o que deveria ser um toque gentil em um forte empurrão. O prato voou da beira da mesa, pairando por um momento, suspenso no tempo, antes de ela esticar a mão para pegá-lo. Elle apertou o prato no peito, surpresa que seu coração pulsando descontrolado não estivesse batucando na cerâmica. Um prato quebrado era um erro punível — sinhá Caffrey era muito metódica com os seus utensílios domésticos, e Elle não queria convidar a fúria dela a se juntar ao tormento constante de Susie. Recolocou o prato sobre a mesa, gentilmente.

— Você é mais rápida do que um gato com molas nos pés.

Foi uma voz masculina profunda e macia, marcada por uma cadência antiga que remetia ao litoral de Richmond, que fez o apontamento ridículo. Havia algo familiar na voz que perpassou Elle como o forro de veludo de sua capa favorita em um dia frio em New England.

Ela se virou e se viu encarando uma extensão de cinza: um uniforme dos rebeldes esticado sobre um peito amplo. Ombros largos e braços fortes preenchiam o resto da sobrecapa e, quando ela olhou para cima, olhos acinzentados e ternos encaravam-na. Não, não eram acinzentados — eram de um maravilhoso azul-prateado que seria ressaltado pelo uniforme de qualquer lado que ele tivesse escolhido naquela guerra terrível. Um cabelo preto como azeviche pairava sobre as orelhas, complementado por costeletas um pouco longas demais e salpicadas por mechas grisalhas. O rosto era suave e sem rugas, exceto pelos pés de galinha que franziam o canto dos olhos.

— Você envergonharia os garotos treinando na Feira Central. A maioria nem consegue andar direito — disse ele, seu olhar vívido preso ao dela. — E nem um deles tem metade da sua beleza.

Calor subiu à face dela, sem ser convidado ou desejado. Agora que mais do que algumas palavras foram ditas, Elle conseguiu detectar o traço do sotaque escocês. Ela o ouvira com frequência suficiente em sua terra natal, Massachusetts, e ouvia atualmente ao lidar com o lojista, MacTavish, e o seu clã de abolicionistas em Richmond, mas o sotaque nunca fizera o rosto dela esquentar como um caldeirão sobre chamas. Ela não sabia ao certo se a voz de algum homem já o fizera. Estava abalada, e por um homem em que tudo gritava INIMIGO!

Os lábios rosados dele se curvaram para cima em um enorme sorriso, como se a situação entre eles fosse normal. Como se ele não estivesse conversando com uma escravizada, e, ainda, uma conversa repleta de insinuações.

Foi então que Elle compreendeu. Estava sozinha com um homem usando um uniforme dos rebeldes, e ele lhe sorria. Talvez, se fosse um sorriso mais inocente, ela ficaria menos alarmada, mas aquele era o sorriso de um homem acostumado a conseguir o que queria. Elle se afastou, vendo o sorriso dele sumir com a mesma rapidez que os pés dela se moviam. Depois de apenas alguns passos, viu-se pressionada contra a mesa de jantar.

Ele não faria... não poderia fazer sobre a mesa de jantar, poderia? Ele certamente não seria tão descarado, seria?

Elle sabia que aquele era um risco que corria, de um homem se aproveitar dela, vendo-a apenas como um meio para saciar seus desejos. Na verdade, poderia acontecer em qualquer lugar, Norte ou Sul, mas por esses lados era algo quase institucional. Os escravizados que eram apenas um pouquinho mais escuros que os senhores, como Mary, eram prova o suficiente.

Ela sentiu uma comichão nos dedos, querendo pegar algum utensílio afiado atrás de si, mas, se lutasse contra ele, decerto seria açoitada e provavelmente removida da casa. Seus compatriotas perderiam uma fonte vital de informação e tudo poderia estar perdido se o senador Caffrey procurasse mais a fundo como ela fora parar entre os escravizados dele que desempenhavam serviços domésticos.

O estômago de Elle deu uma revirada brutal, e ela inspirou fundo, como se o ar fresco pudesse espantar o enjoo se formando em sua barriga.

Qualquer coisa pela União.

O lema não lhe ofereceu qualquer consolo, mas ela havia se voluntariado para servir ao país. Elle ajeitou a postura e encarou o homem, torcendo para que ele não percebesse o medo. Se ele tentaria arruiná-la, teria que primeiro vê-la de verdade, maldição! As sobrancelhas dele subiram em confusão quando ela sustentou o olhar, e então foi a vez de ele dar alguns passos para trás, os lábios franzindo quando por fim compreendeu.

— Não. — Ele quase se engasgou ao falar. O maxilar estava rígido e o brilho brincalhão desaparecera dos estranhos olhos bicoloridos. — Eu nunca faria isso.

As palavras dele saíram quebradas, e Elle percebeu no mesmo instante que havia confundido as intenções do homem. As reações dele a intrigaram, mesmo quando o coração dela ainda batia mais forte por ter ficado apavorada. Apesar das atrocidades cometidas contra seu povo, ela sabia que os homens sulistas eram tão humanos quanto ela; eles é que tinham problemas em aceitar a realidade. Mas a consideração no tom do homem e a culpa em seu rosto era algo que ela não havia presenciado desde sua chegada em Richmond, e não conseguia evitar pensar sobre aquilo.

— Me perdoe se assustei você, moça. Só queria provocar, mas esses não são tempos de provocações, são? — perguntou ele, saindo do caminho dela. — Por favor, perdoe a minha ousadia.

Elle percebeu que suas mãos estavam apertadas em punhos, e as desculpas dele só fizeram seus dedos se apertarem ainda mais. Ela não poderia falar mesmo se quisesse, mas estava contente de não precisar, graças ao seu subterfúgio. Passou por ele e se aproximou da porta na mesma hora em que o senador Caffrey e sua esposa entraram. Eles não olharam para ela duas vezes, mas Elle podia sentir o olhar do estranho sobre si enquanto se afastava. Era um peso em suas costas, incentivando-a a se afastar o mais rápido possível dele e da reação confusa que causara nela.

Elle era muito cuidadosa, já havia sido chamada até mesmo de graciosa, mas, ao se apressar pela porta, trombou com Susie, que estava deslizando pomposamente para dentro da sala, como uma debutante chegando ao baile. Foi o mais simples dos impactos, mas a moça de alguma forma acabou caindo de costas no chão, pernas jogadas ao ar.

— Socorro! Mamãe!

As crinolinas de Susie continuaram cumprindo seu dever valentemente, o que era um infortúnio dada a posição horizontal em que ela estava. Pelo menos as anáguas estavam limpas; muitas mulheres sulistas já estavam limitadas às velhas e gastas enquanto usavam os bons tecidos para costurar uniformes rebeldes e outras necessidades do exército em seus clubes de costura.

O senador Caffrey e a esposa arquejaram e afastaram o olhar. O estranho de repente se interessou pela prataria que Elle considerara usar para feri-lo, mas seu rosto estava vermelho como um tomate, exceto pelos lábios, que estavam pressionados em uma linha pálida.

E eu achando que quebrar um prato era o pior que poderia fazer hoje, pensou Elle.

Um riso nervoso fez cócegas em sua garganta, mas ela o abafou, engolindo em seco, e se recompôs. Não era uma situação engraçada. Ela deveria ser uma agente estimada, mas chamara mais atenção para si nos últimos minutos do que jamais seria aconselhável. Susie já nutria um desprezo automático por ela e com certeza iria querer vingança. Mostrar ao belo estranho suas calçolas era provavelmente o objetivo final de Susie, mas Elle imaginava que a mulher provavelmente planejava fazê-lo de outro jeito.

Elle se forçou a expressar remorso e se inclinou para ajudar a mulher a se levantar, mas Susie a empurrou com violência, o que fez Elle tropeçar para trás.

Para alguém que parece não conseguir se levantar, ela com certeza é forte.

— Saia de perto de mim, sua desengonçada! — proferiu Susie, o rosto contorcido pela raiva. — Muda, estúpida, e agora parece ser cega também? Porque, se não for, então quer dizer que me derrubou de propósito.

O olhar de Elle se voltou aos Caffrey mais velhos. Uma acusação de violência intencional contra um dos senhores não era vista de forma leviana. Eles se entreolharam; as sobrancelhas dela subiram, as dele se curvaram.

O homem de olhos azuis passou por Elle e se ajoelhou ao lado de Susie.

— Ora, vamos, srta. Caffrey — disse ele, a voz macia chamando a atenção de Susie, como fora com Elle. — Foi um acidente. Eu pedi que me trouxesse água e que fosse rápida, e ela deve ter percebido o quanto eu estava com sede, porque saiu voando daqui, como se fugisse do capeta! Às vezes as pessoas fazem as coisas mais estúpidas sem ter a intenção. — O olhar dele encontrou o de Elle, se mantendo ali por um momento antes de retornar à caída Susie.

Ele soa diferente, pensou Elle, ignorando o olhar intenso dele e o fato de a estar defendendo. Ela focou nos detalhes de que precisaria se lembrar. Detalhes eram úteis. Detalhes eram confiáveis. A cadência escocesa soava mais discreta e seu sotaque sulista, mais acentuado. *Como se ele tentasse propositalmente soar como eles...*

O senador Caffrey e a esposa riram de um modo desconfortável, mas Susie não se acalmaria, mesmo com o belo homem puxando-a para ficar de pé e segurando sua mão.

— Esta é a segunda vez hoje que ela me ataca — disse Susie. — Mais cedo, eu lhe mandei nunca mais tornar a me trazer chá frio, a não ser que quisesse ir para o campo, lugar de animais como ela, e ela me lançou um *olhar*. Agora me derrubou no chão. Nós tratamos nossos negrinhos como família por aqui, mas algo nesta garota não está certo.

— Você sabe que ela é lerda, querida — respondeu a sra. Caffrey com paciência. — Uma negrinha comum não é muito inteligente, o que esperar de uma lerdinha? Lembre-se do que o reverendo Mills disse no sermão da semana passada. "Devemos tratar nossos escravos como tratamos nossas crianças, porque eles não sabem mais do que um bebê." Você fica brava quando o Brutus a derruba?

Brutus era o cachorro do vizinho. Era malcomportado e babão, e mesmo assim a sra. Caffrey achava que Elle era da mesma classe que ele. O rosto de Elle se esquentou e lágrimas arderam em seus olhos, deixando-a mais constrangida do que se tivesse mostrado as calças. Ela odiava ser o centro das atenções, odiava a sensação de ter todos a encarando como se fosse uma criatura em exposição em vez de um ser humano. Tinha aguentado o suficiente daquilo por uma vida inteira. Mais do que isso, odiava o jeito que o homem de olhos azuis lhe encarava com interesse. O episódio a transportou aos anos que passara no circuito abolicionista, em que era esperado que ela recitasse prosas, soletrasse palavras difíceis e servisse, de modo geral, como um ótimo exemplo de que a negritude não precisava se igualar à estupidez.

Posso recitar a obra inteira de Shakespeare, sua garota ignorante! O que você pode fazer além de dar sorrisinhos e chorar?

Elle quis gritar, gritar palavras de Scott, de Keats ou de Donne. Mas seria estúpido. Estragaria tudo pelo que ela e os outros estavam lutando para alcançar na União e, no fim, eles ainda achariam que ela é uma escravizada, com a diferença de ter um truque para mostrar.

Ela seria a fonte de divertimento dos convidados deles, como um cachorro capaz de dançar nas pernas traseiras. Mesmo pessoas que se consideravam amigos dela a trataram assim, e Elle não queria nunca mais servir de atração para ninguém. Mas não se importava em fazer outro tipo de performance.

Ela deixou as lágrimas de raiva escorrerem e caiu de joelhos de frente a Susie, balançando a cabeça repetidamente.

Eles querem lerda, então terão, pensou com raiva enquanto agarrava a saia de Susie, apertando o tecido sofisticado nas mãos. Sons desagradáveis saíram de sua garganta, e ela torceu para que eles soassem como os de uma muda, ou para que ninguém os conhecesse se assim não o fosse.

Susie a encarou com repugnância, e o senador Caffrey e a esposa, com um desdém impassível, esperando a demonstração dela terminar. Mas o estranho a olhou com algo que não era nojo ou pena. Havia algo de astuto em seu olhar, um quê de algo que parecia travessura.

Susie chutou as mãos de Elle, que deu um pulo para tornar a se colocar de pé. Ela manteve a cabeça abaixada para que ninguém pudesse discernir a fúria por trás de suas lágrimas.

— Olhe como ela está arrependida por ter machucado sua senhora — disse o soldado rebelde. — Qualquer um pode ver que a tola não sabe o que está fazendo, com toda essa tagarelice e choradeira. A senhorita sabe que esses escurinhos não conseguem fazer nada sem receber ordem, então não se preocupe com o jeito desengonçado dela. Venha, seu pai me prometeu uma conversa ótima com uma bela moça. Ele mentia?

O rosto de Susie voltou ao tom de pêssego original, abandonando os traços de raiva de alguns momentos antes. De repente, ela não parecia nem se lembrar da existência de Elle.

— Papai nunca mente — arrulhou para o homem, e Elle desejou poder derrubá-la de novo.

— Ótimo — falou ele com um sorriso, e então virou-se para Elle com um olhar inescrutável. — Agora vá. E fique longe daqui para não chatear sua senhora de novo.

— Vejo que sabe como lidar com eles — disse o senador Caffrey com apreço enquanto Elle saía, dessa vez andando lentamente, com a cabeça baixa de maneira subserviente.

Ela tremeu de raiva por ser dispensada, por ter tido que ajoelhar e machucar os joelhos diante daquelas pessoas que não saberiam o que era bom senso ou trabalho duro nem mesmo se os acertassem como um tiro.

Voltou à cozinha, disfarçando a raiva ao se apressar pelo longo corredor, inclinando a cabeça cordialmente aos convidados recém-chegados que passavam enfileirados. Elle começou a limpar o que os outros criados sujavam ao prepararem os pratos de comida, mas a mente continuava voltando ao homem de cinza.

Por que ela se importava com o incômodo que ele demonstrara por tê-la assustado? Ele merecia alguma menção especial por ser humano o suficiente para perceber que uma mulher escravizada poderia temer ser estuprada? E por que ele mentira para Susie sobre ter pedido para Elle buscar água? Ele pretendia usar aquilo contra ela?

Elle caminhou irritada até a bacia para lavar louças e começou a esfregar as panelas, ignorando o cozinheiro Timothy enquanto ele perambulava perto do forno, mexendo um molho de cheiro delicioso. Ela não perdeu tempo perguntando o que era — nenhum dos escravizados provaria a comida.

O que importava sobre o homem na sala de jantar era a cor de seu uniforme, Elle lembrou a si mesma. Aquilo dizia tudo o que ele achava dela, e aquela maldita aflição não significava nada. Apesar da tentativa de poupá-la de qualquer problema, ele fizera questão de ordenar que ela se retirasse como uma parva. Seria impossível ouvir o que seria dito durante a refeição, ou descobrir qual informação o homem trouxera.

Ela esfregou uma panela muito suja, jogando-a dentro da bacia em seguida.

— Quem a deixou espumando assim, srta. Elle?

Elle se virou para encontrar Timothy observando-a com algo que oscilava entre divertimento e preocupação. Ele era a única pessoa que a conhecia, que a conhecia de verdade, mas ela não poderia arriscar que outra pessoa os ouvisse conversando. Não poder falar era uma coisa, mas não poder reclamar de sua frustração era realmente solitário. Ela grunhiu frustrada em vez disso.

Timothy soltou uma risada aguda; o som combinava com sua estatura pequena. Ele era apenas um pouco mais alto do que Elle. Seu tom de voz suave e sereno era um bálsamo para os nervos frágeis dela.

— Mais tarde, Elle. Tem um pacote chegando esta noite, falando nisso. Algo que pode ser muito útil para nós. Deve ser entregue na ribanceira ao cair da noite, se a senhorita puder pegar.

Animação pulsou dentro dela. Ele falava sobre assuntos da Liga da Lealdade.

— Eu buscaria, mas estou com mais trabalho, porque o menino da cozinha, Jack, adoeceu com aquela febre que está se espalhando por aí. — Sua expressão se tornou sombria. — E quase não vou dormir esta noite... Preciso acordar cedinho amanhã para buscar o escravizado que compraram semana passada. Ele é ainda mais novo do que Jack.

Os Caffrey ainda estavam aumentando a criadagem, ao que parecia.

Pelo menos não é tão ruim aqui. Eles não açoitam tão fácil e...

Ela colocou a mão sobre a barriga para reprimir a náusea que a ideia lhe causava. Então foi necessário apenas algumas semanas para se perder assim? Para começar a buscar razão na abominação que era a escravidão e poder acreditar que pessoas como os Caffrey "não eram tão ruins"? Estavam comprando uma criança — provavelmente separando uma família. Eles eram monstros.

— Eu sei — disse Timothy baixinho, então suspirou e tentou recolocar uma boa animação em sua voz. — Pode me fazer esse favor, viajante?

Elle assentiu, esperando que ele lhe desse mais informações sobre o pacote. Quando Timothy não o fez, ela levantou as sobrancelhas, movendo a mão em círculos diante de si para indicar que precisava ouvir mais.

— Não posso falar agora — disse ele, dando uma piscadela. — O próximo prato precisa estar pronto e ser servido em vinte minutos.

Sobre a hora do carregamento, tudo certo? Tudo bem a senhorita ir sozinha e me dar detalhes amanhã?

Elle assentiu com convicção. O péssimo humor fora embora, substituído por animação. Ela não acreditava em bobagens sobrenaturais, mas seu instinto era confiável e lhe dizia que algo muito importante começava a acontecer. Ela queria tanto ajudar a União a vencer a guerra, e o que quer que a esperasse naquela noite a ajudaria com isso.

Ela simplesmente sabia.

Capítulo 2

Malcolm fez questão de parecer apropriadamente encantado enquanto Susie pestanejava e ria com a mão sobre a boca, mas nenhuma quantidade de falsa elegância poderia esconder a feiura que vira jorrar dela mais cedo. O fato de a receptora da fúria dela estar fugindo *dele* quando o acidente aconteceu não melhorava nem um pouco a situação.

Ele estava tentando ler uma correspondência que havia sido entregue escondida para ele quando chegara; por isso se esconderá na sala de jantar, onde trombara com a mulher com quem não deveria ter nem falado, para começo de conversa. Malcolm nunca concordara com qualquer tipo de segregação, fosse por raça ou classe, e seu trabalho garantia que tivesse amigos e contatos em cada camada da sociedade. Ainda assim, ele não sabia por que falara com ela de um jeito tão familiar. Talvez a ideia de poder usá-la como fonte caso precisasse? Não, ele pensara naquilo depois do ocorrido. Embora ele soubesse por que havia continuado falando: quando ela se virara, os lábios muito bem delineados, como a flecha do Cupido, estavam prestes a se repuxar em um sorriso, e os grandes olhos castanhos brilharam com uma energia vital. O cabelo grosso havia sido repartido em duas tranças de menina, mas não restava dúvidas de que era uma mulher crescida: o simples vestido de algodão que usava destacava a cintura delgada e os seios fartos. Mas fora o momento em que qualquer traço de luxúria sumiu sem deixar rastros que a fixou nos pensamentos dele pelo resto da noite.

A forma que ela o encarara quando acreditou... Malcolm reprimiu um tremor pela noção do que ela achou que ele era capaz de fazer. A mulher tinha todos os motivos para pensar daquele jeito, especialmente considerando as roupas dele naquele momento e o lugar em que estavam, mas a mera ideia trazia lembranças involuntárias que faziam o opulento jantar subir à garganta.

No entanto, ela não cedera. A maneira com que ela o desafiara enchera Malcolm de admiração e uma raiva horrível por tê-la feito sentir que não tinha outra opção.

— Nos conte mais sobre Baltimore — insistiu Susie. — Tem sido tão entediante por aqui. Até mesmo o Natal foi uma data triste: sem enfeites, sem presentes, apenas soldados machucados, bolos desprezíveis, uma neve horrenda e frio. Por isso você precisa me acalentar com suas histórias. — Ela o encarou com uma sobrancelha erguida. — É verdade que é muito perigoso ser um rebelde em Maryland, e que você fugiu das autoridades passando a perna nelas? Você ajudou a destruir as ferrovias?

Admiração lampejou nos olhos dela, com um toque de desejo. Ele seduzira mulheres subversivas por informação antes, e aquela era bem bonita, mas o traço "tratar seres humanos como propriedade" de sua personalidade era muito evidente para tornar a tarefa agradável para ele. Mas só porque ele não planejava dormir com ela não significava que não iria ludibriá-la.

Vale tudo no amor e na secessão, pensou ele com amargura.

Do outro lado da mesa, um jovem barrigudo com traços grosseiros e uma espessa barba ruiva o encarava, a inveja praticamente escrita em tinta preta em seu rosto.

— Ah, não é muito difícil passar a perna em um nortista — disse Malcolm, diminuindo a voz para que Susie precisasse se aproximar. — Só precisa distraí-los com alguma história sobre os pobres escurinhos sendo chicoteados ou algo assim e eles ficam ocupados demais aos prantos para prestar atenção em outra coisa.

As palavras queimavam, mas precisavam ser ditas. Ele viajara por todos os Estados Unidos nos últimos anos como detetive para o Serviço Secreto do sr. Allan Pinkerton, recentemente encontrando e se infiltrando em grupos de rebeldes na cidade de Baltimore, e ele aprendera que o jeito mais rápido de criar uma amizade do peito com um homem era ridicularizando seu inimigo.

Risos ecoaram pela mesa, assim como algumas vaias amigáveis em seu apoio, provando que ele estava certo.

— Não se precisa mais do que um sulista para acabar com dez nortistas — falou um homem bigodudo na ponta extrema da mesa.

Parecia que a única briga que tivera fora com seu barbeiro, ainda assim, ele falava como se estivesse estado em Sumter, Bull Run e Nashville.

Malcolm sorriu em admiração, como se o homem fosse o próprio Hércules.

— É exatamente isso.

O bigodudo corou, satisfeito pelo reconhecimento, e inclinou a taça em comemoração. Malcolm sentiu o prazer típico de um pescador ao fisgar um peixe.

Te peguei. Malcolm sempre conseguia perceber o momento em que alguém decidia baixar a guarda para ele, lhe dar algum nível de confiança. Havia uma mudança sutil no ar, o reforço de uma ligação invisível. Confiança era algo peculiar; as pessoas acreditavam proteger de perto, mas muitas vezes estavam dispostas a entregar a qualquer pequeno sinal de camaradagem. Malcolm se acostumara a ser sozinho, e no geral preferia dessa maneira quando não estava trabalhando, mas era grato pela necessidade natural de conexão dos outros, que facilitava pelo menos um pouco seu trabalho duro, mesmo que ele não entendesse.

O homem invejoso do outro lado da mesa passou a mão pela barba flamejante e falou alto na direção de Susie:

— O último nortista que vi teve um encontro bem curto com a ponta comprida da minha baioneta.

A arte da sutileza, aparentemente, não era sua especialidade.

— Rufus, por favor, não fale sobre essas coisas à mesa — bufou Susie, se virando de novo para Malcolm. — Não ligue para ele. Nós crescemos juntos. Agora ele está sempre me seguindo por aí, me contando suas histórias nojentas de guerra, mas prefiro um homem que sabe o que uma dama quer ouvir.

— Parece que todos os homens têm histórias para contar — disse Malcolm, gesticulando para a mesa.

Alguns dos outros presentes estavam falando bastante sobre homens da União que capturaram, ou sobre brigas nas quais os derrotaram. Alguns tinham estado em Manassas. Malcolm não era arrogante o suficiente para duvidar de que os soldados viram batalhas e que alguns eram muito bons nisso, mas a maioria não sabia pelo que lutava.

Sua profissão atual o levara a conversar com muitos homens sulistas, e nem sequer um deles sabia pelo que *realmente* estavam lutando. Por orgulho, ou por direitos dos estados, ou para mostrar para os nortistas quem estava certo eram, no geral, os motivos que davam, porém, ao ver os escravizados se moverem ao redor da mesa sem serem percebidos, Malcolm reconhecia o verdadeiro motivo. E era por isso que ele não descansaria até que aquela abominação fosse retirada do país que agora chamava de lar. Sua família fugira da Escócia depois que aristocratas roubaram suas terras, seus corpos e suas vidas. Ele não ficaria parado de maneira ociosa enquanto aquilo também acontecia ali.

— E você, sr. McCall? Tem alguma história empolgante? — perguntou Susie, piscando para ele de novo.

Malcolm havia contrabandeado, agarrado e fisgado informações dos rebeldes, de Sarasota a Susquehanna, de maneiras mais variadas do que a maioria poderia imaginar. Teve um grupo de rufiões no qual ele se infiltrara em Nova Orleans, determinado a assassinar o presidente Lincoln e com os meios de o fazer. Malcolm ajudara a prevenir aquilo. Nunca um homem ganhara o respeito de Malcolm mais rápido do que Lincoln, que aceitara de um jeito silencioso e devastador que seus compatriotas, as pessoas que ele tentava salvar de si mesmas, o queriam morto. Malcolm acreditava que aquela fora a noite em que o presidente entendera que não poderia haver acordo, e que uma batalha amarga rasgaria em duas a nação que ele jurara proteger.

Malcolm sempre esteve do lado da União, mesmo antes da secessão egoísta forçar seu surgimento; porém, depois daquela noite no solene vagão presidencial, ele também ficou do lado de Lincoln. Se não fosse uma ideia bizarra para aquele jovem país, ele teria jurado lealdade como um membro de um clã escocês. Mas aquele era o Novo Mundo: espionar era sua lealdade; a astúcia, sua espada.

— Eu vi uma coisa ou outra acontecer na minha época — disse Malcolm, sabendo que respostas espertinhas e vagas apenas aumentariam seu valor aos olhos de Susie. — Farei o que for preciso para defender o meu país, mas as coisas que vi não são apropriadas para a atual companhia.

Do outro lado da mesa, Rufus grunhiu, irritado. Malcolm sorriu para ele.

— Nossa Susie faz tanto para ajudar na guerra. Ela é líder do grupo local de costura — contribuiu a sra. Caffrey solicitamente, enquanto Susie estufava o peito. — O Norte não sabia o quanto nossas damas são habilidosas. Eles podem impedir que os tecidos cheguem, mas não podem parar nossas agulhas. Fardas, tendas... tudo o que nossos homens precisam, nossas mulheres podem fornecer.

Susie esticou as mãos, mostrando as pontas dos dedos machucadas e vermelhas como se fossem insígnias de honra.

— Eu também sou voluntária no Comitê de Vigilância — disse ela, com o queixo erguido, esperando elogios por sua bravura.

— Bem, uma coisa é certa: o Sul não pode perder com mulheres como a senhorita nos apoiando.

Malcolm roçou as pontas dos dedos dela com as dele rapidamente, e Susie curvou os dedos, como se tentasse segurar a mão dele.

— Ela ajudou a desenterrar pelo menos dois suspeitos de espionagem — acrescentou a sra. Caffrey. — Nosso Rufus aqui que os levou à prisão Castle Thunder. Eles não vão sair tão cedo de lá.

— Nunca, se o carrasco os alcançar — disse Susie despreocupadamente.

As mulheres deram risadinhas, como se estivessem discutindo receitas e não a morte. O passatempo de Susie teria preocupado Malcolm mais se os Comitês de Vigilância não fossem um monte de baboseira. Perguntar a todo estranho na cidade "De onde você é?", "Para onde está indo?" e "Está a fim de um bom enforcamento?" não era espionagem, era loucura. Mesmo assim, ele abriu seu sorriso mais charmoso para Susie e falou:

— Espero não ser um suspeito.

Ele começou a se preparar para se defender sutilmente se necessário. Nas muitas vezes que havia passado pela cidade, Malcolm compartilhara tanto seu uísque como seus sentimentos contra os nortistas com homens que jurariam sob uma pilha de Bíblias que ele era um rebelde, de cabo a rabo.

— Eu admito que quase o marquei como um coração mole quando defendeu aquela escurinha que me empurrou no chão — falou Susie, um traço de amargura na voz.

Lá estava ela, vivendo como um *bon vivant* enquanto o bloqueio matava seu povo de fome e homens lutavam e morriam, e mesmo assim com ciúme da mísera atenção que ele concedera à escravizada. Incrível.

Malcolm lembrou do brilho nos olhos da escravizada antes de ela se jogar aos pés de Susie. Assim como ela o olhara com uma aceitação resoluta, havia rebeldia no jeito que implorara por perdão. Aquela moça estava longe de ser comum, mesmo sem poder falar. Havia uma inteligência em seus olhos escuros que não podia ser disfarçada, embora a maioria das pessoas naquela casa provavelmente não se dignasse a reconhecer.

— Defender? Eu vi que ela a incomodou e queria que fosse embora antes que pudesse fazer mais mal à senhorita. E porque queria sua atenção para mim.

Ele sorriu por cima do nojo, mostrando os dentes. Aquilo o fez se sentir feroz, mas Susie corou e piscou para ele.

A resposta havia sido satisfatória.

— Conte-me mais sobre você, sr. McCall — disse ela, acostumada a dar ordens com seu tom de voz doce.

Malcolm se viu pensando na escravizada muda de novo. Ele não sabia por que, mas o incomodava que ela não podia falar. Era egoísta e estranho, porém ele não conseguia evitar pensar em como seria o som da voz dela.

Susie pigarreou ansiosamente.

Ele tentou parecer envergonhado.

— Eu odeio falar sobre mim mesmo, mas farei uma exceção para a senhorita. Assim que eu voltar à mesa. Se puder me dar licença por um momento...

Malcolm se levantou e saiu da mesa. Ele precisava ler o recado que havia recebido, e não podia esperar até que Susie parasse de apontar o decote em sua direção. Ele vagou pelo salão e perguntou para um escravizado onde era o banheiro, querendo garantir que sua saída da mesa não levantasse suspeitas.

O cômodo era pequeno e escuro, mas ele conseguiu tirar o recado do bolso da sobrecasaca. *Ribanceira Iverson. beira da floresta. crepúsculo.* As palavras foram escritas rapidamente em uma letra cursiva esquisita. Um mapa simples fora desenhado embaixo, indicando o ponto de encontro em uma das áreas mais arborizadas e menos populosas da cidade. Embaixo do mapa estavam as palavras *muitos um*. Ele se perguntou o que significavam, mas sabia que, quanto mais demorasse, mais eriçada Susie ficaria. Não havia tempo para desvendar o enigma naquele momento.

Malcolm estava certo de que havia pelo menos outro agente já alocado na vizinhança, mas não acreditava ser o garoto do estábulo que lhe dera o bilhete. Talvez o mordomo, que perambulara pela mesa durante o jantar? Ou a mulher mestiça que pegara seu casaco quando ele chegou?

Ele voltou à sala de jantar mais devagar do que deveria, e sabia o motivo do atraso: queria ver a mulher de mais cedo. Malcolm sabia que desejo e o trabalho como espião não se misturavam, e desejo e escravidão era uma outra série de nós muito mais complicada, e uma que ele não tinha a habilidade ou a inclinação para desfazer. No entanto, ele não visitaria aquele lugar novamente depois daquela noite, e algo dentro dele ordenava que acertasse as coisas.

Mas ele não a encontrou em lugar nenhum, então voltou à sala de jantar no momento em que a sra. Caffrey estava fazendo um anúncio para os outros convidados.

— Senhor McCall, bem a tempo — disse ela logo que ele tomou seu lugar. — Estávamos debatendo sobre dar um baile aqui em mais ou menos uma semana para celebrar o Ano Novo. As coisas estavam tão deprimentes que mal celebramos os feriados, mas acho que levantaria o ânimo de todos nestes tempos difíceis. Gostaria de pensar também como uma celebração adiantada de nossa vitória iminente. Não estou sugerindo que o senhor saia à francesa de seu regimento, mas ficaremos felizes se puder comparecer.

Ele lançou um sorriso agradável para a mulher e estava prestes a recusar quando o senador Caffrey interrompeu:

— Alguns dos apoiadores leais à Confederação vão comparecer. As mulheres podem se divertir dançando e fazendo outras baboseiras, mas os homens vão falar de negócios. Você tem uma cabeça boa, e sua opinião será valorizada.

Malcolm estacou. Sua volta para Washington estava prevista para dali quatro dias. Ele havia planejado ir embora imediatamente e fazer algumas paradas pelo caminho, mas planos mudam. Naquele momento, o senador Caffrey o encarava como um homem que precisava de um aliado, e Malcolm estava contente em ocupar a posição. Se ele se atrasasse alguns dias, mas voltasse com informações úteis, Pinkerton não reclamaria muito.

— Bem, tenho certeza de que meu comandante não vai se importar se eu estender minha licença um pouquinho, especialmente se for a pedido do estimado senador. — Ele percebeu que algo mais era esperado dele, e acrescentou rápido: — Eu ficaria honrado se a srta. Caffrey reservasse a primeira dança para mim.

A mulher se iluminou de prazer, assim como a mãe.

— Ora, mas é claro, sr. McCall, embora eu pretenda vê-lo muitas vezes antes disso.

Rufus fez mais uma vez um som indistinto e gaguejou:

— Você prometeu a primeira dança do próximo baile para mim, Susie.

A jovem olhou para ele, claramente satisfeita com o ciúme.

— Agora você terá a segunda, Ruf.

— Então, se me derem licença... — disse Malcolm, levantando-se.

— Tão cedo? — disse a dona da casa com um óbvio desânimo.

Ele supôs que na teoria deveria estar tão encantado com a filha deles que teria que ser arrastado para fora.

— Tenho negócios a tratar — disse Malcolm gentilmente. — Por mais que eu não goste, esta guerra não vai se resolver sozinha, e sempre há algo para ser feito pela Confederação. Posso visitá-los amanhã?

Ele deixou o olhar se demorar em Susie.

— Sim, claro que pode — respondeu o senador. Ele se colocou de pé para apertar a mão de Malcolm e caminhar com ele até a porta, ordenando ao escravizado magro e grisalho assim que chegaram à entrada: — Anselm, pegue o casaco deste senhor.

O homem se apressou e, quando o olhar de Malcolm o seguiu, ele encontrou uma visão que fez seu coração bater fora de ritmo.

A escravizada estava parada de costas para eles, polindo o balaústre de madeira da enorme escadaria do lado de fora da sala de jantar como se aquela fosse a tarefa mais importante do mundo.

— Elle, o que ainda está fazendo aqui, garota? — perguntou o senador Caffrey. — Volte logo para a cidade antes que irrite Susie de novo. E, se o seu senhor perguntar por que foi cortado metade de um dia do pagamento, talvez eu não conte que foi por você quase ter matado minha filha.

Elle, pensou Malcolm enquanto ela assentia e caminhava para a cozinha, seu olhar voltado ao chão. Ele sabia que escravizados não eram pagos, mas que ela fosse forçada a relatar sobre um salário que de qualquer forma nunca veria — e que fosse punida pela perda — parecia ainda mais desprezível.

— Ela não mora aqui? — perguntou Malcolm.

— Não, ela mora em uma pensão de pessoas de cor do outro lado da cidade, onde alguns dos escurinhos sublocados ficam. Eu envio o pagamento ao senhor dela — explicou Caffrey.

Aquela prática sempre o surpreendia. Houve um tempo em que Malcolm se perguntara por que os escravizados não fugiam assim que estivessem longe da vista de seus mestres, mas sabia agora que laços familiares, medo do desconhecido e duras leis contra escravizados fugidos tornavam quase impossível para eles sequer tentarem.

Caffrey continuou:

— Estamos a alugando enquanto estivermos na cidade, já que deixamos a maioria dos nossos escravos na nossa plantação, mas minha esposa não gosta de deixar as bonitinhas por perto durante a noite por medo que eu perambule por aí. — O senador Caffrey o cutucou com o cotovelo, simpático, como se eles fossem velhos amigos, e apontou com o queixo na direção de Elle. — Dá para imaginar ter aquilo ali embaixo de você, e ela não poder emitir nenhum som?

Malcolm fingiu se divertir e o cotovelou de volta, talvez um pouco mais forte do que era aceitável. Anselm voltou com o sobretudo, salvando-o de precisar responder à pergunta desprezível.

— Vejo o senhor amanhã, senador.

Ele deixou o homem encarando o corredor e foi ao estábulo. Andou de um lado para o outro enquanto o garoto preparava seu cavalo, uma estranha melancolia pairando sobre si. Enquanto Malcolm cavalgava, sua mente girava com emoções que ele precisava categorizar e arquivar, para que não o destruíssem. Ele estava no meio de linhas inimigas e tentando se infiltrar ao máximo no sistema confederado. Irritar-se por ocorrências diárias como uma escravizada oprimida ou o senhor que a desejava não ajudaria em nada.

Mas ele não conseguia afastar a pura frustração com o jeito despreocupado com que Caffrey havia mencionado tirar vantagens de uma mulher. Malcolm não acreditava que Elle fosse lerda, mas o senador Caffrey e a família dele acreditavam e, ainda assim, o homem sonhava em se jogar em cima dela. Estupro era um pecado, assim como subjugar outros humanos. A mente de Malcolm tornou-se confusa pela raiva, pensando em como naquelas terras pecados institucionalizados eram vistos como uma forma de vida que precisava ser defendida.

Deixe-me em paz! Ou pelo menos tenha a decência de mandar o meu menino embora!

A voz lamentosa de anos antes e léguas distantes ressoou em sua mente. Que o bando de ingleses tenha aceitado o segundo pedido, mas ignorado o primeiro, mudara o curso da vida de Malcolm. O ato de violência plantara uma semente de maldade que eventualmente crescera para destroçar sua família. Aquela era uma das muitas injustiças que não permitiriam que ele ficasse sem fazer nada durante a guerra.

Ele estava prestes a colocar o cavalo para galopar e ultrapassar as lembranças não quistas quando viu uma forma caminhando à sua frente pela estrada sulcada de terra, com um manto muito fino pendurado nos ombros, enquanto se curvava no frescor gelado da noite. Não havia dúvida sobre quem era, e também não havia dúvida de que falar com ela era exatamente o oposto do que deveria fazer. Mesmo assim, Malcolm diminuiu a velocidade ao se aproximar dela.

— Senhorita Elle?

O nome dela em seus lábios soou familiar e certo.

Ela levantou a cabeça depressa, mas a expressão era ilegível. O sol do fim do dia acentuava suas bochechas e o tom escuro e macio de sua pele. Ele se lembrou de um solo recém-cultivado depois de uma chuva de primavera, revigorado e fofo. As sobrancelhas dela se ergueram, e ele se deu conta de que estava a atrasando para onde quer que estivesse indo. Talvez ela tivesse um marido esperando na pensão por ela ou visitando da plantação. Para a consternação de Malcolm, ele descobriu que aquela possibilidade não lhe agradava.

— Eu só quero me desculpar de novo por hoje — disse ele. — Eu cairia sobre minha espada antes de machucar uma mulher daquela forma. Qualquer mulher.

Os lábios dela se abriram em surpresa, despertando uma onda de desejo nele mesmo enquanto estava se desculpando por aquilo. Contudo, Malcolm experimentara pensamentos lascivos antes, e não era aquilo que a mulher inspirava. Ele se orgulhava de sua cautela, mas as palavras estavam pulando para fora antes que ele se desse conta de que sua boca estava se mexendo:

— Não vou mentir: provoquei você mais cedo porque acho você linda. Talvez a mulher mais adorável sobre a qual já pus meus olhos. Mas foi errado da minha parte assustá-la. Eu vou aparecer na casa nos próximos dias — ele viu o receio aparecer nos olhos dela e ergueu uma mão para aliviar suas suspeitas — e quero que saiba que estará segura na minha presença.

O olhar lascivo do senador Caffrey invadiu sua mente.

— E você também estará segura de qualquer outra investida que não seja bem-vinda, se achar apropriado me contar sobre ela. Ninguém vai machucá-la enquanto eu estiver aqui. Não é muito a oferecer, mas farei o que puder. Tenha um bom dia, srta. Elle.

Com isso, ele seguiu ao hotel, deixando-a parada na beira da estrada com uma expressão de choque no rosto. O coração dele estava quase pulando para fora do peito, como se ela fosse a primeira mulher com quem ele já conversara. Era um risco conversar assim com uma escravizada, mas por razões que não conseguia entender ao certo, precisava que ela soubesse que ele a protegeria se precisasse. Quase todos os aspectos de sua vida eram uma mentira — o trabalho mudava de cidade para cidade, assim como a cor do cabelo, a condição social, o sotaque e a lealdade —, contudo, ele precisava que uma coisa fosse verdadeira, e talvez não apenas para o benefício daquela mulher. Se alguém compreendesse aquela pequena verdade sobre Malcolm McCall, talvez ele não desaparecesse em uma névoa quando os personagens que ele desempenhava se tornassem maiores e mais perigosos. Se morresse em Richmond, teria uma pessoa que saberia que ele não era exatamente quem parecia ser, e o nome dela era Elle. Malcolm estava feliz com aquilo.

Em todo caso, ela era muda; não era como se pudesse contar para alguém se o achou estranho.

Capítulo 3

Enquanto Elle caminhava para o ponto de encontro, sendo golpeada pela brisa fria da noite, as palavras do estranho rodopiavam na cabeça dela como as folhas havia muito caídas que faziam barulho sob seus sapatos de sola gasta. O senador Caffrey o chamara de Malcolm na entrada da casa, e Susie o chamara de sr. McCall quando Elle estava ouvindo escondido do corredor.

E ele chamara Elle de "senhorita", que o homem devia saber que era um honorífico que demonstrava respeito a quem o recebia.

Quais eram as intenções daquele tal de Malcolm McCall? Mentindo para Susie na sala de jantar. Parando para conversar com uma escravizada para acalmá-la, para oferecer proteção da exata coisa que ela temera que ele fizesse, tudo isso enquanto vestia aquele maldito cinza da Confederação — o que poderia significar? Elle amaldiçoou de coração o próprio talento. Ela era uma das poucas pessoas que não podiam se enganar e esquecer algo que alguém disse. Sua mente preservou as exatas palavras dele, assim como sua expressão quando ele as pronunciou. Sinceridade desenfreada, como se ele mesmo não compreendesse o que o estava incentivando a falar com ela.

Também não era nada fácil esquecer o que ela sentira ao ouvir ele fazer aqueles votos. Fazia muito tempo desde que alguém fizera da segurança dela uma prioridade. Os pais não fizeram por mal, mas forçá-la a exibir seu talento para estranhos logo que se mudaram para o Norte fizera Elle se sentir anormal. Decore isso, recite aquilo. Parecia que mesmo aqueles que não queriam nada além do melhor para ela a viam mais como um truque de salão do que como uma pessoa.

Mesmo depois de tantos anos, com sua habilidade escondida e usada apenas para o próprio enriquecimento e o de seus alunos, Elle ainda sentia certa vergonha e raiva quando pensava sobre como fora tratada. Ela fora a Vênus Hotentote* do grupo de abolicionistas, com a exceção de que eram os seus lobos cerebrais que interessaram os curiosos. Ainda assim, quando os murmúrios sobre a secessão começaram, Elle percebera que seu truque poderia ser útil para a Causa. A maioria das pessoas concordou sem hesitar — qual era o problema se fosse necessário colocá-la no centro do perigo? Aqueles que se opuseram a ela não o fizeram por se preocuparem com sua segurança; fora apenas por um reflexo patriarcal. Até mesmo esses contrariadores cederam quando a utilidade dela ficou óbvia.

Elle não tinha medo do perigo, e estava incutido dentro dela o quanto seu talento era raro — seu dom dos céus tinha que ter algum propósito. Quando o Norte cedeu e aceitou a Lei dos Escravizados Fugitivos e metade da pequena cidade dela se erradicara e fugira para o Canadá, Elle começou a formar uma ideia tênue de como sua habilidade podia servir para algo. Daniel ser capturado por um negreiro — Daniel, que nascera livre e não familiarizado com os verdadeiros horrores do Sul — trouxe a certeza de que a habilidade dela podia ser útil.

Daniel.

Parecia um pecado pensar em seu amigo, capturado por homens que pareciam com McCall, enquanto as bochechas dela ainda queimavam pelas palavras gentis do canalha. As ações dele eram confusas, mas a reação que ele causava no corpo dela era enervantemente fácil de decifrar. Elle havia se irritado com ele arriscando chamar atenção

---

* Vênus Hotentote era o "nome artístico" de Saartjie Baartman, uma mulher sul-africana que foi levada para a Europa em 1810 e exibida como "atração exótica", devido às proporções de seu corpo. (N.E.)

para ela de novo, mas seu corpo se esquentou quando o encarou. Sentiu um rebuliço na barriga, uma sensação que não experimentava desde que ela e Daniel estiveram juntos naquelas poucas vezes. Antes de ele decidir que Elle precisava escolher entre ele e as ambições dela. E agora lá estava ela, o traindo mais uma vez.

Em pensar que Daniel caçoara quando ela dissera que não poderia ser uma boa esposa para ele.

Malcolm havia mexido com algo obscuro e definitivamente proibido dentro dela, e só reforçara aquilo ao chamá-la de bonita. Qual *era* o jogo dele? O que quer que fosse, ela não precisava descobrir. Se não ficasse longe, ele traria um monte de problemas e os jogaria na frente dela. Não era preciso que seu instinto lhe apontasse isso; era apenas senso comum.

Elle chegou ao ponto de encontro, uma ribanceira isolada que dava vista para o rio James. O sol se pondo estendia seus raios pelo comprimento do rio, o carinho de suas chamas tingindo as ondas com pinceladas de laranja e dourado.

Elle admirou a água que se agitava, poderosa o suficiente para libertar-se de quase qualquer restrição, e sentiu inveja. Puxou sua capa para mais perto e estremeceu com a brisa vinda do rio enquanto um cansaço já conhecido recaiu sobre seu corpo. Ela o ignorou, lutando contra a corrente de exaustão que repuxava suas pálpebras e sua saia. Havia hora certa para fadiga, e seria quando a guerra infernal terminasse. Ela ficaria muito mais cansada trabalhando o dia inteiro no campo se a União perdesse, aquilo era certo.

Um galho se partiu atrás dela e Elle se virou.

Parado diante dela, mais uma vez, estava Malcolm McCall. Os últimos raios do sol de inverno brilhavam nos botões de sua sobrecapa, como um aviso cintilando de longe. Ele havia a seguido? Talvez o respeito de mais cedo tivesse sido para enganá-la.

— Senhorita Elle? O que diabo está fazendo aqui? — perguntou ele com a voz baixa.

Algo naquela voz a fez sentir calor onde deveria sentir frio, a última coisa que deveria estar sentindo. Aquilo também despertou uma lembrança, uma que pairava um pouco longe do seu alcance. Ela não estava acostumada com a sensação de quebrar a cabeça para lembrar algo e voltar de mãos vazias. Por que ele tinha aquele efeito nela?

— Está aqui para o encontro? — questionou ele.

Malcolm deu um passo na direção dela, e Elle tentou descobrir se ele fora informado do encontro dela, e se podia ou não alcançar a faca em sua cinta rápido o suficiente. Se ele a tocasse, ela podia o socar rapidamente e redirecionar o impulso dele para empurrá-lo para a beira do penhasco...

O riso alto e incrédulo de Malcolm interrompeu o planejamento. Ele balançou a cabeça e a encarou com apreciação demais.

— Estou aqui porque recebi uma carta de um associado, mas não poderia ser você — disse ele. — Poderia?

Elle sentiu uma pontada de indignação junto com sua confusão. Malcolm McCall era mesmo o pacote que Timothy havia marcado para ela buscar? Aquele homem que não podia compreender como era possível ela ser a agente que deveria encontrar? Se era mesmo, ela não facilitaria as coisas. Havia protocolos, e se Malcolm McCall deveria mesmo encontrá-la, teria que os seguir. Ela cruzou os braços e olhou ao longe, fingindo ignorar a presença dele.

Quando o olhou pelo canto dos olhos, ele pareceu entender que ela esperava por algo.

— Bem, suponho que tenho que dar a você alguma espécie de sinal — murmurou Malcolm, acariciando a barba por fazer. Elle afastou os olhos do movimento ritmado. — Existe uma senha? É "muitos um"?

Aquela era bem próxima da senha mais recente da Liga da Lealdade, mas ela não podia arriscar. Além do mais, estava gostando de vê-lo fora da zona de conforto. Ela obviamente estava fora da dela, então por que deveria ser a única?

— Isso é ridículo. Era isso que estava no papel. Muitos. Um. Eu tenho que lembrar a senha das muitas...

Ela o encarou repentinamente, e ele estacou, avaliando a linguagem corporal dela.

— De muitos... um? — Ele riu. — Claro. *E pluribus unum**.

Elle assentiu e foi premiada com o sorriso mais magnífico dele.

— Então você é amigo de Abe, não um admirador me perseguindo pelas florestas — disse ela, a voz rouca pela falta de uso. — Acho que devo ficar aliviada, embora não tenha certeza de qual ajuda você pode nos prover.

Malcolm arregalou os olhos, e ela se preparou para receber a mesma falação que sempre esperava, sobre mulheres fazendo trabalho de campo.

— Você pode falar — disse ele, levantando a mão na direção dela e a movendo em círculos rapidamente, incentivando-a. — E então? Continue.

— Como é? — perguntou Elle, cruzando os braços com ainda mais força.

Por um momento, ela estava de novo sobre o palco de um pequeno teatro, um mar de rostos brancos encarando-a ansiosamente. Até o momento, todas as inteirações com McCall a deixaram em desvantagem. Ela achava que entendia as pessoas e suas motivações melhor do que muita gente, mas não conseguia adivinhar o que ele estava fazendo, ou por quê.

Um enorme sorriso divertido reluziu no rosto dele enquanto ele se aproximava, dando a Elle um lampejo do menino travesso que ele devia ter sido. Ele empurrou o chapéu para trás e esfregou a testa com as pontas dos dedos, como um estudante incumbido de uma conta de divisão grande.

— Desculpe. É só... Não deveria admitir isso, mas passei boa parte da tarde me perguntando como sua voz soaria se você pudesse falar. E agora você pode, e é mais bonita do que qualquer coisa que minha reles imaginação poderia inventar.

Elle queria ficar furiosa com a audácia, especialmente devido ao primeiro encontro deles, mas algo naquele homem era muito cativante. Ela podia ver por que ele era um bom detetive. Para ser bem-sucedida,

---

* Lema nacional dos Estados Unidos. (N.E.)

ela tinha que ser quieta e não ser vista, mas Malcolm tinha um tipo de talento diferente. Algo nele era naturalmente atraente, fazia as pessoas quererem ficar ao seu lado e ouvir cada relato absurdo que ele inventava e depois contar os delas. Havia certo alívio em perceber que o magnetismo dele era parte de sua habilidade, que era natural ela se sentir atraída.

Ela franziu o cenho. Não era por ser natural que significava que teria que gostar.

— Se você é um agente, então devemos atualizar um ao outro sobre as informações que coletamos — disse Elle. — Esse é o único motivo pelo qual você precisa ouvir minha voz.

— Esse não é o único motivo, mas vou aceitar. Tenho certeza de que o velho Pinkerton não se importaria se eu fizesse meu trabalho também.

Elle se permitiu ficar um pouco impressionada. Pinkerton apenas aceitava os melhores detetives que o país tinha para oferecer, recrutando-os para se juntarem à rede que fomentava informações para o recém-fundado Serviço Secreto do governo. Ele também era esperto o suficiente para admitir que as informações mais valiosas para a União eram normalmente fornecidas por negros. Ela confiava no bom senso do homem já por aquele fato e decidiu estender um pouquinho dessa confiança para Malcolm, alguém que Pinkerton obviamente vira como digno de se juntar à sua equipe.

Malcolm sentou-se na grama, esticando as longas pernas à frente e, então, deu alguns tapinhas no chão ao seu lado.

— Sei que está cansada, andando para todo lado atrás daquelas pessoas o dia todo. Venha. Descanse.

Elle suspirou. Ela odiava o fato de ele estar certo. Todo o seu corpo doía; ela se perguntou como as pessoas que trabalhavam nos campos conseguiam sobreviver e, então, se lembrou que os pais fizeram exatamente aquilo por metade da vida. Ela levantou o queixo para mostrar relutância e depois jogou-se na grama ao lado dele, a uma distância segura da mão estendida de Malcolm.

— Romântico, não? — Ele inclinou a cabeça na direção do sol se pondo. — Agora só precisamos de algumas flores e uns versos de uma bela poesia.

Malcolm esticou o braço e colheu o que havia sido uma flor silvestre vibrante antes de o inverno congelante lhe roubar a cor. Elle acharia encantador caso não tivessem que estar discutindo assuntos importantes. E se ele não fosse um homem branco usando o cinza da Confederação.

Ela cruzou os braços e bufou, recitando o verso que veio à mente quando encarou o homem ridículo de farda perigosa e sua flor pequena e frágil:

— "Ó, que entrelaço de teias é por nós tecido, quando um engodo é empreendido" — declamou ela com ironia.

— Você conhece a obra de Scott? — perguntou ele, a surpresa óbvia na voz.

— Infelizmente tenho essa honra — respondeu ela com malícia, minimizando sua memória.

Era mais fácil do que explicar que podia se lembrar da maior parte do cânone do poeta no tempo que levava para ajeitar o chapéu.

As sobrancelhas de Malcolm se juntaram tanto que Elle ficou admirada que suas orelhas não chegassem nas bochechas.

— O que é isso? — Ele se inclinou na direção dela. Não foi ameaçador, apenas o movimento de descrença curiosa. — Não vou deixá-la impugnar o nome do grande filho da Escócia, srta. Elle. Minha mãe me fazia recitar os poemas dele depois dos jantares aos domingos. Memorizei alguns — disse ele, como se fosse algo impressionante.

Ela abriu um sorriso indulgente. Estava tentada a perguntar quantos, ou recitar algo de uma obra mais obscura apenas para se mostrar, mas se deu conta de que não precisava provar nada. Era difícil se lembrar daquilo às vezes, já que passara tanto tempo de sua vida sendo usada como um trunfo humano.

— Então é ainda mais surpreendente que você lute pela União — disse ela em vez disso. — Ouça, vou entretê-lo com as palavras de um *verdadeiro* escritor: "Contudo, para a enfermidade de sir Walter

Scott, o caráter do sulista... seria inteiramente moderno, no lugar da mistura entre moderno e medieval, e o Sul seria por completo uma geração mais avançada do que o é".

Malcolm gargalhou alto, surpreendido.

— Que asneira é essa?

Elle afastou um braço do peito e olhou o estado quebradiço e rachado de suas unhas como se fosse uma velha sábia.

— Essas palavras astutas pertencem ao sr. Mark Twain. Posso recomendar alguma obra para você, já que parece não conhecer muito bem literatura de qualidade.

Ela não sabia por que sentiu vontade de provocá-lo. Eles já deviam estar discutindo negócios. Ela não gostava de homens como McCall, que pareciam achar que um rosto bonito e palavras encantadoras podiam levá-los para onde quisessem; aquilo a irritava ainda mais por ser verdade. McCall podia passear por aí como um herói dos rebeldes, enquanto o único papel que ela podia desempenhar era o de escravizada.

— Quais negócios precisa tratar comigo, McCall? — Suas palavras saíram mais severas do que era a intenção, mas sua paciência estava se esvaindo.

Talvez fosse o jeito com que ele a encarava, como se ela fosse algo que também pudesse possuir. Ou talvez fosse a pequena parte dela que não se importava com aquela inspeção atrevida.

— Como você se tornou uma detetive? — perguntou ele sem rodeios, ignorando a pergunta dela para alimentar aquele interesse descarado. — Como conseguiu uma posição na casa do senador Caffrey? E como você tem repassado informações?

— Tem certeza de que trabalha para o sr. Pinkerton? — Ela o olhou de cima a baixo, em dúvida. — Sutileza não parece ser um dos seus pontos fortes.

— Eu trabalho, pode ter certeza — confirmou ele. — E também sou muito bom em desempenhar um papel. Nunca me esqueço que estou disfarçado, mas hoje quase esqueci.

Elle se encolheu, esperando pela reminiscência lasciva do encontro deles na sala de jantar. Em vez disso, ele fez um som que ela algumas vezes ouvira de seus alunos quando estava de costas para eles: um riso abafado.

Malcolm balançou a cabeça.

— Eu estava pavorosamente perto de perder minha compostura quando você derrubou a srta. Susie de bunda no chão. Sei que não é divertido para você, já que tem que lidar com a mocinha todos os dias, mas a expressão dela! O jeito que ela mexia as pernas de um lado para o outro! Eu meio que esperava encontrar um pote de manteiga ao lado dela pela forma que ela estava chacoalhando.

Ele se levantou e encenou a queda magnífica de Susie e o subsequente acesso de fúria; e então riu alto, soltando um som de soluço que era tão ridículo que Elle teve que o acompanhar. Ela ficou surpresa por sentir a doçura da calorosa e eufórica alegria correr por seus membros cansados. Mais cedo naquele dia, o momento havia sido um pesadelo, o maior erro de sua carreira, mas agora Malcolm o transformava em uma piada. Uma que era possível compartilhar apenas entre os dois. O chapéu de Malcolm caiu enquanto ele tremia de tanto rir, e aquilo os levou a outra rodada de gargalhadas.

Os músculos da barriga de Elle se contorceram pelo esforço; ela não conseguia se lembrar da última vez que havia rido tão livremente. Tinha se esquecido como um ato tão simples podia tornar leve o fardo pesado da sua vida diária. Ela queria se manter distante de McCall, mas havia algo sobre compartilhar um momento de leveza no meio do horror que se opunha à formalidade. Os olhos deles se encontraram quando os risos diminuíram, e ela percebeu que, apesar do infeliz primeiro encontro dos dois, havia uma sensação de conforto entre eles. Isso não era algo que acontecia sempre, e acontecer justo com ele, entre todas as pessoas, era inquietante.

Elle secou os olhos e se ajeitou. Ela não fora treinada para rir em uma ribanceira com um detetive bonito.

— É você que está usando cinza, então pode me contar sobre si mesmo primeiro — disse ela com cautela. — Você realmente se aliou ao exército da Confederação?

Um sorriso permaneceu nos lábios dele enquanto mantinha o olhar à frente. Ele arrancou um pouco de grama e torceu nas pontas longas e quadradas de seus dedos. Elle já podia discernir que ele era um homem que gostava de manter as mãos ocupadas.

Nem pense nisso, ela alertou a si mesma.

— De certa forma, sim — respondeu ele, e ela voltou a encará-lo. — Passei algum tempo com alguns regimentos, mas nunca lutei pelo Sul. Eu recolho informações por uns dias e depois dou no pé. Mesmo se não fosse fora de questão, meu irmão está fazendo o trabalho dele pela União, que o mantém no campo. Eu nunca o tomaria por um soldado, mas parece que ele tem jeito para contraespionagem. E não estou interessado em tentar essa bobagem de irmão contra irmão que os jornais adoram. Sou um emissário do Serviço Secreto de Pinkerton acima de tudo, não importando que coisa vil eu precise dizer para que os rebeldes confiem em mim. — A voz dele se tornou mais dura ao falar, e Elle vislumbrou mais uma vez o homem sério que se escondia sob piadas e indiretas.

— Por quê? — perguntou ela abruptamente.

— Por que quero que eles confiem em mim?

— Por que está fazendo isso? — Ela passou a mão pelo gramado ao lado de sua saia, a folhagem pontuda fazendo cócegas na palma.

— Sei por que eu estou fazendo, sei por que outros negros na Liga da Lealdade o fazem, mas e você?

Muitos dos abolicionistas que Elle encontrara durante seu tempo com o circuito antiescravista eram pessoas gentis, mas muitos outros não a tinham em maior estima que um senhor de escravizados teria. Escravidão era uma causa para eles, uma cruzada, e não davam a mínima aos espólios da guerra. Alguns deles apenas se opunham à escravidão por a verem como um motivo de corrupção da raça branca, e não podiam se importar menos com o que aconteceria com os escravizados quando a instituição fosse destruída. Embora qualquer ajuda fosse melhor do que nenhuma, o peito dela se apertava com a possibilidade de Malcolm cair naquela última categoria.

— Essa é uma pergunta razoável — disse ele, olhando-a pelo canto dos olhos. — Você está se perguntando se eu sou algum tipo de seguidor entusiasmado ou se quero mandar os escravizados de volta à África. Sou um homem tolo, mas não o suficiente para duvidar dos meus próprios olhos. Não há nada minimamente inferior em você ou no seu povo.

A sensação estranha no peito dela se remexeu ainda mais. Não era isso o que ela estava esperando. Como ele sabia exatamente a coisa certa a dizer?

Ele é um maldito de um detetive, por isso. Assim como você. Lembre-se disso.

Elle mexia inquietamente com a saia.

— Achei que diria que está nisso pela aventura.

— Eu pareço um tipo frívolo para você, então? — O tom dele trazia uma mágoa fingida, mas estava um pouco alterado. Ela tinha acertado um ponto sensível.

— Ora, McCall, você é o tipo de homem feito para histórias de aventuras. Alto, grande, charmoso e bastante ciente de todas essas coisas.

Ela achou que Malcolm riria da avaliação, mas, em vez disso, ele olhou para longe.

— Minha família é da Escócia — disse ele. A testa franzida aludia à uma lembrança angustiante. — Muitos escoceses não vieram para cá por escolha, sabe? Os aristocratas ingleses vinham nos vencendo, de pouco em pouco, desde a revolta jacobita, e finalmente decidiram que queriam mais terra. Para pastos de ovelhas, entre todas as coisas. — Ele lhe lançou um olhar rápido. — Pode me interromper se estiver familiarizada com os detalhes.

Demorou um momento para Elle compreender que ele achava que ela já sabia sobre a luta para restituir o trono à Casa de Stuart. O pressuposto costumava ser o contrário; era estranho não ter que provar nada para ele. Ela não recitou *A história da Escócia e seu povo* em resposta. Em vez disso, falou:

— Já li um pouco sobre as Remoções nas Terras Altas e sobre a rebelião.

Ele abriu um sorriso triste, como se estivesse satisfeito por não ter que explicar mais.

— Eles tomaram nossas armas, taxaram nossos ganhos e, finalmente, vieram atrás das nossas terras. O lugar em que nossas famílias haviam vivido e morrido por gerações. Eles chegavam sem nenhum aviso e mandavam você liberar tudo, em geral passando a mensagem junto com o calcanhar das botas ou com um golpe de porrete. Para as mulheres, era muito pior do que isso. — As rugas finas ao redor de seus olhos ficaram mais profundas. — Eles destruíram famílias e tomaram tudo o que era nosso, e então nos forçaram a entrar em barcos e nos deportaram para a América, para que não precisassem encarar a própria vergonha. Eu luto pela União porque os Estados Unidos deveriam ser a terra onde as pessoas podem ser livres da tirania, onde famílias não são destruídas por ganhos, onde homens não são chicoteados por dizerem o que pensam e mulheres não são mais abusadas do que éguas reprodutoras.

Elle estivera segurando a respiração, envolvida pela cadência hipnótica da voz dele, o sotaque escocês trazido à tona pela veemência da raiva. Ele a encarou, aqueles olhos azul-prateados como o mar antes de uma tempestade. Eles eram impactantes... e, de alguma forma, familiares.

— Eu era um garoto quando fomos obrigados a entrar naqueles navios fedidos e empurrados pelo mar sem que ninguém se importasse com a nossa sobrevivência. Não havia qualquer coisa que eu pudesse fazer naquele tempo, mas agora sou um homem, e Deus ajude o rebelde que tentar me impedir.

O punho de Malcolm amassou as folhas do gramado, e ele olhou fixamente para o rio, a boca uma linha fina.

Elle ouvira histórias parecidas do comerciante MacTavish e de alguns outros abolicionistas, a maioria escoceses e alemães que se encontravam na despensa da vendinha. A desumanidade do homem contra o homem não era apenas regulada pela cor da pele, embora aquilo permitisse que seus praticantes escolhessem seus alvos com mais facilidade.

— Eu vivi no Norte durante a maior parte da minha vida, há quase vinte anos — disse Elle por fim. — Sou uma mulher livre. Isto é, tenho documentos que dizem que sou. Meu senhor libertou minha mãe, meu pai e eu depois de ter nos herdado de seu pai. Porém, eu me lembro de tudo antes de sermos livres. De me sentar no joelho da minha mãe nos campos quentes e tentar ajudar a colher tabaco. Como estávamos sempre com fome. Os vermes nos aposentos dos escravizados, e o que aconteceu quando uma mulher chamada Dancy estava cansada demais para continuar trabalhando.

Ela fechou os olhos. Não pensava nisso havia um longo tempo, e o sentimento quase a soterrou — o cheiro de suor, as canções que os escravizados cantavam no campo.

Malcolm pigarreou.

— O que sua família fez quando se libertou?

— Meus pais fizeram o mesmo que os seus quando chegaram aqui, imagino. Tentaram nos dar a melhor vida que podiam na segunda chance que tiveram a sorte de ter. Nós nos estabelecemos em Massachusetts, bem no Norte, longe o suficiente para que meus pais pudessem se sentir seguros. Além disso, estávamos bem situados para ajudar pessoas que precisavam conseguir a própria liberdade quando não lhes era dada, como foi dada a nós. Às vezes escondíamos viajantes indo ao Canadá em nosso porão e arranjávamos carona por New Hampshire e pela fronteira. Eu dei aula na escola local para pessoas de cor, depois de um tempo, e meu pai trabalhou como garçom em um dos hotéis. Mamãe limpava as casas das pessoas até que sua artrite piorou. Era... bom.

Ela sentia tanta saudade daquela vida. A vida que conseguira depois de implorar para parar de ser carregada pelos circuitos abolicionistas. Voltar para a casa, para o cheiro da comida da mãe e para as histórias que o pai contava sobre os hóspedes no hotel. Havia longos períodos de tempo em que eles conseguiam viver suas vidas com algo parecido com paz. Então, tudo mudou.

— Quando a Lei dos Escravizados Fugitivos foi aprovada, meus documentos de liberdade passaram a valer tanto quanto lixo na beira da estrada. Caçadores de escravizados agora estavam livres para capturar pessoas negras e trazê-las para o Sul, e eram muito bem pagos por isso. Meu pai queria que fôssemos embora para o Canadá, pegando a mesma rota que apontamos para os escravizados fugidos durante anos, mas mamãe disse que estava cansada de fugir.

Ela se lembrou do medo no rosto da mãe quando Elle voltara da visita à Libéria. Como a voz dela falhara ao abraçar a filha e grunhir: "Eles levaram Daniel". O coração de Elle doeu com a lembrança, e por saber que talvez nunca descobrisse o que acontecera com o amigo. Era algo que não se dizia, mas a parte mais insensível dela torcia para que ele estivesse morto. Isso seria melhor do que qualquer um dos horrores que esperavam ele, um orgulhoso homem livre desde o berço, nos confins do Sul.

— Você concordou com seu pai? — perguntou Malcolm. — Você quis ir embora?

Ela pigarreou e torceu para que ele não tivesse visto seus olhos lacrimejando.

— Eu tentei ir embora. Fui para a Libéria para ver se a repatriação era algo que me agradava.

— Já que está aqui comigo, imagino que não.

Ela não gostou daquilo, *comigo*, mas não mencionou.

— Eu soube no caminho até lá que tinha cometido um erro — respondeu. — E ficou mais aparente a cada dia lá. Todos que conheci eram muito agradáveis, mas, só porque se está cercado de pessoas que se parecem com você, não quer dizer que aquele lugar é seu lar. Eu quero mudar as coisas *aqui*, no meu país, e tem uma forma que eu, em especial, posso ser útil.

Ela se interrompeu. Quase não queria contar para ele. Sentada ali, no ar fresco da noite, conversando com Malcolm, ela se sentia normal, e as pessoas sempre a tratavam de maneira diferente depois que descobriam sobre o talento dela. Mas aquele homem era um dos de Pinkerton, então ele descobriria em algum momento. Seria melhor ela contar do seu modo.

— Qual é esse talento? Deixar as pessoas em um suspense revoltante?

Ele a encarou com um interesse que fez o rosto dela queimar, embora estivesse acostumada a ser encarada.

— Minha mente funciona de um jeito esquisito — disse Elle, mantendo o olhar no chão. — Posso me lembrar de tudo que leio e vejo, e a maioria das coisas que escuto. Eu me lembro e nunca vai embora. Quando a rebelião começou e ouvi conversas sobre escravizados coletando informações para ajudar a União a derrotar a Confederação, soube que poderia ser útil.

Ela voltou os olhos para ele e logo desejou não o ter feito. Teria sido melhor se ele olhasse para ela como se tivesse duas cabeças, ou se ele dissesse que era obra do diabo. Ela estava acostumada com essas coisas. Em vez disso, os olhos dele tinham um lindo brilho de admiração.

— Esquisito não é bem a palavra para descrever essa habilidade, Elle. Extraordinário. Maravilhoso. Magnífico. — A voz dele era profunda e sonora, e cada uma de suas palavras retirava uma camada de sua defesa.

Ah, meu bom Deus, pensou ela, e depois olhou para o céu escurecendo para evitar aqueles olhos. Ela tinha visto que havia pintinhas douradas neles, cintilando para ela como uma isca tentando fisgar um peixe curioso.

Malcolm soltou um riso curto e repentino, e ela ficou tensa com a chacota que percebeu naquele som. Talvez ela o tenha julgado cedo demais e agora ele mostraria que era exatamente como o resto das pessoas. Uma lembrança de estar no palco em uma sala sufocante e com um vestido quente demais surgiu na mente dela. *Ellen, recite o primeiro capítulo do maravilhoso romance da sra. Stowe para o público.*

— O quê? — perguntou ela, e seu queixo se levantou por reflexo, em desdém.

Ele suspirou profundamente.

— Achei que estaria impressionando você ao mencionar o reles punhado de poemas que decorei. Você deve ter centenas dentro dessa sua linda cabecinha, uma quantidade inimaginável.

Elle sentiu aquele alívio peculiar que Malcolm continuava inspirando nela.

— Você está, de fato, certo. Sinto muito, sr. McCall, mas vai ter que encontrar outra maneira de me impressionar.

De onde vieram aquelas palavras?

Ela notou que estava sentada com os joelhos relaxados ao lado dele, inclinada sobre aquela linha invisível que representava uma distância segura de um homem. Ela trouxe os joelhos para perto do peito e passou os braços ao redor deles.

Se Malcolm a percebeu recuar, aquilo não afetou o brilho de seu olhar ao encará-la.

— Já me disseram que tenho a habilidade de conseguir o impossível, então seja bastante cuidadosa com os desafios que deposita diante de mim, srta. Elle.

O ar em torno deles de repente pareceu mais denso, como uma noite úmida de julho em vez do frio cortante de janeiro. Elle o encarou, sem saber ao certo o que dizer ou por que estava se imaginando como exatamente ele abordaria um desafio como aquele. Malcolm estava olhando para ela também; então, o sorriso para o qual ela estava aprendendo que deveria se armar para resistir surgiu nos lábios dele.

— Uma detetive que se lembra de tudo — falou ele, voltando para a revelação dela. — Bem, isso apenas confirma o que soube quando a vi pela primeira vez.

— E o que foi? — perguntou ela.

— Que você é especial.

O coração de Elle acelerou com aquelas palavras, embora ela mantivesse o rosto inexpressivo. Vazio. Poucas pessoas a haviam considerado por seus próprios méritos. A maioria dos abolicionistas com quem ela trabalhara a via como uma criatura para sentir pena ou uma esquisitice para exibir. Até mesmo Daniel, amando-o do jeito que ela o amava, em algum momento a viu apenas como um prêmio que deveria ser dele. Agora aquele homem se apresentava, mais relaxado impossível, fazendo-a se sentir como algo maior do que uma lição de moral ou um aparelho sensível de gravação.

Não era justo.

— Foi assim que me tornei uma detetive — disse ela, depois de pigarrear e acalmar os nervos. Não reconheceria aquele elogio. Não podia. — Esta é minha missão mais importante até agora. Tenho mandado qualquer informação que posso pelo comerciante MacTavish e seu grupo, que tem ligação com a Liga da Lealdade. O chefe da Liga me recomendou pessoalmente para esse trabalho, e hoje eu quase estraguei tudo.

Ela direcionou os olhos para Malcolm. Ele que a havia feito perder o juízo na sala de jantar mais cedo.

— Por minha causa — reconheceu ele, tendo a elegância de parecer envergonhado.

Ela assentiu.

— Por sua causa.

— Eles vão esquecer — disse ele com confiança. — Eu os farei esquecer.

— Como? — questionou ela.

— Eles vão estar muito ocupados focando no charme do bom e velho Malcolm McCall.

Malcolm falou com uma confiança que não era equivocada. Afinal de contas, lá estava ela, sentada no gramado com ele e compartilhando histórias como se fossem velhos amigos.

— Que informação conseguiu desde que chegou a Richmond, Malcolm? — perguntou ela, tentando mudar o assunto para o que importava. — Quer dizer, sr. McCall.

— Como é possível que eu a esteja chamando de Elle, enquanto você acha que deve me chamar de senhor? Não podemos continuar assim.

Elle revirou os olhos.

— Podemos focar na tarefa que temos em mão por mais do que trinta segundos? — disse ela exasperada.

O barulho de passos se aproximando pela grama alta ressoou no pé do monte.

— Tem alguém vindo — murmurou ele, enquanto se punha de pé e agarrava a mão dela.

— O superdetetive em ação — zombou Elle.

Malcolm se escondeu atrás de um arbusto alto e volumoso, arrastando-a junto no momento em que dois homens surgiram na ribanceira. Eles pareciam inspecionar a larga extensão do rio. Elle estava tão concentrada nos homens que demorou um momento para perceber como Malcolm a segurava.

Ela fora puxada para o colo dele quando se abaixaram. Ele enlaçou um braço ao redor da cintura dela, logo abaixo dos seios, segurando-a firme contra o peito. A outra mão descansava sobre o revólver. As coxas dele a cercavam dos dois lados, tão duras quanto as cadeiras desconfortáveis no salão dos Caffrey, mas muito mais satisfatórias de se aconchegar, embora ambas fossem proibidas para ela. Malcolm tinha cheiro de couro, cavalo e suor. O suor de um dia duro de trabalho, não o cheiro apodrecido de alguém que madurou ao ser servido o dia todo. Elle aprendera que havia uma diferença.

As costas dela reconheceram a superfície esculpida do peitoral dele, e as batidas do coração de Malcolm eram como um chamado suave e insistente que ela não podia responder. Não iria. Seu próprio coração estava martelando mais forte do que um ferreiro a forjar.

Ela arriscou olhá-lo rapidamente e segurou a respiração; era melhor que os invasores não ousassem se aproximar demais deles. O maxilar de Malcolm estava trincado, e o olhar, estreito como o de um gavião. Por trás de seus sorrisos e piadas, McCall era um homem com o qual se podia contar. Ela não sabia por que aquilo fez seu coração subir à garganta.

Elle queria ficar longe daquele calor e cheiro esmagadores, mas as pregas barulhentas de sua saia poderiam chamar atenção. Ela repousou as mãos nas coxas dele para se equilibrar, ignorando a amostra dos músculos rígidos sob suas palmas, e focou em ouvir a conversa. Era o único motivo de estar em Richmond, e seria melhor não se esquecer.

— Acredito que podemos levar o resto dos materiais pelo rio à noite sem sermos vistos. Podemos posicionar uma vigia aqui para sinalizar quando chegarmos — falou o homem de pernas finas e torso curto.

— Eu não sei — disse o segundo homem, tirando o chapéu e coçando a careca.

— Não temos tempo para gastar, diabo! Os ianques vão enforcar esse país até a morte, como uma cobra em um berço, enquanto você estiver ocupado pensando. Só me dê a liberação!

Contrabandistas?, se perguntou Elle. *Por que eles se encontrariam ali entre todos os lugares?* Graças às conversas de Mary, ela sabia quais rotas eram consideradas as melhores e quais eram perigosas demais para os barcos pequenos e ligeiros, que traziam mercadorias para quem pagasse mais.

Malcolm se mexeu só um pouquinho, mas Elle não usava nenhuma crinolina sob a saia para mantê-lo a uma distância respeitável, e o elevar de seus joelhos a fez escorregar ainda mais para o colo dele. Sua bunda se pressionou contra a virilha dele, e ele exalou profundamente, a respiração fazendo cócegas nos cachos da nuca de Elle.

Ela tentou não pensar em Malcolm enquanto ouvia os homens, mas um calor agradável estava se espalhando por sua barriga, e a sensação aumentou quando a mão grande dele apertou sua cintura com mais força ainda. Ela conseguiu sentir a força dele, através do tecido fino de algodão do vestido e da camisola por baixo, quando seus dedos a pressionaram. Elle não sabia se ele estava puxando-a para mais perto ou tentando preservar o decoro ao mantê-la longe, mas o toque dele era muito bom de qualquer maneira.

O homem hesitante finalmente falou:

— Tudo bem. Vamos dizer ao Caffrey que o plano deve ser colocado em ação. A palavra final sobre isso deve chegar logo e, então, veremos quem está ganhando esta guerra.

Eles se viraram e se afastaram, mas nem Elle nem Malcolm se mexeram, com medo de que algum dos homens retornasse por algum motivo. O crepúsculo escureceu enquanto esperavam, cada momento parecendo uma eternidade. Através da saia, Elle sentiu algo quente e teso pressionado em sua bunda. Ela sentira aquela pressão sedutora antes, durante seu breve romance com Daniel, e seu interior pulsou com a lembrança do prazer que seguia àquilo.

Sua respiração descompassada era perceptível, e Elle estava certa de que Malcolm podia sentir o calor que irradiava dela, especialmente da parte que estava pressionada contra ele.

— Eu deveria me levantar — disse ela finalmente.

Ele deveria ter tirado a mão da cintura dela, mas não o fez.

— Talvez você deva. Mas é isso o que quer? É algo inteiramente diferente, não é?

A boca dele estava perto do ouvido dela, e a vibração intensa de sua voz a fez estremecer. Os lábios dele roçaram na orelha dela ao falar, e Elle soltou um suave arfado pela sensação boa e inesperada que aquilo causou. O membro dele pressionou contra a bunda dela mais uma vez.

— Malcolm, nós deveríamos ir embora neste instante — sugeriu ela com mais firmeza, mas também não se mexeu.

Elle sabia que, caso se virasse, veria o tipo de pessoa sobre quem fora alertada por toda a vida a evitar ter intimidades. Mas sentado daquela forma, ele era apenas um homem. Um homem caloroso e firme que remexia algo dentro dela que ia contra tudo que Elle pensava saber sobre si mesma.

A respiração dele roçou na orelha dela quando Malcolm afrouxou a mão da arma, movendo-a lentamente, o deslizar das pontas de seus dedos na clavícula dela despertando pontadas de prazer pelo caminho. Elle lera sobre médicos que aplicavam correntes elétricas nos pacientes como tratamento, e se perguntou se era algo parecido com o que o toque de Malcolm lhe causava. Ela era apenas sensações sob o suave carinho da mão dele. O barulho da água corrente encobria todo o resto, fazendo Elle sentir como se eles estivessem sozinhos em uma ilha de possibilidades infinitas, mesmo que a parte lógica dela protestasse.

Os dedos dele acariciaram seu pescoço. Quando a mão deslizou por cima da cicatriz saltada, ele parou abruptamente.

— O que aconteceu aqui?

Os lábios dele tocaram a orelha dela ao falar, causando uma onda de sensações dentro de Elle.

— Um rebelde em Baltimore...

Elle estacou. Aqueles olhos azul-prateados... eles de repente pareceram familiares demais.

Ela pulou para longe do abraço, tropeçando sob as pernas trêmulas. Seu corpo quase gritou em descontentamento pela perda, mas ela não podia permitir que isso acontecesse. Malcolm era um homem acostumado a ter o que queria, então a ignorância dele era compreensível, mas Elle sabia muito bem o que poderia acontecer se sucumbisse às suas investidas. Além disso, ao que parecia, ele quase lhe custara duas de suas missões.

— Você era o trabalhador do cais que me seguiu — disse ela, apontando um dedo para ele.

Suas bochechas já estavam quentes pela proximidade dele, mas agora a humilhação escaldante subiu depressa pelo pescoço dela para se juntar à excitação. Tinha se sentado ali e se vangloriado de sua memória poderosa para um homem que não reconheceu ao ver. Talvez LaValle e Daniel estivessem certos por duvidar dela.

— Eu era o detetive se passando por um trabalhador do cais que a levou depressa ao médico enquanto você sangrava — rebateu ele, levantando-se com as mãos para o alto. Malcolm a encarou com os olhos estreitados, e ela percebeu que ele também estava puxando as lembranças daquele dia para tentar combinar o rosto dela com o da escravizada esfarrapada que encontrara. — Você destruiu a minha melhor camisa de trabalho naquele dia.

Elle estava abalada. Fora *ele* que a salvara? Mas a descoberta ficou em segundo plano quando ela se lembrou do que ele insinuara naquele dia caótico: que ela era uma mulher que podia ser obtida a um preço baixo. Uma assanhada.

Elle ajeitou a gola do vestido e puxou o manto para mais perto. A pele ainda formigava onde ele havia tocado.

— Podemos discordar se você me guiou ao perigo ou me salvou dele, mas em algo podemos concordar: nada de bom vai sair disso — disse ela, ajeitando a saia e torcendo para que o farfalhar do tecido escondesse o vacilo de sua voz. — Não importa se você é da União ou um rebelde, não serei usada como um divertimento para satisfazer sua curiosidade. Se precisa saber, eu digo sem hesitar: tenho sob a saia o mesmo que as donzelas brancas com quem dormiu. Apenas um pouco mais escuro.

Malcolm soltou um riso sem humor e balançou a cabeça. Estava totalmente escuro agora, mas o céu da noite estrelada provia luz o suficiente para torná-lo visível. Ele pegou as mãos dela, usando os dedões para acariciar as costas das de Elle e acordando nela um desejo não solicitado.

— Elle, não vou mentir e dizer que não estou curioso. São os seus olhos... há uma profundidade neles que deixa qualquer homem inquieto para conhecer você melhor. Você é rápida, e sua língua, afiada. É tão difícil assim acreditar que não tenho um motivo obscuro?

Ela riu baixinho.

— Sempre se tem motivos obscuros — respondeu.

Aquilo fora algo que aprendera na vida. Todos que lhe ofereceram algo — abolicionistas, missionários e até mesmo Daniel — sempre quiseram algo em troca.

Elle abaixou o rosto para não ter que lidar com o jeito que Malcolm a encarava, como se ela fosse um livro com o qual ele queria se envolver por dias sem fim, saboreando cada palavra. Ela ficou quieta por um longo tempo, lutando contra seus sentimentos conflitantes. O breve contato entre eles foi bom, e de alguma forma pareceu certo, mas qualquer coisa além disso estava fora de questão. Era simples assim. Ela se irritava com Malcolm podendo falar da possibilidade de algo mais de um jeito tão casual, mas claro que ele podia; para homens como ele, uma paixão por uma mulher negra seria vista como uma aventura. Contudo, eram infinitas as maneiras que aquilo podia arruiná-la.

Ela puxou as mãos das dele.

— Que rápido você esqueceu sua oferta de proteção, sr. McCall. O sr. Pinkerton sabe que está mandando homens ocupados demais tentando se deitar com escravizadas para fazerem o maldito trabalho? Você não me deu nenhuma informação sequer, mas encontrou tempo para me seduzir em um arbusto. Como isso ajuda a União? Como isso ajuda meu povo a conseguir liberdade?

Elle disse as palavras mais para si mesma do que para ele, mas viu o impacto que tiveram. Ele levou os braços para trás, como se esse fosse o único jeito para não encostar nela.

— Você não é uma escravizada de verdade — lembrou ele com a voz baixa.

— Correto. Se eu fosse, você poderia conseguir o que quisesse de mim sem essa tentativa de sedução.

O rosto dela estava quente, e ela estava perigosamente perto de chorar. Por quê?

— Elle...

— O quê? Nada do que possa dizer muda o fato mais importante: eu não vou tê-lo. Mesmo se eu o fizesse, certamente não sou alguém que você levaria para mamãe e papai conhecerem, não é? — perguntou ela.

Ele não disse nada, mas o longo silêncio era resposta o suficiente. Elle se levantou e se virou para descer a ribanceira, fingindo que o coração não estava doendo porque um homem que ela mal conhecia não podia nem ao menos fingir que a assumiria.

— Espere um pouco mais antes de descer caso tenham pessoas por aqui. Não poderia ter boatos se espalhando de que o senhor foi visto com uma escurinha — falou ela.

— Elle... — começou Malcolm, mas ela o interrompeu.

— Não seria bom para nenhuma de nossas investigações se achassem que estamos confraternizando, sr. McCall. — O tom dela era sério.

Com isso, Elle começou a descer a ribanceira, esperando salvar pelo menos parte de sua dignidade depois de deixá-lo apalpá-la como se fosse uma aventureira.

— Não é seguro para você andar sozinha — disse ele, e ela ouviu que ele se aproximava atrás dela.

— Qualquer coisa é mais segura do que andar com você, sr. McCall — disse ela com franqueza, levantando uma mão para pará-lo. — Boa noite.

Elle desceu a colina aos tropeços, torcendo para que uma boa noite de sono acabasse com o sentimento horrível preso em seu peito. Estivera certa por ter desconfiado de Malcolm McCall. Ela conhecia muito bem a sensação de estar certa, mas nunca se arrependera tanto por isso.

Capítulo 4

O REBULIÇO DO CENTRO DE Richmond girava ao redor dele, mas o chacoalhar das carruagens e os gritos dos homens tentando vender seus escassos produtos podiam muito bem estar vindo da Lua, que Malcolm não se importaria. Ele mantinha os olhos e ouvidos atentos, embora não conseguisse parar de pensar em como Elle se encaixara perfeitamente em seus braços na noite anterior, e na rejeição dolorida que o atravessara quando ela marchou caminho abaixo. Ele não estava muito acostumado com aquele sentimento, e descobriu que não gostava nem um pouco.

Descobrir que ela era a mulher que encontrara em Baltimore foi ao mesmo tempo chocante e completamente esperado. Lá, os olhos dele também foram tragados para ela, mesmo em meio ao caos que os cercara. Fora imprudente segui-la, pedindo respostas no meio de um levante. Quando ela fora ao chão, sangrando e se engasgando, ele deixara sua máscara cair completamente e a carregara, levando-a ao médico que ele sabia que tratava de pacientes negros. Precisou ir embora da cidade logo depois, e seu personagem de um estivador alemão se perdeu, mas se perguntava com frequência o que havia acontecido com ela. Agora desejava nunca ter descoberto, porque tinha certeza de que Elle Burns seria sua ruína.

Mesmo ela tendo o alertado, com olhos flamejantes, tudo que ele queria era puxá-la para perto e deixar toda a insanidade da guerra desaparecer. Mas era essa mesma insanidade que tornava impossível eles ficarem juntos.

Culpa o corroera durante toda a noite, junto com a preocupação por Elle depois que ela o deixara na ribanceira. Malcolm não era um rufião e tentava ser gentil até mesmo com as mulheres que eram simplesmente um componente em suas missões, mas ele havia muito decidira qual caminho tomaria na vida, e se desviar por causa de uma mulher não estava nos planos. Ele vira o que se importar demais podia fazer com um homem, e suas várias carreiras sempre o permitiram convenientemente evitar tal enlaço. Mas algo na maldita detetive da Liga da Lealdade o fisgara para valer.

Ele se arrependia por ter tomado liberdades com ela, mas ainda podia sentir como a pulsação no pescoço dela havia acelerado sob seu toque. O calor do corpo dela contra seu corpo no frio da noite de inverno fora marcante. Ela era uma mulher corajosa, essa Elle, não a sombra muda que fingia ser na residência dos Caffrey. Ele sabia uma coisa ou outra sobre desempenhar papéis, mas o irritava que a efetividade do papel de Elle estava parcialmente enraizada na tendência da sociedade de vê-la inerentemente como inferior. Por causa disso, ela nunca acreditaria que ele sentia mesmo algo por ela. E, mesmo se ela acreditasse, se ela retribuísse, o que fariam depois? Ele se sentia sortudo por ser o receptor de suas palavras afiadas, mas a que isso poderia levar?

A lugar nenhum, esta é a resposta.

Não pela primeira vez, mas agora pelo motivo mais egoísta, ele mandou aos infernos a instituição da escravidão.

Enquanto caminhava, esquadrinhou a fachada das lojas, procurando o nome Bitnam, primo de um advogado que gentilmente apresentara Malcolm para muitos círculos secessionistas proeminentes em Baltimore. Seu motivo original para visitar Richmond era entregar correspondências de Maryland e examinar os destinatários, e aquilo era algo que ele tinha a intenção de cumprir. Ele havia aberto e lido as cartas, claro, e qualquer informação importante foi anotada; mas cumprir as entregas mantinha as aparências. Não havia motivos para desfazer pontes a não ser que fosse absolutamente necessário.

Malcolm parou diante de uma loja de tecidos com o nome que procurava pintado no vidro da janela. Enquanto olhava o cetim, a renda e o tule através do vidro, seus olhos se ajustaram à pouca luz lá de dentro e um movimento chamou sua atenção. Uma saia com uma armação larga o suficiente para abrigar três pessoas se agitava na frente do balcão, e sua dona apontava para um tecido ornado em contas atrás dele.

Susie Caffrey.

Malcolm entrou na loja a tempo de ouvi-la dizer com uma voz mais doce do que torta de noz-pecã:

— Esse preço é absurdo, sr. Bitnam. Exorbitante. Não posso acreditar que um cavalheiro sulista cobraria um preço tão horrível de sua irmã de guerra. Isso parece algo que um ianque faria, e tenho certeza de que meus companheiros no Comitê de Vigilância concordariam comigo.

Ela passou um dedo pelo tecido enfeitado com pérolas, e Bitnam levantou a cabeça, as rugas de preocupações em sua testa permanecendo mesmo quando ele sorriu para Malcolm.

— Bom dia, senhor — disse Malcolm. — Tenho uma carta de Baltimore para o sr. John Bitnam. Estou correto em assumir que este é o senhor?

— Está correto — respondeu Bitnam, o sorriso se alargando ao sair de detrás do balcão. — Sinto muito, srta. Susie, se me der licença por um segundo.

Susie se virou na direção dele, seus olhos estreitos de irritação, mas, quando o reconheceu, ela os arregalou, mostrando toda sua glória cor de mel.

— Senhor McCall! Que maravilhoso o encontrar aqui! Talvez tenha procurado por mim por ter se arrependido por ir embora tão repentinamente ontem?

Malcolm estava ansioso para visitar Susie, mas só por causa da espiã trabalhando para ela.

— Não posso dizer que isso não é verdade, porém, tenho alguns negócios para resolver com o sr. Bitnam também.

— Ah, não precisa se apressar só por minha causa — disse ela. — Eu estava apenas comprando alguns tecidos para o clube de costura desta semana. O senhor sabe que estou sempre pensando no que posso fazer para deixar nossos rapazes confortáveis.

Malcolm quase admirou o atrevimento dela — Susie reunia uma mentira descarada e um convite em duas frases meigas. Ele não se importava com quantos homens ela se envolvera — algo que havia descoberto em suas viagens era que mulheres e homens não eram tão diferentes assim quando o assunto era a apreciação do sexo oposto, por mais que os pregadores gostassem de dizer o contrário. Contudo, o jeito fácil com que ela mentia era algo completamente diferente. Malcolm sabia que ela gostava de intimidar as pessoas, mas dizer uma falsidade tão irrelevante logo após uma ameaça egoísta soou muito errado para ele. Era o auge da hipocrisia, tendo em vista sua profissão, mas mentir só não era mais importante que intuição em sua área, e seu instinto estava lhe dizendo para tratar a srta. Susie Caffrey com cautela.

Ainda assim, ele sorriu como se ela fosse uma refeição quente no domingo depois de uma missa longa demais.

— Não há nada melhor do que uma mulher que se joga na Causa, não é mesmo, Bitnam?

Bitnam assentiu em veemente concordância, embora seu olhar fosse cauteloso ao encarar Susie.

— Os Caffrey são uma ótima família. Eu estava dizendo isso ainda há pouco durante um jantar na outra noite na mansão de Davis. Foi estimulante ver um velho amigo da família, especialmente agora que o Jeff ascendeu tanto.

Se Bitnam não estivesse prestes a receber uma carta cheia de ódio contra o presidente Lincoln e a União, Malcolm poderia ceder ao homem algum respeito pela jogada.

— Bem, acho que vou indo — disse Susie, retirando a ameaça ao se afastar do balcão. — Estou indo assistir aos homens perfurarem a área da feira, prometi a Ruf que iria. Tenho certeza de que ele não vai se importar se vier junto, sr. McCall.

Outra pestanejada. Outra mentira. No entanto, essa podia acabar sendo útil para ele.

— Isso me parece o passatempo perfeito. Se me der um momento, sairei logo — disse ele, e então se virou para o sr. Bitnam.

O olhar do homem mandava um alerta ao aceitar a carta, mas suas palavras nunca se tornaram mais do que conversa fiada. Malcolm se desculpou por não poderem conversar mais, e Bitnam o desejou uma tarde interessante.

Quando saiu e viu a carruagem luxuosa dos Caffrey com Elle parada ao lado, ele teve certeza de que *interessante* era o mínimo que sua tarde seria. O cabelo dela estava puxado para trás em um coque simples, e ela usava o mesmo vestido do dia anterior, mas o afetou da mesma maneira. Ela tremia no inverno frio, desprovida até mesmo do manto que usara na noite anterior.

Em sua imaginação, ele oferecia sua sobrecasaca, mas Susie não veria tal ato como gentileza, e nem Elle.

Ela olhou para Malcolm e depois para o outro lado da rua, onde Susie estava parada, conversando com uma mulher de cabelo escuro. As mulheres sorriam cordialmente, e Susie ainda estava sorrindo quando voltou à carruagem e disse:

— Peço desculpas por fazê-lo esperar, mas tenho estado de olho nessa Owen há semanas. Ela diz estar do lado do Sul e, ainda assim, dá remédios para os ianques presos em Castle Thunder. O pai dela nasceu em Nova York, sabe. O sangue fala mais alto.

Malcolm ouvira falar de como eram as prisões: as condições eram horríveis, não importando de que lado da linha Mason-Dixon alguém fosse capturado. Mas ele tinha ouvido algumas histórias de homens da União que fariam pelos se arrepiarem.

— Dando auxílio aos ianques? Isso é suspeito — disse Malcolm, prestando atenção. — Talvez ela tenha levado a ética de reciprocidade de um jeito muito literal. "Não faça aos outros..."

— Bem, uma pena, porque Deus está do lado do Sul — falou Susie com animação. — E todos nós sabemos que nosso Deus é vingativo. Não fique aí parada, abra a porta.

Suas últimas palavras foram direcionadas a Elle, que manteve a cabeça baixa ao passar por Susie para alcançar a porta da carruagem e abri-la. Malcolm ajudou Susie a subir e quase esperou Elle entrar antes de se lembrar que seria uma quebra de etiqueta. Ele se espremeu ao lado de Susie e esperou enquanto Elle subia e fechava a porta. Ela colocou os pacotes no lugar ao seu lado e, então, olhou pela janela, como se estivesse sozinha na carruagem.

— Sinto tanto a falta de Martha — suspirou Susie. — Aquela era uma escurinha que sabia como servir. Eu nunca passava nenhuma vontade. Ela esteve comigo até pouco antes de nos mudarmos, mas adoeceu, e tive que deixá-la. Agora não tenho nenhuma serva apropriada e sou obrigada a carregar essa tonta emburrada comigo.

Malcolm olhou para Elle, que não demonstrou nenhum sinal de ter ouvido ou entendido. A raiva dentro do peito dele fez a carruagem parecer pequena demais para todos eles *e* a animosidade de Susie. Malcolm passara por casos parecidos durante seu trabalho como detetive, mas um desrespeito tão descarado era algo que nunca tivera que tolerar. Mesmo quando se passara por um estivador humilde, ele fora tratado bem na maior parte do tempo. Era aquilo que Elle aguentara por semanas e semanas? Não só a violência inerente a se passar por uma mulher escravizada, mas os constantes abusos cruéis e sem motivos de Susie?

— Devemos ir, senhorita? — perguntou o escravizado conduzindo a carruagem.

— Sim, Reibus!

A carruagem entrou em movimento, e Malcolm lutou contra a vontade de dizer para Elle com o olhar que o flerte com Susie era uma farsa. Mas isso não serviria para nada além de aliviar a própria culpa. A Providência o havia colocado ao lado do senador Caffrey enquanto eles estavam esperando pela balsa para Richmond, e ele não podia perder essa oportunidade. Malcolm estava desempenhando um papel, e, naquela situação, um soldado confederado cortejando a filha do senador não olharia duas vezes para a escravizada. Ele inspirou profundamente e depois direcionou o foco à Susie.

— Apesar disso, o que está achando de Richmond? — perguntou ele, se aproximando um pouquinho mais dela.

Os olhos dele passeavam por ela inteira. Em momentos assim, Malcolm imaginava que havia um delicioso banquete posto à sua frente, mas daquela vez a voz de Elle ecoou em sua mente. Era dura, porém doce, como uma urtiga mergulhada em melaço.

— Ah, é encantador — respondeu Susie. — Tem um senso muito forte de camaradagem desde que a guerra começou.

Do lado de fora da carruagem, eles passaram por uma multidão gritando escárnios para a janela de uma fábrica de tabaco que havia sido convertida em cadeia para os soldados da União. O prédio ao lado quase parecia pequeno em comparação com as enormes letras pintadas, anunciando um leilão de escravizados.

— Nossa recusa em lamber as botas do Norte permitiu que a verdadeira ingenuidade e gentileza dos sulistas brilhassem. Não temos medo de um pouco de trabalho duro — disse Susie, e depois tagarelou sobre costura, conservas e outros assuntos de pouca importância para Malcolm.

Ela finalmente parou quando um ganido de metal contra metal encheu o ar e, ao olhar para fora, Malcolm viu que estavam passando pela Siderúrgica Tredegar, onde o som da produção de artilharia era constante. Quando se afastaram o suficiente para retornar à conversa, ela o encarou com olhos brilhantes.

— Queria que você pudesse ter estado lá na noite que Sumter caiu! Aquela foi uma comemoração e tanto! Homens atiraram para o alto e todos dançaram livremente. — Susie se inclinou para mais perto dele, os seios pulando para cima e para baixo. — Mulheres foram agarradas e beijadas na rua, o que foi ótimo quando o companheiro era bonito.

O jeito que ela o encarava não deixava nenhuma dúvida que ela o colocava naquela categoria privilegiada.

— Parece de fato ter sido uma comemoração e tanto — comentou ele.

Malcolm ouvira histórias sobre como as pessoas comemoraram nas ruas depois de Forte Sumter cair, mas ele estava em Washington, recebendo novidades do cerco horrível por telegrama. Naquele momento, a guerra se tornara algo tangível e incontrolável.

E Susie comemorara.

— São canhões lá ao longe? — perguntou ele.

Eles haviam se afastado do centro movimentado da cidade e estavam em uma estrada menos cheia, indo na direção da área da feira.

Susie olhou para ele, surpresa pela mudança de assunto, e se virou para acompanhar seu olhar.

— Sim, os fortes cercam a cidade e nos protegem de ataques vindos por terra ou por mar. — Ela se mexeu um pouco, e a crinolina foi pressionada contra a perna dele. — Tem algo de muito atraente em um homem que sempre está com a segurança de nossa nação em mente, mas espero que o senhor se ocupe com outros interesses de tempos em tempos.

— Ah, eu sou um homem de muitos interesses, srta. Susie, e a disposição dos fortes é de longe o menos atraente — afirmou ele.

Ele precisou lutar contra todos os instintos para não se afastar da mulher e olhar para Elle, que estava sentada em silêncio, mas com sua presença sendo uma sensação física persistente apenas um pouco fora da sua visão periférica. O que ela deveria pensar sobre ele depois do que se passou perto do rio? Pela primeira vez, Malcolm se sentiu bobo ao performar sua sedução para coletar informações. Ele não temia falhar — fracasso não estava em seu repertório —, mas temia que a mulher com quem verdadeiramente queria flertar nunca mais o levasse a sério após seu sucesso.

Mais uma vez, ele sentiu o magnetismo da presença de Elle e lutou contra a ideia de se permitir apenas uma olhada para ela. Em vez de colocar os dois em risco, ele se obrigou a focar na tarefa do momento: ludibriar Susie, enquanto ela queria ludibriá-lo até a cama. Ele deixou que o olhar repousasse no volume dos seios de Susie ao fazer um lembrete mental para conferir as fortificações e pegar as medidas corretas pela manhã. Era provável que alguém já tivesse mandado aquela informação, mas um excesso de informação era melhor do que uma escassez.

— Embora eu deva admitir — continuou ele — que não há nada que eu aprecie mais do que explorar novas terras, examinar trincheiras e descobrir os segredos que elas carregam.

Ele havia carregado cada palavra com insinuações que não podiam ser ignoradas nem a cinquenta metros de distância.

Os olhos de Susie brilharam com uma alegria mercenária. A expressão era a mesma que ele vira nos rostos dos homens cujos planos ele arruinara durante o último ano: uma ânsia por aventura, por algo que elevasse o que seria uma vida tediosa a uma cheia de glórias proveitosas. Ele não podia culpá-la por aquilo; ele podia ter sido um tesoureiro assim como podia ter sido um espião — também vivia para bons proveitos.

O dedo dela brincou com uma trança de louro presa no decote, ressaltando sua forma.

— Bem, sr. McCall, se já terminou de observar as fortificações, posso ajudá-lo com...

As palavras dela foram interrompidas por um barulho alto vindo das colinas. A carruagem balançou violentamente de um lado para o outro, quase perto de capotar. O barulho de madeira se partindo cortou os ecos que ressoaram após a explosão inicial. A voz calma do condutor, que tentava acalmar o cavalo, foi vencida pelos gritos assustados de Susie.

Um instante depois, a carruagem voltou a se equilibrar nas duas rodas e o cavalo parou, relutante. Susie estava encolhida sob um dos braços de Malcolm, pressionada contra o peitoral dele. Malcolm olhou para baixo e descobriu que seu outro braço estava esticado até o outro lado da carruagem, segurando Elle contra o assento. Os olhos dela estavam arregalados e ferozes, mas ela não emitira nem mesmo um choramingo, sem sair do personagem. Era ele quem ameaçava seus papéis. Ele a soltou antes que Susie visse, embora afastar a mão de Elle e usá-la para acariciar as costas da dondoca chorona parecesse muito errado.

A porta da carruagem se abriu revelando o condutor, Reibus. Sua pele preta brilhava com suor, e ele avaliou a cabine, conferindo todos presentes.

— Sinto muito. Nunca vi a égua se assustar assim antes, mas seja lá o que tenha sido aquele barulho, assustou ela para valer. Todos estão bem?

— Não, eu não estou bem! — Susie se afastou de Malcolm e saiu depressa da carruagem, relutantemente aceitando a mão de Reibus ao descer. — Eu me recuso a andar mais um centímetro com você conduzindo como um maníaco!

— A carruagem quebrou, madame — disse Reibus, cabisbaixo e com as mãos para trás. — Não dá para conduzir para lugar nenhum.

Antes que Susie pudesse expressar descontentamento, o barulho de cascos à distância chamou a atenção deles.

— Ah, graças a Deus! — suspirou Susie ao olhar a carruagem se aproximando, uma em bem melhor estado do que a deles.

Ela levantou a mão e acenou dramaticamente. Quando a carruagem parou, Rufus e outros soldados saíram dela.

— O que aconteceu aqui? — perguntou ele, encarando Malcolm.

— Estava indo ver você e quase perdi minha vida no caminho! — disse Susie.

Lágrimas surgiram em seus olhos de novo quando se aproximou de Rufus, e ele segurou a mão dela de um jeito gentil que contrastava com sua natureza bruta.

— Tem espaço em nossa carruagem — disse ele, lançando um olhar frio para Malcolm. — Apenas para uma pessoa.

— Tem lugar na frente, talvez? — perguntou Susie. — Meu condutor precisa encontrar ajuda para lidar com os reparos. — Ela, então, se virou para Malcolm, piscando afetadamente. — O senhor não se importa em esperar um pouco aqui, não é? Tem havido tantas pessoas novas povoando a cidade, nunca se sabe qual tipo repugnante pode aparecer e tirar vantagem do meu azar. Com todas as compras que fiz na cidade hoje, isso seria desastroso! Preciso de alguém grande e forte para proteger a carruagem. Sei que papai ficará muito feliz por você fazer isso.

— Não me importo nenhum pouco — disse Malcolm.

Susie já se afastava de um jeito ostensivo e estava sendo colocada na carruagem como um pedaço de porcelana, mas ele estava contente com a tolice dela, porque na pressa ela esquecera de algo mais valioso do que suas compras. Quando a carruagem dos soldados se afastou,

Malcolm se virou e se apoiou na porta da carruagem quebrada. Uma fina garoa de neve flutuava até o chão, prendendo em seus cílios.

— Parece que estamos sozinhos — disse ele. — Não quero parecer ousado, mas, se eu me sentar aí dentro com você, acredito que vai ficar bem mais quente.

Elle não disse nada, e Malcolm não tinha certeza se era por estar mantendo o papel ou porque o desprezava.

— Tudo bem, eu admito. Sou eu que estou procurando calor. — A cabeça dela se virou para ele bruscamente, o olhar furioso encontrando o dele. Malcolm se corrigiu: — De um jeito platônico. Você deixaria mesmo um companheiro detetive aqui fora na neve?

Elle olhou ao redor, garantindo que ninguém estava olhando, e então foi mais para o fundo da carruagem, até estar pressionada contra a porta do outro lado, dizendo:

— Pode entrar, mas...

As mãos dela foram para a saia e começaram a levantar o tecido. Malcolm sentiu uma pontada de calor quando o primeiro pedaço da pele marrom macia ficou exposto, e depois um choque cortante que se abrigou na virilha quando Elle revelou a panturrilha e o joelho — ele quase não percebeu o metal brilhante refletindo o sol de inverno. Ela deslizou uma faca da bainha que estava presa à perna. Quando ele a encarou, um sorriso duro agraciava os lábios dela. Elle passou um dedo pela parte lisa da faca e depois a deslizou de volta à bainha, abaixando a saia.

— Para que não tente recomeçar as atividades de ontem à noite — explicou ela.

Malcolm assentiu e entrou na carruagem. Ele se sentou e fechou a porta, mantendo o máximo de distância possível entre eles. Ela tentara ameaçá-lo, mas a breve e gloriosa extensão de perna não era nada além de pura tentação.

Aquela seria uma espera longa.

Capítulo 5

O pescoço de Elle estava tenso, e não por ter sido sacudida de um lado para o outro pela carruagem desgovernada antes de a mão forte de Malcolm agarrá-la e mantê-la firme. O toque dele a conduzira à calma, e ela ainda estava maravilhada com o fato de que, em um momento de calamidade, o instinto dele tenha sido protegê-la. Estar tão perto de McCall depois do encontro deles na ribanceira deveria enchê-la apenas de raiva, mas havia outra sensação misturada que ela se recusava a reconhecer. Uma que estava se tornando muito familiarizada com o contorno da palma dele e dos calos que a agraciavam.

Ela ajeitou a postura, pressionando as pernas juntas com mais força. O cutucão da bainha de sua faca na coxa era um lembrete da precariedade da situação, assim como do quanto a pele era sensível naquela parte, e o quanto poderia ser bom ser acariciada por uma mão diferente da dela...

Elle não pensava em coisas assim desde que terminara a relação com Daniel. Quanto tempo fazia? Um ano? Mais do que isso? No momento em que seu amigo começara a considerar o arranjo temporário como algo que levaria ao casamento, ela dera um fim ao aspecto sexual da relação. Havia encontrado muitos homens distintos oferecendo seus serviços desde então, mas o risco era muito alto para uma mulher como ela, e o ganho muito baixo. Especialmente com um homem como McCall.

Elle se lembrou de como ele esteve na ribanceira: tão natural e relaxado que ela, por um momento, perdeu o bom senso. Ele a desarmara, a embalara em uma sensação de falsa segurança. E, então, Malcolm a fizera queimar por ele.

Pode-se sorrir, sorrir e ser patife, ela se lembrou. Era melhor lembrar das tragédias de Shakespeare do que de suas comédias quando se tratava de Malcolm.

Ela ousou olhar para o outro lado da cabine e o encontrou a encarando. A expressão dele era neutra, mas os olhos... Elle vira aquela cor e intensidade apenas uma vez, quando uma tempestade feroz se formou durante seu retorno aos Estados Unidos, sacudindo o navio nas ondas como um amontoado de gravetos. Ela mal sobrevivera à tempestade — se permitisse que McCall tomasse qualquer outra liberdade, estaria perdida como os navios mais desafortunados que se partiram em pedaços no vasto e voraz oceano.

Elle afastou o olhar, mas sabia que ele ainda a fitava. Normalmente odiava a sensação de estar sendo observada, mas não sentia que ele procurava algum defeito ou alguma justificativa para sua existência. Ele parecia contente em apenas encará-la, o que era inquietante por um motivo inteiramente diferente.

— Você ainda não provou ser um bom detetive, mas qualquer um que se preze estaria pensando sobre as fortificações ou o estouro que assustou o cavalo ainda há pouco, e não encarando como se tivesse um ingresso para uma apresentação de circo — disse ela.

— Já que os soldados que gentilmente nos livraram da srta. Susie não estavam com pressa, duvido que a União tenha começado uma invasão a Richmond. Provavelmente foi artilharia sendo testada. Ou testando a si mesma — falou Malcolm. Elle ouviu o tecido da odiosa farda dele arranhando o assento quando ele se mexeu. — Quanto às fortificações, eu não poderia pular de uma carruagem em movimento para examiná-las, poderia? Estou planejando fazer uma longa caminhada amanhã cedinho e juntar informações.

— Não finja que não estava se divertindo com Susie, fosse ou não uma encenação. — Ela não queria falar sobre as fortificações, mas o jeito que ele ignorou o próprio comportamento foi combustível para a irritação dela, empurrando-a adiante como uma máquina em movimento.

— Estou tentando coletar informação, o que é benéfico para nós dois — explicou Malcolm, se inclinando em sua direção. — De que outra maneira eu deveria me comportar com ela?

Raiva flamejou em uma onda de calor pelo pescoço de Elle.

— Engraçado que, quando estava tentando conseguir informações de mim em Baltimore, você insinuou que eu era uma prostituta, e me tratou como uma. Devo me sentir ofendida por você ser só galanteios e flertes com Susie? Ah, mas esqueci que você é o nobre Malcolm McCall, que não vê meu povo como inferior, então não devo fazer suposições.

Ela o encarou e, daquela vez, ele não conseguiu sustentar o olhar.

— Não vou inventar desculpas para isso. Peço perdão — falou Malcolm.

A expressão dele era sóbria, como se de fato se sentisse envergonhado. Se estava mesmo ou não, ela nunca saberia. A vida era assim quando se lidava com um detetive libertino.

— Você tem lápis e papel para fazer anotações? — perguntou Elle, em um tom que insinuava duvidar que ele fizesse algo tão sensato.

Ignoraria as desculpas dele. Ela não lhe daria a satisfação de ser perdoado quando ainda estava ressentida, com ele e consigo mesma.

— Sim — disse ele, procurando no bolso da sobrecasaca. — Nem todos nós somos abençoados com uma memória como a sua.

Elle revirou os olhos.

— Você pode andar pelas ruas sem preocupações, flertando como e com quem bem entende, e se portar com um ar de onipotência mesmo quando tudo o que sabe pode caber em um dedal. Eu, por outro lado, posso me lembrar de todos os penicos que limpei na casa dos Caffrey. Muito *abençoada*.

Ela não achou que era possível, mas Malcolm McCall conseguia corar, e em abundância, e estava fazendo exatamente aquilo ao apertar o lápis e caderno. Elle sentiu uma pontada de arrependimento. O homem a salvara uma vez. Ela podia pelo menos ser cordial com ele.

Ah, você gostaria de ser bem mais do que cordial.

A expressão de incredulidade chocante dele era quase... Ela não queria admitir a palavra que estava borbulhando na superfície da mente ao ver a sobrancelha e testa exageradamente enrugadas dele.

— Um dedal? — perguntou Malcolm. — Sério?

— Sinto muito — bufou ela. — Isso foi de mau gosto. Não foi você que criou a sociedade na qual vivemos, mesmo que se beneficie dela. Estou apenas cansada e irritada depois de passar o dia inteiro ouvindo como sou uma escravizada decepcionante. Como se trabalhar até cair por nada em troca fosse algo que me inspirasse a melhorar.

Ela olhou pela janela de novo para garantir que ninguém estava se aproximando e depois voltou a encará-lo.

— Além disso, tenho certeza de que você encheria pelo menos uma concha de conhecimento, já que é de Pinkerton. Agora, sobre as fortificações: existem seis delas arranjadas em um semicírculo ao redor da cidade, a maioria em montes e outros pontos elevados. Elas têm cerca de quatro metros de largura, três metros de profundidade e abrigam de seis a dezesseis armas, de diferentes calibres. Obviamente, as de Manassas e Fredericksburg são as mais bem armadas. — Ele ainda a olhava como se tivesse batido a cabeça, então Elle esticou o braço e tocou o lápis com a ponta do dedo indicador. — Você deveria estar escrevendo isso. E espero que esteja usando alguma forma de código nessa sua caderneta.

Malcolm finalmente parou de encarar e começou a escrever. Os únicos barulhos na cabine eram do grafite arranhando o papel e do tinir gelado dos flocos de neve batendo na carruagem. Elle respirou fundo, conferindo a estrada de novo. Era estranho estar ali sozinha com ele, desconfortável de um jeito que ela nunca imaginara.

Nos romances que lia, andar de carruagem era o momento em que homens e mulheres tinham conversas íntimas e conheciam melhor um ao outro. Ocorreu-lhe que Malcolm já havia feito essa cena com Susie; Elle só era útil para informações.

E como fonte de calor.

A sensação dos dedos dele deslizando pela clavícula dela na ribanceira a esquentara com certeza. Ela balançou a cabeça, consternada pelo caminho que sua mente continuava tomando, como se caísse em um buraco na estrada. Malcolm McCall não era nada além de um sedutor barato, mesmo que os dois estivessem lutando pela mesma causa. Ela se recusava a cair em seus truques tão facilmente quanto a miolo mole da Susie Caffrey.

— Como você conseguiu essa informação? — perguntou ele enquanto escrevia. — E qual a profundidade mesmo?

— Três metros — respondeu Elle. — E quem você acha que construiu a artilharia que "mantém Richmond segura de ataques vindos da terra ou do mar"? Certamente não os homens que clamam que sacrificariam qualquer coisa ao lutar pela liberdade. Eles vão sacrificar muito, mas não o suor para cavar trincheiras tão grandes.

Malcolm terminou de fazer suas anotações e olhou para ela.

— Os escravizados que cavaram as fortificações passaram essa informação para você? — perguntou Malcolm, balançando a cabeça.

— Claro. Eles sabem o tamanho de cor.

— Eles cavaram por todo verão — disse Elle, e aquela raiva que se apossara dela ao arrumar a mesa de jantar voltou. — Foi um verão lamacento e úmido em Virginia. Eles construíram os meios que protegem a cidade que os escraviza. Você disse ontem que sabe que meu povo não é inferior. Já tentou passar essa informação para os seus companheiros? Ou se passar por um rebelde permite que você aja de todos os jeitos aos quais finge ser superior?

Elle arfou. Aquele havia sido um comentário rude, um que ele não merecia. Mas o homem a fazia levantar a guarda.

Malcolm guardou a caderneta e o lápis no bolso da sobrecasaca e arrumou os punhos das mangas. Quando se moveu do lugar em que estava para se sentar bem ao lado dela, ele não o fez rapidamente. Foi devagar, de forma deliberada, ou para dar a ela a chance de sair da carruagem ou para intimidá-la com seu tamanho.

Ela ficou sentada firmemente e o encarou sem piscar.

— Me dê a faca — disse ele, a voz mais intensa do que nunca e mais dura do que uma pedra.

Elle zombou:

— Tenho certeza de que você tem a sua, João Rebelde.

Arrepender-se do que dissera era uma coisa, receber ordens dele era outra muito diferente.

A mão dele foi até a saia dela depressa e, embora ela o tenha empurrado para longe, isso não o impediu de alcançar a bainha e puxar a faca. Ele evitou tocá-la, mas o dedinho roçou na coxa dela quando ele afastou a mão e, o diabo que a carregasse, ela *sentiu* aquilo. Por toda parte.

Enquanto Elle assistia, confusa, Malcolm colocou a ponta afiada da faca sobre o peitoral, bem onde o coração dele batia sob o tecido cinza, se o livro de anatomia que ela lera estivesse correto. A outra mão dele agarrou a dela e a fechou em volta do punho da faca. Tudo feito com a mesma raiva controlada que o trouxera para perto dela.

— Se duvida do meu comprometimento com a Causa, ou do que falei na ribanceira, então pode terminar com isso agora.

Ele aplicou a mais suave pressão na mão dela, empurrando a ponta da faca contra a sobrecasaca. Elle sabia que estava pressionando a pele dele e o encarou.

— Que truque é esse?

— Não é truque nenhum — respondeu Malcolm seriamente. — Pode me desprezar, mas se duvidar de mim, se não puder acreditar que o que falo para você é verdade, então já sou um homem morto.

Elle o encarou. Não sentia malícia ou má vontade da parte dele, mas a intensidade do olhar dele era uma força inegável que a mantinha parada.

— Se sua expectativa de vida depende da minha opinião sobre você, sinto dizer que você não tem muito tempo sobrando — falou ela.

Os lábios de Malcolm tremeram, e ela percebeu que ele reprimiu um sorriso antes de continuar com a voz ainda séria:

— Se sua opinião sobre mim é tão baixa, não vamos conseguir realizar nada juntos. Eu passei dos limites ontem à noite...

Elle soltou um barulho de irritação.

— Foi errado eu tocá-la daquela forma, especialmente depois de prometer que estaria segura na minha presença. Não posso dizer que o desejo me abandonou, porque isso seria uma mentira. — Ele exalou lentamente. — Você está certa. Não vou dizer que tive uma vida fácil, mas sou um homem que não buscou muita coisa. Isso não quer dizer que não sou um ótimo detetive. Não quer dizer que não colocarei a União antes das minhas vontades.

— Vontades insignificantes — apontou Elle, irritada por ele estar fazendo tal cena quando havia outros assuntos mais importantes para discutir.

Malcolm balançou a cabeça.

— Reconheço tudo de ruim que pode ser interpretado no meu desejo por você, mas não há nada de insignificante sobre esse sentimento.

Era estranho. A mão quente dele ainda estava envolvendo os dedos dela e o punho da faca, e Elle ainda estava muito brava, mas havia algo mais preenchendo a carruagem além de sua irritação confusa. O ar pesou com algo profundo, feroz e, apesar de todo o conhecimento dela, desconhecido.

Elle puxou a mão e a faca para longe dele e a guardou de novo na bainha com as mãos trêmulas. Pensara tê-lo chocado ao revelar a arma mais cedo, mas o jogo tinha virado a favor dele, como parecia acontecer sempre que eles se encontravam.

— Você parece gostar de um drama, sr. McCall — foram as únicas palavras que conseguiu dizer.

Ela olhou pela janela de novo, vendo a neve escassa cair no chão e derreter, mas o balançar suave da carruagem a alertou dos movimentos dele.

— Você diz isso como se fosse algo ruim, detetive. — O rico tom aveludado da voz dele se juntou à tensão no ar, e Elle tentou não saborear aquilo. — Acho que vou tomar um ar. O condutor logo deve estar voltando e não seria bom se as janelas estiverem embaçadas quando ele retornar.

— Não acha que vão estranhar se você estiver lá fora no frio e eu aqui dentro? — perguntou ela, ignorando o que ele havia insinuado.

— Se acharem, invento uma ou outra desculpa — garantiu ele, avaliando a linha do horizonte.

Porque é isso o que ele faz: age como a situação o manda. Melhor manter isso em mente.

Ele esfregou uma mão na outra e depois as enfiou nos bolsos.

— Eu devo jantar com Caffrey esta noite, mas não acho que vamos conseguir conversar mais, dado sua própria tendência para o drama.

Elle suspirou.

— Amanhã de manhã. Vou fazer algumas tarefas para os Caffrey no centro da cidade, sozinha desta vez. MacTavish da vendinha é o homem que se deve visitar para mandar correspondência para a capital, se ainda não tiver um meio para mandar suas mensagens. Se eu o vir por lá, podemos compartilhar informações e conferir se ao menos somos úteis um para o outro.

Ela se endireitou afetadamente no assento, olhando para longe para mostrar que não se importava com a reação dele.

— Tenho certeza de que encontraremos interesses em comum, srta. Elle.

Com aquilo, a porta se fechou entre eles.

Como deve ser.

Ela se ocupou em relembrar de *A arte da guerra* inteiro até Reibus voltar, nem que fosse para se lembrar que apenas uma pessoa tola confiaria no detetive indolente e bajulador com farda de rebelde parado bem do outro lado da porta.

Capítulo 6

Ficar com a carruagem e ajudar com os reparos depois do retorno de Reibus concedera a Malcolm ainda mais pontos com o senador. Durante uma refeição suntuosa demais para tempos de guerra, ele repetidamente minimizara elogios pelo comportamento e recusara ofertas de reembolso. Ele já ganhara a recompensa: um tempo sozinho com a inquietante srta. Elle.

O jantar na casa dos Caffrey fora muito bom: Susie voltara a flertar, Rufus continuara o fulminando com os olhos, e Malcolm e o senador conversaram por muito tempo enquanto bebiam uísque. Ele desempenhara seu papel jovial, mas durante toda noite as palavras de Elle ecoaram em sua cabeça, explorando seus próprios medos. Se ele podia se encaixar tão bem com o senador e com Susie, havia mesmo muita diferença entre eles? Aquele medo, e lembranças de Elle e a faca na bainha, tornaram seu sono errático e inquieto.

Na manhã seguinte, Malcolm se encontrava de novo no centro da cidade, na cadeira do barbeiro. Uma barbearia sempre era um bom lugar para encontrar informações; a profissão era a terceira, atrás de padre e garçom, na lista de estranhos para os quais um homem despeja a alma. Quarta, na verdade, se ele incluísse as prostitutas. Os homens amavam se gabar e especular quando se sentavam na cadeira de couro ou esperavam no banco por sua vez.

Ele ajeitou o chapéu e alisou as costeletas quando saiu para a rua principal e caminhou com o fluxo dos transeuntes. O corte de cabelo não fora inteiramente necessário, mas não seria ruim ter Susie achando que se arrumara para ela. Ainda assim, foi na reação de Elle que pensou enquanto o barbeiro trabalhava. Era a mão dela que ele imaginou alisando seus fios para trás antes de se inclinar para um beijo...

Malcolm não conseguira nenhuma informação valiosa durante seu tempo na cadeira, apenas notícias sobre as batalhas mais recentes e quais eram as chances de o bloqueio cair antes da primavera. Como sempre, os homens falaram sobre as fraquezas do Norte e a vitória iminente do Sul, mas havia medo em seus olhos, causado pela escassez dos produtos em suas vendas e pelos vestidos surrados e meias remendadas usados por suas mulheres. Eles tinham pensado que a guerra terminaria e seria vencida em uma semana, mas, em vez disso, continuava sem um final à vista.

Agora ele percorria o caminho por entre a multidão, cumprimentando cordialmente conhecidos que cultivara em suas várias viagens por Richmond. Ele fazia amigos com facilidade, e sempre fora assim, apesar de sua normal natureza solitária. O talento se provou bastante útil para se infiltrar em grupos de conspiradores rebeldes, mas Elle parecia à prova desse charme em particular.

Jesus, homem, se controle!

O tremor em seu peito parecia um presságio de perigo. Ele tinha estado apaixonado antes, quando era jovem e tolo, mas nunca uma mulher havia se intrometido tão incansavelmente em seus pensamentos. A apreensão eriçou os pelos em sua nuca quando lembranças desagradáveis surgiram: ameaças sibiladas de violência e crises de choro arrependido, tudo alimentado por um amor maculado pelo ciúme.

Nenhuma mulher vai me conduzir a essa loucura, ou ser receptora dela.

Ainda assim, o espanto de Elle com o momento dramático na carruagem veio a sua mente. Ela era uma mulher que não toleraria tais bobagens do homem sortudo o suficiente para tê-la. Mas Malcolm não teria tanta sorte, mesmo se fosse o tipo de homem que se permitisse sentir algo parecido com amor. A sociedade resolvera aquele problema, apesar das fantasias que o atormentavam e que guiavam a mão dele ao pênis como se fosse um jovem cheio de vigor.

Apesar de que... Ele se lembrou dos Berger, que trabalhavam em uma pequena fazenda na cidade que ele fora criado. O sr. Berger era um imigrante alemão sério e quieto, e a mulher dele era uma ex--escravizada que conhecera quando ela comprara um cavalo dele. O investimento funcionou muito bem para os dois. O casamento não era reconhecido pela lei, nem por muitas pessoas da cidade, mas eles viviam juntos desde que Malcolm conseguia se lembrar. Se o amor deles podia ir contra a correnteza, era possível para ele também?

Como se tivesse sido invocado pelos pensamentos dele, o rosto de Elle apareceu diante dele na multidão, com a cabeça baixa, mas olhos vigilantes, em busca de algo. O cabelo dela estava coberto por um turbante simples, atraindo ainda mais atenção para o formato adorável dos olhos e para os lábios carnudos. Assim como para os círculos escuros sob seus olhos. Ela ergueu a cabeça e seu olhar imediatamente encontrou o dele. Os olhos dela se estreitaram, e por um momento Malcolm achou que ela não quebraria o contato visual, pelo menos até ter ganhado aquela pequena batalha. Mas então ela pareceu se lembrar que uma escravizada encarando um homem nas ruas de Richmond não era algo a se fazer. Ela abaixou a cabeça de novo, aparentando procurar por algo no chão, mas seus pés a levaram até ele de qualquer forma.

— Bom dia — disse Malcolm, embora a mente de repente estivesse transbordando com as coisas que queria realmente dizer a ela.

Você é linda. Você é brilhante. Quero arrancar esse vestido e fazê-la gritar de prazer.

Nenhuma dessas coisas seria minimamente apropriada, mesmo se não existissem as restrições sociais contra a ligação entre eles, mas as palavras se afloraram dentro dele de qualquer maneira.

— Não vi você ontem à noite. Espero que esteja bem esta manhã.

Elle balançou a cabeça rapidamente para Malcolm, sem poder falar enquanto outras pessoas estavam ao redor. Ele ansiava por ouvir a voz doce e áspera, mesmo se fosse para o repreender como fizera na ribanceira e na carruagem. Mas ela estava desempenhando o papel de uma muda, e quando ele, pela visão periférica, viu um homem se aproximando, percebeu que precisaria desempenhar seu papel também.

— Vou responder à mensagem do sr. Caffrey esta tarde — disse Malcolm, mexendo no bolso como se acabasse de colocar algo lá.

Elle apenas assentiu como se soubesse do que ele estava falando.

— McCall!

O cavalheiro mais velho e corpulento que se aproximou apertou a mão de Malcolm com entusiasmo, mas seus olhos se voltaram para Elle.

— Como você está, filho? Espero não estar interrompendo nada.

— Não, Willocks, ela só veio me dar um recado do senador Caffrey. Jantei com eles ontem e devo visitá-los de novo esta noite.

— Ah, então ela é apenas a mensageira — disse Willocks, olhando-a rudemente. — Podia pensar em algumas outras formas de usá-la.

Malcolm apertou os dentes e engessou um sorriso no rosto. Ele oferecera proteção para ela e agora estava parado, sorrindo para um homem que a estava assediando? A promessa dele para ela não poderia superar a que ele fizera para o país. Willocks era um maldito sortudo por Malcolm ser um patriota, ou o verme teria sentido o gosto da mão de Malcolm até a semana seguinte.

E quem vai protegê-la de você?

— Essa daí? Ela é tonta por natureza — disse Malcolm com desdém. Ele precisava afastar o homem, mesmo que o fizesse parecer um pedante em vez de um dos camaradas. — Não sabe nem falar. Não tem graça assim, tem?

— Se as partes de baixo funcionarem, quem se importa de ela ter a cabecinha fraca? — perguntou Willocks, e então riu da própria indecência.

Malcolm sentiu a raiva impotente aumentar, alimentada por saber que não podia pedir satisfação pelo insulto. O fato de que ele talvez fosse a única pessoa, além de Elle, naquela multidão de pessoas na rua que achava aquilo um insulto adicionava sal à ferida.

— Você pode ir — disse ele arrogantemente para Elle.

Ela se virou e passou por Willocks, um olhar inexpressivo no rosto, como se não tivesse sido humilhada diante dele. O olhar de Malcolm a seguiu por cima do ombro do homem. Ele a viu entrar em uma pequena loja de tecidos, talvez pertencente ao comerciante MacTavish que ela mencionara na noite anterior.

— Um pouquinho escura demais para o meu gosto — apontou Willocks depois que ela finalmente desapareceu de sua vista. — Ainda assim, é uma pena que ela seja lerda. Com aqueles quadris, ela seria uma ótima reprodutora.

Deus deve estar testando minha devoção à Causa, e testando para valer, pensou Malcolm ao assentir.

Ele já viajava com grupos de rebeldes por um tempo, e as pessoas eram tão variadas como em qualquer estado da União. Alguns homens eram engraçados, alguns eram gentis, alguns faziam esforços para ajudar estranhos. Ocasionalmente, uma ponta de culpa o assolava depois de conquistar a confiança de um sulista e usá-la contra ele. Embora ele nunca pudesse esquecer seu trabalho e o perigo que o envolvia, Malcolm muitas vezes desejava que seu inimigo não fosse um inimigo. Mas as pessoas que ele encontrara até ali nessa viagem por Richmond apagavam toda a sua culpa. Eram parábolas ambulantes, um lembrete do flagelo que precisava ser tirado daquela nação.

— Ouvi que o senador Caffrey vai dar um baile em alguns dias — continuou Willocks. — Algumas pessoas disseram que ele está esfregando sua fartura na cara daqueles que não tem nada, dando uma festa luxuosa enquanto o povo está passando fome por causa do bloqueio. Mas ouvi que ele vai consertar esse problema muito em breve.

Malcolm colocou a raiva de lado e deu um tapinha cordial no ombro de Willocks.

— Quer dizer que temos algo em andamento para mostrar quem é que manda para esses ianques?

— Talvez — disse o homem com uma felicidade conspiratória. — Grandes planos para a Confederação estão em andamento. Você estará aqui para o baile? Sei que foi de grande ajuda em Charleston, e podemos precisar dos serviços de um homem como você.

Malcolm conseguira as melhores informações de sua carreira durante a estadia em Charleston. Ele minara um plano de infiltração na Marinha e revelara um ninho de serpentes presente na capital que estava mandando informações para os rebeldes, tudo enquanto fingia ser um deles. O ataque aos secessionistas na capital e o fracasso da infiltração na Marinha nunca foram conectados, permitindo que ele tirasse vantagem de outros pequenos "sucessos" para a Confederação que ele encabeçara na Carolina do Sul, apesar das perdas majoritárias para os rebeldes. Ele apenas podia torcer para que o baile lhe provesse o mesmo tipo de informação inesperada e fortuita.

— Não perderia por nada no mundo.
— Excelente. Vejo você lá, então.

Willocks se afastou, andando com dificuldade por suas pernas terem sido afligidas pela gota, e Malcolm o observou com um sorriso amigável que desapareceu quando o homem ganhou distância. Encontrar Caffrey na balsa para Richmond fora uma coincidência, mas todo bom detetive sabia que não existia tal coisa. Alguma coisa o havia atraído para o senador, e o que ele achou ter sido um tiro no escuro o colocara em algo grande. Ele precisava mandar um recado para Washington, avisando que algo estava sendo preparado.

As estações de telégrafo na capital ainda não eram de confiança, já que eram acessíveis a qualquer homem letrado que desejasse ler as correspondências. Pinkerton estava construindo uma estação particular para o presidente, mas, até lá, Malcolm teria que fazer as coisas como a velha guarda.

Ele se apressou até a loja de tecido. Ficou contente por Elle tê-lo dito sobre o lugar; era uma conexão valiosa para se fazer em uma cidade onde alianças constantemente mudavam com as pessoas partindo para a nova capital tão rápido quanto iam para guerra.

Malcolm entrou na loja empoeirada, procurando, sob a pouca luz, a cabeça com turbante de Elle em algum lugar. O cabelo dela tinha o aroma de rosas quando ela se sentara no colo dele na ribanceira. Os cachos apertados eram macios contra a bochecha dele, e ele se perguntou como seria desfazer as duas tranças e passar os dedos pela massa de cabelo escuro, senti-la pressionada contra seu peitoral depois de fazerem amor.

Sua virilha ficou tensa com a fantasia impossível, e bastante inapropriada já que ela estava a apenas alguns passos de distância dele. O comerciante estava parado diante dela no balcão, o cabelo branco espetado para todos os lados, e vestindo uma camisa com muitos furos. Quando ele viu Malcolm, seu comportamento mudou.

— Posso ajudá-lo, senhor? — perguntou ele com um tom que pareceria cordial para qualquer outra pessoa, mas Malcolm estava familiarizado com o descontentamento brando que se escondia atrás do sotaque escocês do homem.

— Acredito que sim — respondeu ele com um sorriso. — Preciso mandar uma carta com certa urgência.

— Eu não entrego cartas aqui, senhor, deve ter se confundido. Talvez deva tentar outro estabelecimento — disse MacTavish, um tom afiado ainda escondido sob a voz hospitaleira.

Malcolm reconhecia aquele como o mesmo tom que envolvia a cadência doce de sua mãe quando eles começavam a falar sobre os ingleses, como se houvesse um gosto amargo na boca dela e a culpa fosse da outra pessoa.

Elle pigarreou, e MacTavish olhou para ela. Por um momento ela pareceu pensar no que fazer; então, arregalou os olhos na direção de Malcolm e assentiu com firmeza.

— Sim — disse MacTavish, esquadrinhando a loja por qualquer comprador que pudesse estar vagando por ali. Quando teve certeza de que ninguém permanecia escondido atrás das prateleiras, ele levantou o balcão de madeira para permitir a passagem. — Me sigam até o fundo. Rápido.

Elle o seguiu, e Malcolm foi logo atrás, olhando por cima do ombro para ver se não estavam sendo observados.

O vendedor os levou à uma sala pequena. Com uma mesa e cadeiras, mal tinha espaço para os três, embora parecesse servir como um lugar de encontros para aqueles envolvidos com a abolição e com a proteção da União.

— Então esse rapaz é seu amigo, Ellen? — perguntou MacTavish.
Ellen.

Ellen e Malcolm. A Dama do Lago. Embora ela odiasse aquele poeta escocês em particular, devia saber o significado do nome do casal, os amantes destinados em meio a uma guerra. Ela lhe lançou um olhar de desgosto, e Malcolm percebeu que tinha dito o nome dela em voz alta como um tolo apaixonado.

— Amigo meu? Não, está mais para uma pedra no meu sapato — disse Elle, ainda evitando olhá-lo. — Mas ele é amigo do Abe, e é isso que importa.

Ela mantinha a maior distância possível dele naquela sala pequena e encarou um exemplo horrível de bordado com muito interesse, como se a cura para o que assolava a nação estivesse escondida sob aqueles pontos tortos.

— Eu tive a sorte de me tornar amigo do dono da casa em que Elle está trabalhando — explicou Malcolm. — Acabei de encontrar um conhecido de uma viagem anterior, e ele me deu uma informação sobre o baile que será dado na casa dos Caffrey. Há boatos de uma quebra no bloqueio.

— Quando não houve boatos assim? — perguntou Elle.

— Esse homem insinuou que algo ou alguém no baile pode ser a chave para fazer mais do que só falar.

Elle o encarou.

— Ele deu essa informação para você? Simples assim?

Malcolm deu de ombros.

— O que posso dizer? As pessoas gostam de mim.

Elle revirou os olhos, mas ele pensou ter visto a sombra de um sorriso nos cantos dos lábios dela. Provavelmente era mais uma careta de irritação, mas ele aceitaria o que pudesse.

— Aqui está o papel, tinta e pena — disse MacTavish.

Ele lambeu a ponta de uma pena e a testou, depois moveu a mão para convidar Malcolm para se sentar bem na hora que um sino tocou.

— Um cliente — sussurrou MacTavish, se dirigindo à frente da loja. — Elle pode ajudá-lo se precisar.

Ele fechou a porta sem fazer barulho atrás de si e os deixou sozinhos.

— Aquele homem fede como se tivesse feito gargarejo com uísque — comentou Malcolm em voz baixa. — Você confia na habilidade dele de ajudar em tal condição?

— Está duvidando da minha habilidade de discernir um aliado confiável de um bêbado inútil? — perguntou Elle em um sussurro, e então suspirou em resignação. — Sim, ele bebe em excesso às vezes, mas nunca nos deu motivo para duvidar dele. MacTavish ajudou a Liga da Lealdade e outras redes muitas vezes e, antes disso, ele ajudou a contrabandear inúmeros escravizados para o Norte. Além do mais, ninguém suspeita que um velho bêbado queira destruir a Rebelião.

Malcolm tinha que concordar com isso.

— Eu confio no seu julgamento — disse ele ao se sentar para escrever.

— Ah, muito obrigada. Apesar de ser gentil da sua parte, não tenho a mesma necessidade de ter sua aprovação que você parece ter pela minha.

Ai. Quando Malcolm era criança, seu irmão o mostrara um desenho de uma criaturinha chamada ouriço em uma enciclopédia de animais. Era uma criatura tão fofa quanto um garoto poderia esperar, mas suas costas eram cobertas por espinhos afiados para manter os predadores longe. Ele se lembrou que era exatamente o tipo de predador com o qual Elle estava acostumada, mas aquilo não diminuiu a dor causada pelas palavras dela. Ou a reação sem noção que ele teve a elas.

Ele queria ir até ela, pegá-la em seus braços e aliviar a frustração de seus primeiros encontros. Mas Elle permanecia de pé e ereta como uma vareta, seus dedos presos na saia. Estava claro que ela não queria alívio ou nada mais dele. Seus espinhos estavam à mostra, e provavelmente tinham sido afiados durante cada um de seus encontros anteriores.

Em vez de provocá-la ainda mais, Malcolm se sentou diante da mesa e escreveu três cartas curtas, esperando que a informação se encaixasse a alguma outra correspondência chegando a Washington, ou talvez colocasse seus companheiros detetives no caminho certo. Ele acrescentou as informações de Elle sobre as fortificações, apenas para o caso de ainda não as terem recebido.

Percebeu que Elle tinha algumas correspondências próprias apertadas na mão. Eles ainda não haviam compartilhado muito um com o outro, percebeu Malcolm. Ele tinha quase certeza de que aquilo era sua culpa.

— Gostaria de ler minhas cartas para ver se algo é útil para você? — perguntou ele, colocando seu pensamento de volta no caminho correto.

— Sim, e você pode ler as minhas também. As cartas sobre esse assunto, quero dizer.

Elle puxou alguns papéis do monte de cartas e os entregou a Malcolm, que lhe entregou as três dele. Os olhos dele foram para a assinatura antes de qualquer outra coisa.

Ellen Burns.

Seu antigo senhor tinha sido escocês, então. Ela associava o sotaque e a origem dele com escravidão e crueldade? Um dia ele perguntaria, mas, naquele momento, iria ler.

Enquanto lia as cartas, Malcolm percebeu que Elle não estava exagerando sobre seus talentos, e tinha, na verdade, os minimizado. Enquanto as cartas dele eram amontoados de resumos de seus encontros, as dela recontavam as conversas palavra por palavra, detalhadas demais para ser algo além de lembrado com exatidão. Sob cada representação das conversas havia uma breve explicação sobre como ela achava que a informação podia ser útil e como se conectava a conversas que ouvira anteriormente, com informações conhecidas sobre os movimentos dos rebeldes, e até mesmo relevantes minúcias históricas que poderiam ser úteis.

Ele olhou por cima das cartas em suas mãos, momentaneamente levado ao silêncio pela admiração que apertava seu peito. Elle tinha se sentado em uma cadeira bamba no canto da sala. As cartas de Malcolm estavam no colo de Elle e ela olhava para longe, com os olhos desfocados como se estivesse perdida em pensamentos.

— Você é incrível — disse ele.

— Eu sei — respondeu ela em um tom que indicava que estava apenas escutando parcialmente.

Malcolm sorriu e continuou lendo as cartas, chegando ao dia em que eles se conheceram. Aquilo acontecera havia apenas alguns dias? Malcolm notou que ela não mencionou o terrível mal-entendido entre eles quando ele a surpreendeu na sala de jantar. Elle escreveu sobre derrubar Susie, e a conversa inteira na mesa depois de ser expulsa — seu esforço de polir o balaústre tinha sido um truque para ouvir atrás da porta. Ele até descobriu o que se passou quando saiu do recinto: Rufus ficara falando sem parar sobre o movimento das tropas que seu capitão havia contado para ele, um possível remanejamento perigoso de soldados na Carolina do Sul. Aquela chamou sua atenção, mas as próximas linhas o fizeram se encolher. Sua pulsação intensa ao ler as palavras que foram ditas sobre ela, escritas em tinta preta. A situação era descrita sem raiva ou condenação. Apenas fatos.

Malcolm se perguntou se Elle escreveria sobre os comentários cruéis de Willocks naquela manhã e percebeu que aquele tipo de encontro provavelmente acontecia vezes o suficiente para não merecer ser reportado.

Novamente ele se lembrou da promessa bizarra que lhe fizera, uma que remetia ao cavalheirismo típico dos livros que lera quando era menino. Talvez Elle estivesse correta sobre ele estar sofrendo da doença de sir Walter. Ele quisera machucar Willocks por ser rude, mas fazer tal coisa arruinaria seu disfarce como um bom companheiro sulista e, ainda pior, o marcaria como alguém que se importava com os negros mais do que com seu povo. Quando ele carregou Elle ensanguentada pelas ruas de Baltimore, fora preciso escondê-la sob seu sobretudo para que ninguém tentasse matar os dois.

Era o ápice do egoísmo tentar algo mais com ela. Mesmo se Elle não ficasse irritada só de olhar para Malcolm, ele não a esconderia para sempre só para tê-la para si. E, ainda assim...

Ele dobrou a última carta e a colocou de volta no envelope, caminhando até Elle e se ajoelhando diante da cadeira dela.

— Estou pensando — disse ela bruscamente, sem nem olhar para ele.

— Eu quero me desculpar por essa manhã... — começou Malcolm, mas ela o interrompeu com um movimento de mão, como se ele fosse uma mosca desagradável.

— Não quero outra desculpa. Palavras de arrependimento ou simpatia não servem para nada em minha vida neste momento, a não ser que sejam ditas por senhores prestes a libertar seus escravizados ou por políticos abolindo a escravidão e as leis que a reforçam. — Ela falava baixo, mas aquilo não diminuiu a força das palavras. — Talvez aquele homem tenha me feito um favor e tenha tirado da sua cabeça tola essa ideia de você e eu termos alguma coisa. Aos olhos da sociedade, não sou mais do que algo com que você pode se deitar. É assim que as coisas são e, mesmo que vençamos a guerra, isso não vai mudar tão cedo.

Ela falava com calma, como se o fato de as pessoas esperarem o pior dela e a achassem inferior por causa da cor de sua pele fosse normal.

Porque é normal.

Malcolm pensou em tudo que acabara de ler, no jeito que a inteligência e a evidente habilidade estratégica brilhavam nas palavras dela, e a frustração o invadiu. Ele trabalhara com muitos agentes ótimos, mas nenhum o impressionara como Elle. Ele se lembrou dela de joelhos na frente de Susie.

— Como você pode suportar, Elle? Como consegue não explodir de raiva?

— Para onde isso me levaria? Essa raiva por direito da qual você fala?

Ela agora o olhava diretamente, a provocação inscrita no formato de sua boca e no arco de suas sobrancelhas.

Malcolm odiava a calma e a serenidade dela enquanto ele podia sentir a injustiça tão intensamente. Mas ele sabia que a raiva não era causada pela expressão de Elle, ou mesmo pela situação que a causara. Estava irritado consigo mesmo; enfurecia-o pensar que, mesmo lutando contra a escravidão, ele nunca entendera tão bem a injustiça até conhecer aquela mulher genial. Ela estivera certa ao ficar brava na carruagem. O trabalho dele estava longe de ser fácil, mas a diferença na forma que eles eram recebidos em todos os níveis, apesar da evidente superioridade dela, era frustrante.

Ele sempre se orgulhara de ser um amigo e um aliado de qualquer homem procurando igualdade, mas era aquilo mesmo? Ou, na verdade, ele havia se imaginado um salvador?

Malcolm balançou a cabeça, enojado consigo, com tudo. Quando falou novamente, a voz era um sussurro fraco no silêncio:

— Você merece ficar com raiva. Todo o seu povo merece. Como vocês não queimaram esse país há séculos, eu não sei dizer.

Elle se levantou em um pulo, ficando não muito mais alta do que ele, apesar de Malcolm estar ajoelhado. Quando falou, a fúria estava contida na voz, soando irritada por ter que explicar para ele algo tão óbvio.

— Porque, diferente de vocês, nós não temos o *luxo* de ficar com raiva. Se nos rebelássemos e botássemos fogo em metade do país, aonde isso nos levaria? Acha que assim as pessoas nos veriam como *mais* humanos?

— Vendo a forma que tratam seus escravizados, talvez — murmurou ele de um jeito sombrio. — Talvez o único jeito de purificar este país de seus pecados seja queimando todos eles.

— O quê, olho por olho? — zombou Elle. — Se não posso inspirar amor, vou causar medo? Que baboseira. — Ela o olhou fixamente, de um jeito que o fez se arrepender daquelas palavras sequer terem atravessado sua mente, mais ainda de terem deixado sua boca. — O sangue do meu povo permeia a própria fundação deste país. Mesmo que tudo da Costa Leste até o ponto mais distante do Oeste fosse derrubado, isso não compensaria as injustiças. E, se acha que é por isso que luto, pelo que cada negro colocando a vida em risco para parar a Confederação está lutando, então você não entendeu nada. Você não *me* entendeu.

As mãos dela apertavam a carta, e Elle a deixou cair antes de a estragar ainda mais.

As palavras dela o evisceraram. Malcolm sustentou o olhar dela, lacrimejando com emoção e dominado pela impaciência.

— Me ajude a entender.

Ele ainda estava pedindo a ela quando deveria estar oferecendo, mas não sabia mais como proceder.

— Nós não queremos vingança, Malcolm. — Elle o encarou como se ele fosse o desgraçado mais obtuso que já andara na Terra. — Nós queremos ter direito a uma vida, à liberdade e à busca pela felicidade, assim como qualquer outro tolo nos Estados Unidos tem, não sendo negro ou indígena. Então você pode ficar com sua raiva. Tudo o que posso fazer é tentar fazer uma diferença.

Apesar de dizer que não estava com raiva, Elle estava quase tremendo. Ela estava de pé a um passo dele, as mãos fechadas em punhos. Seus olhos brilhavam com lágrimas que Malcolm sabia que ela não liberaria por orgulho, e Elle mordia o lábio inferior como se tentasse impedi-los de tremer. Apesar de sua fúria, havia algo de suave e de súplica em seu olhar, algo que balançou Malcolm. Até então ele havia visto Elle irritada, aflita ou contestadora. Ela era forte, sem dúvida. Mas aquele desespero a fazia parecer vulnerável e facilmente quebrável.

— Não consegue ver? — perguntou ela. — Essa também é nossa casa. Não deveríamos ter que destruir tudo para sermos vistos como cidadãos! Não deveríamos.

A voz dela falhou na última palavra sussurrada, e algo se partiu dentro dele. Malcolm se levantou, o olhar preso ao dela enquanto a tensão entre eles se modificava de raiva e frustração para algo que queimava em uma velocidade muito diferente. O peito de Elle subia e descia como se ela tivesse corrido em vez de o destruído ali mesmo com sua verdade. Calor ferveu na nuca dele, os pelos ali se erguendo em alerta.

Malcolm não sabia o que dizer. Ele não estava acostumado a ficar calado, ou com o desejo intenso demais para ficar confortável.

Os olhos dela iam de um lado para o outro, procurando os dele; o que ela estava buscando, ele não sabia, mas naquele momento quis dar-lhe tudo. O sentimento o atingiu como um calor pesado — um desejo desesperado de satisfazê-la, de despedaçar o mundo e construir um novo se fosse preciso. Ele nunca sentira algo assim. Passara a vida se afastando de tal coisa, mas aquilo não significava nada diante do desejo de sentir a boca dela na dele, de prová-la com a língua, de beijá-la até afastar a tristeza e o desespero.

Malcolm deslizou as mãos pelos braços de Elle e os pressionou um pouco contra o vestido áspero. Apenas o suficiente para fazê-la perceber o que ele queria. Até mesmo um simples abraço trazia perigo e colocava o fardo da origem horrível do país nos ombros deles — ele não a forçaria a aceitar seu consolo assim como não faria com seu desejo. Era algo que Elle devia escolher por si mesma, se aproximar ou se afastar. O que Malcolm queria não era a melhor escolha para ela, e estava longe de ser a mais segura para os dois, mas ele pediu silenciosamente que ela se aproximasse do mesmo jeito.

Confie em mim, ele pensou ao encará-la. Elle resistiu, e ele relaxou a gentil pressão nos braços dela. Mas então a tensão em seus dedos afrouxou — Elle deu um passo mais para perto, soltando um suspiro trêmulo. Malcolm a tomou em seus braços, apenas a abraçando no estoque mal iluminado e cheio de poeira. Ele ouviu os barulhos dos clientes entrando na loja e de MacTavish, que podia os interromper a qualquer momento.

Eles tinham pouco tempo.

Malcolm a puxou para ainda mais perto de si e emitiu um barulho de alívio pelo quanto pareceu certo abraçá-la. Elle inclinou a cabeça para cima, na direção dele, surpreendida. Os lábios dela eram de um rosa escuro, suavemente abertos como se desabrochassem para ele, e a visão lhe causou um choque. A mente dele parou de funcionar e, por um momento, tudo o que existia era ela.

O que diabo há de errado com você?

Malcolm ouvira sobre homens fazendo poesias sobre encontrar a mulher da vida e apenas *saber*, mas sempre achara que eram pessoas inventando mitos sobre suas vidas mundanas. Olhando no fundo dos grandes olhos castanhos de Elle, ele se perguntou se estivera errado.

Havia apenas uma forma de descobrir.

Ele a beijou.

O beijo foi casto, apenas um toque suave da boca dele contra a dela, mas Malcolm quase se desfez. Os lábios dela eram macios, quentes e exuberantes, e o beijo era doce, com sabor de canela. Um calor se instalou na barriga dele quando ela retribuiu, a boca indo de encontro à dele.

Ele não soube quando suas línguas entraram em combate, ou nem mesmo quem havia iniciado. Tudo foi eclipsado pelo quanto era *bom*, o desejo que compartilhavam o preenchendo com uma inquietação horrível que o inundou dos pés à cabeça. Bom Deus, ele já sentira algo parecido? Um simples beijo que o atingira como as patas de um cavalo no peito?

Elle estava responsiva, replicando cada toque dele com um próprio. As línguas deles lutavam agora, como se continuassem a discussão, mas agora com argumentos mais sensuais. As mãos de Malcolm foram para o meio deles, subindo pela cintura dela para apalpar o contorno de seus seios. Ele os acariciou na parte de baixo em uma massagem cheia de ternura e gentileza, enquanto explorava seu volume e formato.

As mãos dela dispararam para a lapela dele, apertando-a entre os dedos enquanto Malcolm a agarrava pela cintura e a erguia para sentá-la na beira da mesa. Em um instante, ele elevou a saia dela até os joelhos. Seus dedos cercaram o tornozelo dela, sentindo os ossos de passarinho flexionarem sob o couro velho de suas botas antigas. A textura na palma dele mudou quando sua mão subiu; uma pele macia e quente recebeu a mão aventureira. Ela arfou quando ele acariciou a parte de trás de seu joelho com um toque intenso, e o olhar cheio de surpresa que aquele toque na pele provocou o estimulou a continuar.

— MacTavish pode entrar a qualquer momento — arfou Elle.

Ela não o afastou. Seus lábios estavam úmidos e inchados pelos beijos. Os olhos brilhavam; parecia que ele havia finalmente provocado algo além de consternação nela.

— Bem, então é melhor sermos rápidos — sussurrou Malcolm.

A mão dele continuou seu curso, subindo pela coxa, mas, logo que ele a repousou sobre o monte de Vênus, a umidade da roupa de baixo dela encostando na palma dele, Elle balançou a cabeça e fechou as pernas com força. Foi como um motor a vapor perdendo sua brasa, o jeito que ela esfriou depois de ter estado tão quente.

Ele afastou as mãos.

— Elle?

Quando ela o encarou, Malcolm esperava por fúria, como na noite anterior na ribanceira, mas, em vez disso, havia apenas confusão e tristeza. Enquanto ele a observava, Elle se tornou inexpressível. Ela desceu da mesa e ajeitou o vestido, então inspirou fundo, tremendo.

— Eu preciso voltar agora, ou Mary vai mandar uma equipe de busca por seus sacos de alimento — disse ela calmamente, como se ele não tivesse acabado de beijá-la e acariciá-la.

Como se o pau dele não estivesse tão rígido e sua mente tão confusa que ele nem ao menos sabia o que fazer. Ela se virou e recolheu as cartas espalhadas.

— Espero ver você em breve — disse ele.

Elle estava de costas para Malcolm, então ele não conseguiu ver sua expressão durante a resposta. Não conseguiu ver verdade ou mentira em seu olhar.

— Você irá até a casa para ver Susie e o senador Caffrey, então imagino que nos encontremos vez ou outra — disse ela. — Mas não fique esperando me ver de novo. Não espere por nada mais de mim além de negócios sobre a União. Eu já falei que isso não pode acontecer e, ainda assim, você persiste.

Malcolm estava aprendendo muitas lições na sala dos fundos da loja de MacTavish, incluindo como era uma rejeição de verdade. Não podia dizer que gostava do sentimento nauseante e pesado causado pelas palavras de Elle.

— Você retribuiu meu beijo, Elle, e com fervor — desafiou ele.

— O que devo pensar sobre isso?

— Que mesmo uma mulher que sabe o que é melhor para ela pode apreciar um momento de distração. — Ela se virou e ergueu as sobrancelhas para ele. Agora até mesmo a tristeza tinha ido embora, e tudo que restava era a frieza que podia congelar o James em um instante. — Foi só um beijo, Malcolm. Agora sua curiosidade foi sanada e podemos fazer o que deveríamos estar fazendo. Espero que não tenha esperado que uma demonstração da sua proeza seria o suficiente para me fazer mudar de ideia.

Elle riu. Riu! Se Malcolm não a tivesse sentido tremer sob suas mãos, teria acreditado nela.

— Tire essa ideia tola da cabeça, McCall. Eu não o terei.

Malcolm sentiu um desespero estranho se contorcer dentro de si. Não acreditava que Elle não sentia nada por ele, mas isso não importava. Se ela estivesse determinada em afastá-lo, assim o faria. A teimosia dela era uma das coisas que a tornava tão atraente, mas dificilmente era sua aliada.

— Sei que não me leva a sério, mas eu... eu sinto algo quando estou com você. — Ele viu o rosto dela se contorcer e continuou falando antes que pudesse ser interrompido: — Sei que não tenho direito a nada. Tudo no mundo conspira para que nada seja possível entre nós, mas o mundo pode ir ao diabo.

Malcolm nunca tinha dito tais palavras para uma mulher antes. Esperava que funcionassem como uma chave-mestra, destrancando a mulher calorosa e vivaz que acabara de o beijar como se sua vida dependesse disso. Elle permaneceu firmemente trancada.

— O mundo? — perguntou ela, incrédula. — O mundo pode de fato ir ao diabo! Sou eu, Ellen Burns, que digo que não podemos ficar juntos. Você diz me respeitar, e ainda assim não consegue aceitar que talvez exista uma mulher no mundo que não o queira? Tenho certeza de que Susie Caffrey vai gentilmente satisfazer qualquer serviço que você espera de mim, e isso seria muito mais útil para a Causa.

— Eu não quero Susie Caffrey — falou ele, e sabia que ela compreendia as palavras que não foram ditas a seguir.

Eu quero você.

— Não conseguimos tudo o que queremos neste mundo, sr. McCall — disse Elle. — Talvez seja hora de aprender isso. Você obviamente não o fez se acha que há algo mais a ser dito sobre o assunto eu e você.

O olhar dela era sério. Malcolm podia ver por que ela era uma excelente detetive. Ainda assim, ele era um dos melhores de Pinkerton por um motivo. Mesmo que Elle quisesse acreditar que as palavras que dizia eram verdade, ela estava mentindo. Ele achou melhor não dizer nada.

MacTavish passou a cabeça pela porta, seu hálito alcoólico permeando a sala.

— Já podem sair, a não ser que queiram continuar se encarando.

— Aqui estão as cartas, Tav — disse Elle, afastando o olhar de Malcolm para entregar o maço para o vendedor. — Essas são muito importantes, mande-as o mais rápido que puder.

— Aos seus serviços, querida — disse ele, apertando suavemente o ombro dela.

Eles caminharam para a área principal, Elle fingindo que não conhecia Malcolm ao pegar suas compras e sair em silêncio. Malcolm a observou ir embora, surpreso com o quanto doeu quando ela não olhou para trás.

Ele se virou para ver o olhar suspeito de MacTavish. Malcolm levantou o chapéu para o homem.

— Tenha um bom dia.

— Hm — foi a resposta que recebeu.

O velho voltou aos negócios, e Malcolm saiu para a rua agitada, dando um passo para trás bem a tempo de evitar ser atropelado por um enorme homem ruivo. Rufus.

— Bom dia — disse Malcolm como uma forma de oferecer um cumprimento, e se moveu para continuar seu caminho, mas Rufus se colocou na frente dele, o peitoral quase empurrando Malcolm de volta para a venda.

Não houve nenhum cumprimento ou transição para uma conversa, apenas uma declaração abrupta:

— A Susie é minha.

Malcolm fez uma careta. Era assim que ele aparentava ser para Elle? Um tolo possessivo que não aceitava não como resposta? Fora tão ridículo assim ao se entregar ao desejo?

— Fico muito feliz — afirmou Malcolm, dando tapas mais fortes do que era necessário nas costas do jovem. — Mas talvez você deva repassar essa informação para ela. Assim como as terras no Oeste, ela não parece ter sido avisada de que foi conquistada.

Os olhos de Rufus se estreitaram.

— Você pode continuar com sua conversa elegante, McCall, mas trate de ficar longe daquilo que não pertence a você.

O riso incrédulo de Elle ressoou nos ouvidos de Malcolm e uma explosão de fúria flamejou dentro dele, alcançando sua nuca.

— Não sou um homem que desiste fácil, jovem Rufus — disse ele. — Não em uma batalha, e não nos assuntos do coração. Agora, se me der licença...

Ele passou esbarrando em Rufus, que, musculoso como era, quase não registrou o insulto. Que Rufus pensasse que Malcolm estava falando de sua delicada beldade do Sul. O detetive tinha o beijo de uma mulher de verdade vibrando por suas veias, e não se contentaria com ninguém inferior depois daquilo. Na verdade, ele estava preocupado que não conseguiria se contentar com mais ninguém.

Capítulo 7

Elle sabia que, externamente, estava serena. Ela tinha prática em esconder quem era de verdade por trás de uma barreira impenetrável; tal habilidade era necessária quando se era arrastada por aí e forçada a apresentar atos humilhantes para estranhos. Ter que recitar um poema ou relembrar excertos de literatura não era degradante por si só; era a reação das pessoas que a fazia se sentir suja. Por um curto período, quando era muito jovem, pensara que as pessoas estavam impressionadas com *ela*. A primeira vez que um homem raivoso e indignado perguntara como uma escurinha podia possuir aquela memória e intelecto remediou tal crença. A pergunta a fizera chorar, mas no fim de sua permanência com os abolicionistas Elle se tornara experiente na arte do olhar frio.

Assim, ninguém na residência dos Caffrey podia dizer que os pensamentos dela estavam tumultuados enquanto ela separava silenciosamente os grãos de fubá, procurando pelas larvas que competiam com o povo faminto de Virginia pela escassa comida em estoque. Mas os grãos não eram a única coisa que tinha sido infiltrada; pensamentos sobre Malcolm passaram pelas defesas dela e devoraram toda a sua atenção.

O que acontecera no dia anterior na sala dos fundos de MacTavish fora inaceitável. Ela estava prestes a fazer uma importante conexão entre as informações quando ele a interrompeu com suas desculpas patéticas; o maquinário normalmente bem lubrificado de sua mente saiu dos eixos quando ele se ajoelhou. A mera proximidade a abalou, e quando ele a tocou... Ah, ela não podia pensar naquilo. Era errado alguém como Elle reagir de tal maneira com alguém como Malcolm, ainda mais enquanto ele usava o uniforme dos rebeldes. Ela se sentiu como o pior tipo de traidora.

Que ela, designada como uma agente que lutava pela liberdade por seu povo, se envolvesse agora com o inimigo não podia ser tolerado. E sim, ele era o inimigo, mesmo com sua aliança com a União. Não podia ser de outra forma com tal desequilíbrio entre eles; uma palavra errada dele e ela perderia a vida, enquanto o gênero e a cor de pele dele o protegiam de qualquer mal que ela pudesse lhe causar.

Ainda assim, Malcolm a salvara em Baltimore. Aquilo era uma pequena façanha, tendo em vista a multidão de homens ensandecidos procurando pelo menor sinal de fraqueza do Norte. E algo o compelira a oferecer sua proteção agora em Richmond, embora ele ainda não tivesse a reconhecido. Ou será que sim? Talvez tudo fosse apenas um truque, como aquele que ele fizera na carruagem.

— Ainda está separando esse fubá? — perguntou Mary bondosamente ao se aproximar de Elle, mesmo querendo dizer "essa tarefa está levando tempo demais!".

Elle assentiu com um ar de desculpas, apressando o ritmo, e Mary sorriu em aprovação. Era bom não precisar falar. Quem é que sabe o que poderia deixar escapar. *Um homem branco me beijou e eu gostei. Ainda consigo sentir o toque dele na minha pele, e ontem à noite, quando fui dormir, minhas mãos refizeram o carinho que as dele...*

Maldição, aquilo era ridículo. Quando uma larva rastejou em sua palma, Elle conteve um tremor antes de jogá-la no balde com as outras. Ela pegou tanto o balde quanto o fubá livre de larvas e foi para a cozinha, deixando a comida com uma das gratas cozinheiras. Depois, pegou um cesto de palha e caminhou para a porta dos fundos, indo até o galinheiro.

— Ei, Elle! — disse Timothy. Ela não o tinha visto desde que ele fizera o pedido para buscar a encomenda. — Como foi na outra noite?

Curiosidade brilhou nos olhos castanhos dele ao encará-la. Timothy não era muito mais alto do que ela e era mais magro do que um bode abandonado. O tamanho e a conduta dele faziam as pessoas o subestimarem, mas o homem era inteligente e ardiloso, e não fazia nada sem pensar cuidadosamente.

Elle esquadrinhou o quintal; não havia ninguém por ali para ver Timothy acompanhando-a até a pequena estrutura. Talvez fosse melhor que tivesse. Um caso com um companheiro escravizado poderia ser útil para encobri-los se precisassem fugir por causa de alguma missão da Liga da Lealdade. As pessoas seriam mais lenientes se achassem que eles estavam roubando um momento de felicidade da situação sombria que era trabalhar sem parar.

— Por que não me disse que o pacote era um homem? — sussurrou ela, a voz mais baixa que o arrulho e o cacarejo das galinhas. Penas voavam no ar enquanto as galinhas pulavam fora do caminho deles ou ciscavam o chão em antecipação pela comida. Ela deixou o tom dizer o que as palavras não disseram: *um homem branco.* — Isso foi algum tipo de teste? Algo que LaValle mandou você fazer?

— Desde quando é um problema para você se encontrar com um homem para falar sobre a Causa? Sei que você já esteve em situações mais comprometedoras do que essa. — Timothy retorceu o rosto em confusão. — McCall é um dos melhores detetives de Pinkerton, uma lenda no trabalho de campo e a guerra nem ao menos chegou na metade. Você é a melhor agente da Liga da Lealdade, então faz sentido que os dois se conheçam, mesmo se eu não estivesse ocupado fazendo um serviço do diabo.

— Você está certo — disse ela, afastando o balde e o virando, dando um passo para trás quando as galinhas correram para se banquetearem com as larvas. — Só fui pega de surpresa, só isso. E não posso dizer que gosto muito dele.

— Ah, achei que vocês dois dariam uma equipe poderosa — falou ele. — Isso, ou que se odiariam. Acho que estava certo.

Ele riu, mas Elle não achou nada engraçado na situação. Se Malcolm a odiasse, a situação seria muito mais sustentável.

— Enviei algumas correspondências sobre os movimentos das tropas que aquele cabeça-oca do Rufus Sewel deixou escapar quando estava tentando impressionar a Susie dois dias atrás. Sugeri que a capital tente interceptar o regimento se puder, já que temos informações de que eles vão providenciar reforços para o Forte Sumter.

A perda do forte ainda era pungente, e qualquer coisa que pudesse ser feita para evitar qualquer outro entrincheiramento ajudaria.

Timothy assentiu, esfregando sua barba grisalha desleixada.

— Tenho estado ocupado no encalço dos movimentos das tropas que são ou parte de uma estratégia maior ou prova de que esses garotos rebeldes não fazem ideia do que estão fazendo. Parece que os regimentos estão se reunindo para fazer algo, mas não sei se estou reconhecendo um padrão ou é tudo pura bobagem.

Eles concordaram em trocar informações. Elle hesitou quando Timothy se virou para ir embora, mas então respirou fundo e fez uma das muitas perguntas que a perturbava desde a noite na ribanceira:

— Você acha que McCall é mesmo confiável? Devo dizer, a falta do bom e velho senso comum que ele demonstrou durante nosso encontro não me inspirou muita confiança.

Inspirou outro leque de sentimentos, um que ela não estava disposta a organizar, nem agora nem nunca. Ela estava de costas para Timothy e, quando virou, percebeu que ele a estudava. Ele mexeu os lábios um pouco, como se estivesse elaborando uma ideia, e então meneou a cabeça.

— Não posso dizer ao certo, Elle, mas para mim ele pareceu. Você é a pessoa com os melhores instintos que eu já vi. Confie nisso, menina.

Ele lhe lançou um pequeno sorriso e saiu do galinheiro, deixando uma fila de galinhas decepcionadas ao passar.

Elle o observou se afastar, parte dela desejando que ele não tivesse falado com tanta gentileza. A intuição dela estava dizendo que Malcolm podia ser mais do que um mero aliado, e *aquilo* era mais perigoso do que qualquer outra coisa que encontrara em Richmond até então.

Elle voltou à cozinha, se perdendo no ato monótono de limpar, preparar e colocar em ordem. Por um momento, ela se lembrou da época em que suas tarefas diárias eram uma fonte de conforto em sua vida normal, como a ajudavam a calar as informações que seu cérebro estava constantemente processando, ela querendo ou não. Não era a mesma coisa ser forçada a trabalhar para outra pessoa, sem um agradecimento ou uma recompensa. Uma pontada de saudade de casa a invadiu. Ela entraria de novo na modesta e organizada sala de estar onde seus pais acendiam a lareira, ou essa guerra infernal também roubaria aquela pequena felicidade?

O sininho na cozinha ressoou, e Elle sentiu o maxilar enrijecer em uma explosão antecipada de raiva e irritação.

Susie queria algo, e Elle teria que providenciar. Ela não tinha esperado que aquela seria a coisa que mais odiaria quando concordou em se passar por uma escravizada, mas as constantes zombarias de Susie sufocavam Elle de raiva. Se fosse permitido que ela desse uma resposta ríspida, ou até mesmo um olhar que não fosse acidental, Elle conseguiria tolerar melhor. Mas tinha que aceitar os maus-tratos e agir como se merecesse tal comportamento.

Elle caminhou até o salão e respirou fundo. A voz enjoativa da sra. Caffrey flutuava no ar como um açúcar pulverizado, fazendo engasgar de tão doce. Susie era intragável, mas ela fora criada do mesmo jeito que Frankenstein, juntando pedaços da beldade do Sul que a mãe esperava que ela fosse.

— E honestamente, sei que maquilagem é benquista agora, mas você precisa dar um jeito nessa sua pele pálida. — A sra. Caffrey estava beliscando as bochechas de Susie quando Elle entrou, e não de brincadeira. Elle podia ver lágrimas brotando nos olhos da moça, mas Susie não se afastou. — Lucinda está flutuando pela cidade parecendo um pêssego maduro. Você não pode sair como se fosse uma fruta caída da árvore e pisoteada, meu bem.

Elle andou até elas e parou de cabeça abaixada.

— Talvez se prestasse mais atenção nesse tipo de coisa, John não teria partido para guerra antes de pedir sua mão em casamento. Do jeito que esta guerra está indo, levando nossos jovens corajosos, você vai precisar competir para conseguir a atenção de um homem.

Elle olhou para Susie, que estava sentada inexpressível e com as costas eretas. Ela era muitas coisas, muitas delas repugnantes, mas ser uma vaca irritante não a tornava menos bonita.

— Eu tento, mamãe. Tenho tentado. Não pode me culpar pela escassez de homens ao meu redor — disse Susie com desdém, como se não se importasse, mas puxou um de seus cachos de maneira automática, arruinando seu formato.

— O que acha que a vida poderá oferecer sem um marido? — perguntou a sra. Caffrey. — Não pense que suas... aventuras não são do meu conhecimento. Você pode se divertir, mas, sem um marido, está perdida. Trabalhei duro para garantir que seu pai me escolhesse entre todas as mulheres se jogando sobre ele, e consegui exatamente o que queria.

Ela gesticulou para os móveis luxuosos e pinturas que ornavam o salão.

Os lábios de Susie se retorceram.

— Que poder a senhora tem, mamãe? Escolher decorações e depois mudar de ideia no mês seguinte, fazendo tudo de novo? Fazer um cardápio elegante que nem sabe cozinhar?

O barulho forte de pele contra pele ecoou pelo salão, chocando Elle.

— Pronto. Agora você está mais corada — disse a sra. Caffrey com o mesmo tom amável que usaria para pedir que a filha passasse o sal.

Com isso, ela se virou e saiu do salão.

O olhar irritado de Susie se voltou para Elle.

— O que está fazendo parada aí?

Elle apontou com a cabeça para a corda que Susie havia puxado para indicar que queria ser servida. Era uma força do hábito tão forte que ela tinha se esquecido que chamara por um escravizado?

— Deixe para lá. Saia da minha frente, sua coisa feia. — Ela pegou um dos seus folhetos de fofoca e se virou.

Elle assentiu e voltou para a cozinha, o calor da raiva no sangue fazendo-a pensar que talvez tivesse deixado marcas de passos no carpete atrás de si.

Susie estava furiosa e aconteceu de Elle estar lá para ser atacada, mas as palavras doíam. Elle sabia, assim como sabia que aparência não importava nem um pouco, que eram inteligência e sorte que levavam as pessoas pelos caminhos tortos da vida. Ainda assim, as palavras a atingiram em cheio. Ela podia categorizar em mente todas as coisas que as pessoas consideravam bonitas, direto de centenas de fontes. Pele clara como creme, olhos claros em tons azuis e violeta. Lábios que seduziam com sua doçura rosada. Cabelo liso como seda. Elle se lembrava de estar na estrada com os abolicionistas, como eles faziam sons de desaprovação e puxavam o cabelo dela, como se fosse algo feito para ofendê-los.

Todos os textos de apoio dos anos de devoção à leitura e à memorização empurraram os insultos indiferentes de Susie, dando-lhe poder, mas uma lembrança começou a eclipsar as outras.

Eu acho você bonita. Talvez a mulher mais adorável sobre a qual já pus meus olhos.

Ela não deveria se importar com o que Malcolm dizia ou pensava — ele não era um homem cujas palavras deveriam carregar qualquer peso sobre Elle. Mas quando ela se lembrava de todas as formas que ele a irritava com seus olhares, bajulações e carinhos, a raiva diminuía de um fogo alto para um brando. Parecia que um detetive conquistador podia ser útil, afinal de contas.

— Elle! — sussurrou Timothy, mas sua voz era urgente.

Ela não o viu de primeira, mas depois percebeu que ele estava na despensa. Elle caminhou com um sorriso, determinada a não deixar a crueldade de Susie afetá-la. Quando viu o olhar de Timothy, o sorriso dela desapareceu.

— Leia isto. — Ele lhe entregou um bilhete e a empurrou para a despensa, longe dos olhos curiosos. — Sinto muito, Elle.

Enquanto encarava as letras rabiscadas de LaValle, Elle sentou-se num saco de ervilhas, incapaz de se levantar com o peso da decepção. As palavras pairaram diante de seus olhos, e ela procurou em mente como elas poderiam ser verdade.

Malcolm McCall veio à mente de novo, mas qualquer boa vontade que ela sentira para com ele foi esmagada pela carta que segurava em mãos.

McCall era um homem morto.

Capítulo 8

Malcolm acordou na confortável cama de seu quarto de hotel elegante, mas ele poderia muito bem ter dormido sobre uma rocha. Ele passara o dia suprimindo pensamentos sobre uma mulher que não o queria e que o fazia perder todo senso de realidade quando estavam juntos. Ela era apenas uma mulher — três quintos de uma mulher, se acreditasse na Constituição — e, ainda assim, ele não conseguia esquecer do gosto de seus lábios ou parar de reviver o momento em que a boca dela se abriu para permitir a entrada da língua dele.

Ele nunca fora um homem de grandes paixões; se retraía em vergonha alheia quando seus companheiros confessavam tal fraqueza. Nunca fora um homem que acreditava no amor acima de tudo; não depois de ver como isso devastara seu pai. Aquele homem, um dia orgulhoso, amara a mãe de Malcolm com cada fibra de seu ser, e depois da expulsão e viagem miserável para as Américas, ele fora destruído pela exata coisa que o havia mantido em pé.

Uma lembrança, então, veio a Malcolm, da primeira cabana deles em Kentucky, que era mais uma choupana do que uma casa. Aquilo fora antes de seu pai se recompor, antes do breve período em que os McCall prosperaram. Quando eles acharam que conseguiriam se afastar daqueles fantasmas da Escócia que ainda não haviam sido destruídos pelas ondas implacáveis do Atlântico quando seguiram para as Américas.

A mãe dele estava cozinhando em um fogão a lenha, cantarolando uma pequena canção que sempre fizera Malcolm pensar em leite quente e abraços roubados antes de dormir. Ele sentira uma onda de amor pela mulher resiliente com cabelo parecido com fios de cobre. Mas quando se virara para o pai, uma sensação ruim subira à garganta. O pai olhava para o outro lado do cômodo com olhos profundos que brilhavam com algo feroz e possessivo. Aquele olhar havia sido de amor, mas um amor que fora corrompido, como uma árvore cuja raiz apodreceu e cujos galhos finalmente começam a murchar.

— Você gostou, Catherine? — perguntara o pai dele, e então parara para beber o uísque direto da garrafa. Ele falava com os dentes trincados. — Você resistiu mesmo, ou gemeu quando os recebeu dentro de você, um de cada vez?

A mãe dele não respondera, nem mesmo se virara; ela simplesmente parara de mexer as batatas cozidas e correra bruscamente para fora da cozinha. O rosto do pai se retorcera na mesma hora em arrependimento.

— Cath, sinto muito. Jesus, não quis dizer isso. Eu te amo, *a chuisle mo chroí!*

Mas ele não fora atrás dela. Ele apoiara a cabeça nas mãos e chorara, sem se importar com a água fervendo e caindo sobre o fogo. Malcolm se adiantara e tomara conta da tarefa da mãe. Ele olhara para o irmão mais novo, Ewan, que estava com o rosto enfiado em um livro de latim que pegara emprestado do vizinho. Ler era a forma favorita de escapar dele. Don, sua irmã, ainda era uma bebê balbuciante, sem saber que era um lembrete diário do que dera errado entre eles.

Fora quando Malcolm aprendera o *verdadeiro* poder do amor: ele era capaz de pegar um homem bom, esvaziá-lo e o encher com algo corrosivo. Ele se mantivera longe disso enquanto se tornava um homem, e seu estilo de vida nômade o ajudara muito bem a evitar qualquer envolvimento. Mas então conheceu Elle. Elle, com sua língua afiada. Elle, com a mente brilhante. Elle, que era um milhão de vezes melhor do que ele, mas que sempre seria vista como inferior.

Malcolm se lembrou dela sangrando nas ruas de Baltimore. Os homens do grupo que ele se infiltrara riram quando ela caíra e a ignoraram, como se uma mulher ensanguentada não devesse ser uma surpresa para um cavalheiro sulista. Malcolm já podia sentir aquela raiva que vira em seu pai deslizando pelo sangue; talvez fosse uma maldição jogada contra os McCall naquele fatídico dia em que os cães ingleses tinham invadido sua vila. Ou talvez fosse o único recurso de um homem que não podia proteger a mulher com a qual se importava.

Ela não é sua mulher. Ah, aquilo era verdade, mas não por falta de querer que assim o fosse.

Malcolm suspirou. Pinkerton brincara que 32 anos era um pouco velho para um detetive, e talvez ele estivesse certo. Malcolm estava amolecendo e seu cérebro estava confuso. Não havia nenhuma outra explicação para a preocupação com aquela mulher. Isto é, nenhuma que ele queria admitir.

Malcolm fez a higiene matinal, vestindo a pesada farda de lã que era confortável no frio de janeiro, mas causara insolação nos homens durante as marchas nos meses mais quentes. Ele encarou a si mesmo naquele cinza insultante e, por um momento, se sentiu exausto. Pelo constante fingimento, pelo medo de ser descoberto, pela natureza sem raízes de sua vida. O que ele por muito tempo acreditou ser uma dádiva agora estava começando a parecer um fardo.

Quando prendeu a arma ao coldre e colocou o chapéu, saindo para a silenciosa rua em que ficava o hotel, ele começou a sentir-se mais como si mesmo. Repuxou a boca em um ângulo perfeito para sinalizar que estava pensando em algo divertido, mas secreto. Manteve o olhar à frente, um pouco sem foco para mostrar que estava perdido em pensamentos. Ele havia muito descobrira que apresentar um ar de solidão satisfatória era a forma mais rápida de fazer pessoas tagarelas se aproximarem.

Demorou apenas dois minutos, e aquela foi uma das vezes mais demoradas.

— Ah, sr. McCall! Ei, sr. McCall!

Um jovem se aproximou depressa, se esgueirando entre carruagens puxadas por cavalos magros e condutores apenas um pouco mais bem nutridos. Os efeitos do bloqueio ficavam aparentes mais e mais a cada dia.

O homem o alcançou, com os olhos brilhando e sem ar pelo esforço.

— Exatamente o homem que eu queria ver — disse ele, animado.

— Exatamente. — Ele olhou com adoração para Malcolm, sem piscar.

Malcolm grunhiu internamente ao perceber o que o homem queria. Os homens suando e arfando sempre estavam atrás da mesma coisa. Glória.

— Bem, senhor, as histórias de suas aventuras contadas ao senador Caffrey estão no jornal de hoje. Eu apenas quero apertar a mão do homem que quase nos livrou daquele Lincoln, o flagelo traidor de nossa nação.

— Bem, eu fracassei em minha tarefa, então não sou digno de nenhuma atenção especial — disse Malcolm.

Ele fora bem-sucedido, espetacularmente, claro, já que o presidente Lincoln escapara ileso da trama dos rebeldes. Ele queria poder esfregar aquela informação no rosto do homem. Estava tão cansado dos parasitas fracotes que tinham sede de sangue contanto que o punho da espada ou o gatilho estivesse na mão de outra pessoa.

Malcolm também não estava contente em saber que havia aparecido no jornal. Mesmo que as publicações o apoiassem como um filho do Sul, aparecer em manchetes era o tipo de atenção que um homem como ele não queria.

— Isso não é verdade. É emocionante saber que companheiros como você e Stevens estão trabalhando para apoiar o governo de Davis. Nós esmagamos os nortistas em Manassas, e é apenas questão de tempo até os derrotarmos por completo.

Malcolm afastou o olhar, tentando aparentar modéstia, mas a verdade era que não conseguia olhar para o homem. Aquele nacionalismo equivocado era outro exemplo de como o amor podia corromper, e era igualmente desagradável.

Ele deu um tapinha amigável no ombro do homem.

— Tenho certeza de que está certo, meu caro. Tenho certeza. Tenha um bom dia.

Não havia mais nada a dizer. Embora ele estivesse certo de que o estranho pudesse passar dias pontuando os acertos da Confederação, ele não estava com paciência para tal tolice no momento.

Malcolm cortou caminho pela cidade, vendo o que atrairia seus olhos. Vagou por ruas paralelas e parou para conversar com um velho conhecido. Gritou e celebrou em uma interseção quando um regimento de jovens soldados marchou por ali.

Ele disse a si mesmo que estava simplesmente dando uma olhada na cidade, vendo se havia alguma informação que podia ser transmitida para a capital, mas quando suas botas o carregaram até a vendinha de MacTavish admitiu a verdade: embora não ajudasse em nada a União, estava em busca de algo além dos planos de secessionistas.

Ele adentrou a loja empoeirada. Muitas prateleiras estavam vazias e continuariam assim se contrabandistas não conseguissem mercadoria. Se quisesse pão ou aveia, Malcolm ficaria profundamente desapontado, mas queria Elle, e parecia que a sorte estava ao seu lado.

Ela estava de pé em frente ao balcão, com as costas voltadas para ele. Elle apenas se virou porque MacTavish o encarou por cima do ombro dela. Quando ela se aproximou, Malcolm estava tão arrebatado pelo calor em seu olhar e o franzido de seus lindos lábios em uma careta que só percebeu a arma quando a sentiu contra a barriga.

— Mudou de ideia desde nossa volta de carruagem? Se sim, eu prefiro a faca. — Ele manteve a voz suave.

Malcolm não queria morrer, mas, se ela fosse a executora, ele poderia considerar a ideia.

— Vou levá-lo para os fundos, Tav — disse Elle, a voz baixa e adorável ao mesmo tempo que perigosa.

Havia certa ameaça nas palavras dela, no jeito que raspavam em sua garganta, que o alertou para o quanto ela estava brava. Malcolm estava errado sobre Elle? Ela podia possivelmente ter motivos para se virar contra ele? Talvez ele tivesse subestimado o quanto o beijo realmente a ofendera.

— Elle, que loucura é esta?

— Estou me perguntando a mesma coisa, McCall — disse ela, com dentes cerrados. — Por que não discutimos mais isso? Sozinhos.

Ela pressionou a arma contra ele e, no momento mais impróprio, uma onda de desejo começou a aflorar na barriga dele.

— Como deve ter notado, estou mais do que receptivo à ideia de passar um tempo com você — disse ele calmamente, usando o tom preguiçoso que sabia que a irritava. — Não precisa sacar uma arma.

— Quando estamos lidando com traidores, armas são acessórios valiosos. Agora, você vai se mexer ou vou ter que atirar?

Malcolm não sabia do que se tratava, mas a raiva nos olhos de Elle chamara sua atenção. Ela não era dramática, aquilo era um fato. Algo acontecera para que recorresse a um comportamento tão brusco. Ele decidiu não resistir. A sala era pequena, e ele teria o próprio tamanho como vantagem, apesar de ela estar armada.

— Vou acompanhar você. Afinal de contas, essa é a vez que a vi mais ansiosa para estar na minha presença. Ah, não, acho que isso não é inteiramente verdade. — Malcolm parou, esperando por um lampejo de lembrança no olhar dela. Ela o encarou. — Ah. Agora estou preocupado que você atire em mim antes de o interrogatório sequer começar.

— Deveria ficar mesmo — disparou Elle.

O olhar dela sustentou o dele quando Malcolm marchou por ela, por MacTavish e entrou na sala mal iluminada. Ele se sentou em uma cadeira que parecia prestes a se desfazer sob seu peso e se perguntou se ela tinha planejado aquilo para fazê-lo se sentir instável. O irmão dele, Ewan, o ensinara tal tática, mas Elle era uma detetive, e não uma agente da contrainteligência.

— Barre a porta — disse Elle sobre o ombro para MacTavish. — E nos deixe sozinhos. Se eu precisar de ajuda para desovar o corpo, chamo você.

Apesar da situação precária, Malcolm sorriu. Maldição, ela era impressionante. Se não fosse assassinado, ele lhe diria aquilo.

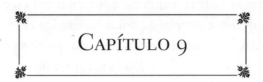

Capítulo 9

— Na última vez que estivemos aqui, compartilhamos informações que foram enviadas para a capital. Informações sobre o movimento das tropas rebeldes — disse Elle, recostando-se à mesa. Ela apertou a arma contra a saia e afastou pensamentos sobre o caminho que a mão de Malcolm percorrera na última vez que estiveram no mesmo lugar. Já era um erro antes, mas agora, com a possibilidade de ele ser um agente duplo, era enfurecedor. — Quando a capital mandou as tropas para impedir esse movimento, elas foram emboscadas.

Elle parou de falar e o encarou. Queria poder intimidá-lo, mas não tinha certeza se conseguiria aquilo com o nó de sentimentos na garganta.

Malcolm ergueu as sobrancelhas.

— Entendo que isso seja frustrante, mas não vejo por que isso pede armas e interrogatórios na sala dos fundos.

Um trecho de um texto veio à mente de Elle, algo muito comum já que ela tinha tantas dessas coisas malditas gravadas na memória.

— "Nenhum homem, por um período considerável, consegue usar uma face para si mesmo e outra para a multidão sem finalmente ficar perdido sobre qual delas é a verdadeira." — disse ela.

— Não sei o que está recitando para mim, mas entendo o que insinua — falou ele.

Havia algo sugestivo na voz dele que ela não tinha ouvido antes, algo que a lembrava que, apesar de sua atitude descontraída, Malcolm era um homem perigoso. Possivelmente um traidor.

Elle odiou a convicção na voz dele, como se estivesse no comando. Ficou tentada a levantar a arma, mas, em vez disso, colocou-a sobre a mesa atrás de si, mostrando que não era alguém que se esconderia atrás de um revólver. No entanto, manteve a mão perto da arma; também não deixaria o ego ser sua destruição.

— Você era a única pessoa, além de mim, que estava ciente de que a União possuía essa informação. Agora homens bons morreram ou foram levados para a prisão da Confederação — disse ela, tentando esconder o tremor na voz. — Saberei se fui traída.

Quando ela soube sobre a emboscada do regimento, seu coração parou. Elle não quis acreditar que fora Malcolm, mas as palavras de Sun Tzu surgiram em sua mente involuntariamente: "É essencial procurar agentes inimigos que vieram a conduzir espionagem contra ti e suborná-los para te servir... Assim, agentes duplos são recrutados e utilizados." Malcolm havia a procurado... e lhe dado um suborno. O beijo ao qual ela se entregou em vez de fugir.

Malcolm se endireitou, fazendo seu tamanho enorme comparado com o dela ainda mais aparente. As sobrancelhas dele se enrugaram e seus olhos ficaram estreitos.

— Eu vou tolerar apenas um pouco dessa bobagem, srta. Burns — disse ele, a voz áspera pela raiva reprimida. — Não terei minha lealdade questionada depois de tudo que fiz pelo meu país.

— Tenho o sangue de vinte homens em minhas mãos, sr. McCall — disse ela, se levantando e não querendo mais o apoio da mesa. — Não posso me preocupar em magoar seus sentimentos. Se eles são tão delicados a ponto de não aguentarem um questionamento simples, talvez você tenha escolhido a profissão errada.

Elle o encarou e Malcolm sustentou o olhar, mas ela viu a raiva se esvair da expressão dele e ser substituída por tristeza. Não, não era isso... era pena.

— Vinte homens? Deus do céu. Sinto muito, Elle. Foram as informações sobre as tropas indo para Carolina do Sul?

Ela assentiu, odiando a compaixão na voz dele.

Malcolm suspirou.

— É a primeira vez que você tem uma leva ruim?

— Leva? — perguntou ela.

— De informações.

Ele apoiou as mãos nas pernas, e ela se lembrou de como as coxas dele pareceram fortes sob ela quando estavam na ribanceira. Como, por trás do medo de ser descoberta, fora ótimo ter outra pessoa carregando seu peso por um momento. Ela estava exausta, e a guerra mal tinha começado. Talvez ela tivesse errado ao rejeitar Daniel. Mesmo que não o amasse como uma mulher deveria amar o marido, ter alguém em quem se apoiar depois de tal choque seria maravilhoso.

Malcolm passou a mão pelo cabelo.

— Sei como se sente. Na minha primeira missão durante esta guerra, passei uma informação falsa. Me disseram que as tropas da Confederação estavam montando acampamento em uma certa área da floresta, e passei essa informação para os meus superiores. Quando as forças da União apareceram, havia um acampamento, mas estava vazio. Era uma emboscada, e não houve nenhum sobrevivente. Aqueles homens foram até lá por causa do que eu falei e morreram por isso.

Elle mordeu o lábio para conter a angústia que subia à garganta.

— Por que eu deveria confiar em você? — perguntou ela depois de um momento. — Já vi que você mente com a mesma facilidade com que respira. Não é como se você fosse confessar a traição.

As palavras eram duras, mas foram ditas sem calor; sua intensa certeza já virara pó. Ela repassara informações que resultaram em tragédia, no entanto, ainda confiava em seu instinto. Para além do fato de que matá-lo facilitaria sua vida, ela não acreditava que ele a traíra. Pior ainda, ela estava aliviada.

— Eu já ofereci a você a oportunidade de me matar — falou ele, dando de ombros. — Mas você perdeu a chance e agora vai precisar confiar nisso. Embora eu minta pelo meu país, não mentiria para você.

— E por quê? — perguntou ela.

— Eu contaria, mas não acho que você vai acreditar em mim. — Os olhos dele estavam intensos com uma emoção que não combinava com seu sorriso.

— Ainda posso atirar em você — disse ela. Ele ergueu as sobrancelhas, e Elle afastou o olhar. — Preciso que seja sincero comigo, McCall: você compartilhou com alguém o que leu na minha carta?

— Não — respondeu ele. — Eu nem sequer escrevi na caderneta. Não dá para saber o que aconteceu. O mais provável, pela forma que essa guerra é operada, é que foi apenas má sorte que recaiu sobre esses homens. Ou, já que a informação era no mínimo de terceira mão, não temos como saber quantas outras pessoas a ouviram e repassaram.

Elle assentiu. Malcolm estava certo, mas aquilo não fez a tristeza dela desaparecer. Apesar de todos os livros que decorara, nenhum lhe forneceu uma boa resposta para o temor que pesava no peito dela. O fardo parecia grande demais.

— Como você superou? — perguntou ela.

Elle não queria ouvir que precisava ser firme. Ela tinha pretendido liberar a raiva em Malcolm, mas ele não desempenhara nenhum papel naquilo. Naquele momento, todos os seus sentimentos reprimidos não tinham onde ser descarregados. Ela se levantou, andou alguns passos e, quando percebeu que não tinha para onde ir, sentou-se no banco bambo de madeira.

Malcolm se levantou e caminhou até Elle, e ela soube que ele não ofereceria um tapinha nas costas ou um copo de uísque, como havia visto outros agentes fazerem em seus piores momentos.

Ele puxou um banco para o lado dela. A madeira rangeu sob seu peso; e ele se sentou tão perto que o ombro dela encostava no bíceps dele. O jeito que ele se encostou nela foi amigável, mas a proximidade deixou os sentidos dela em alerta. Elle pensou em se afastar, mas era bom ter algo firme no que se apoiar. Malcolm tinha cheiro de couro e lã, e seu calor parecia drenar um pouco do medo e da raiva dela.

— É difícil, Elle, mas não pode deixar isso abalar sua confiança. Pode ter sido uma armadilha desonesta, ou uma simples conjectura como metade do que se ouve nesta cidade. De qualquer maneira, não é sua culpa.

— Isso não traz aqueles homens de volta — disse ela, inclinando-se para o calor dele, prometendo a si mesma que era só por um momento.

— Se culpar também não — disse Malcolm calmamente. — O que diria para um companheiro que viesse até você se sentindo culpado por ter passado uma informação ruim? Diria para ele pular de um penhasco? E lembre-se: o conselho não é para mim, então seja gentil.

Um riso baixo subiu à garganta dela, apesar de seu desespero.

— Eu diria... que a melhor coisa para honrar aqueles soldados caídos seria trabalhar duro e descobrir informações que ajudem a União a vencer.

Malcolm assentiu, mas não se afastou. Na verdade, ele se recostou mais, fazendo os joelhos deles também se tocarem. Parte dela estava ansiosa para afastá-lo. Elle não conseguia entender por que estar perto dele era tão bom, mesmo quando sua parte lógica protestava veementemente. Ela odiava como o corpo ficava mais quente e a barriga se revirava com expectativa toda vez que ele se mexia um centímetro.

— Ainda está planejando me matar? — perguntou ele. — Se sim, deveria chamar reforços. Talvez você precise de mais ajuda além daquele pequeno pedaço de escocês para carregar meu corpo.

A voz dele era calma ao falar, mas sua pulsação acelerou — talvez até mais rápido do que a dela. Elle conseguia sentir. Um calor se espalhou em ondas por seu corpo, flamejando quando a mão dele começou a subir e descer pelo braço dela. O toque era para ser suave, mas a pressão dos dedos de Malcolm contra o tecido do vestido dela era erótica, apesar das intenções dele. Apesar do bom senso dela.

— Não se eu cortar você em pedaços primeiro — afirmou ela. — Posso desmembrar um cervo bem rápido; imagino que não deva ser muito diferente com um detetive irritante.

Ela o encarou, sentindo a risada dele atravessá-la. O som reverberou por cada parte de seu corpo, como se estivesse perto demais da torre do sino da igreja. No entanto, não havia nada sagrado ou santo na sensação que a risada de Malcolm causou.

— Ainda sinto que fracassei — disse ela, tentando se distrair do calor aumentando nos pontos em que seus corpos se tocavam.

Elle se afastou dele então, ainda sentada, mas colocando alguma distância entre os dois. Não era certo permitir aquele tipo de liberdade. Uma vergonha ainda maior recaiu sobre ela, se empilhando sobre a insegurança que já estava destruindo seu propósito.

Você é uma decepção. Para o país. Para a Causa. Para seu povo.

Elle enrijeceu, os golpes de seus próprios pensamentos mais dolorosos do que a falta de resposta de Malcolm. O que ela estava fazendo? No que ela se metera? E como ela consertaria as coisas?

Malcolm suspirou e finalmente falou, sem nenhuma censura em suas palavras:

— Qual o problema se você fracassou? Isso é algo que acontece com seres humanos de vez em quando. Ninguém espera que você seja perfeita, Elle.

Ela inspirou de repente ao ouvir aquelas palavras. Ele estava errado, claro. Todos os anos no circuito abolicionista, os anos como professora, a viagem à Libéria. As pessoas sempre esperavam perfeição dela, como se sua memória sem defeitos suplantasse seu direito de ser humana. Ela não sabia quando também começara a acreditar naquilo, mas havia acontecido.

Elle soltou um riso perplexo.

— Eu posso cometer erros — disse ela. — Posso fracassar e não me sentir uma desgraça para minha raça inteira? Quem diria. — Sua voz saiu com dificuldade por causa da emoção, uma dor reprimida que procurava escapar de alguma forma.

— Você pode. Isso e muito mais — falou Malcolm.

Ela não conseguia ver a mão dele, mas sentiu o calor dela ao lado de seu braço. Ele ia tocá-la, porém hesitou. E embora a lógica de Elle fosse firmemente contra a ideia, uma parte maliciosa quis que ele movesse a mão através daquele centímetro que os faria entrar em contato.

Aparentemente, insurreição era algo contagioso.

Os dedos tocaram a manga do vestido dela, hesitantes, e então se tornaram mais certas. A mão grande era um aro de calor ao enlaçar o braço dela, deslizando para cima. O tecido do vestido subiu quando a palma áspera de Malcolm apertou o bíceps e acariciou o ombro de Elle, subindo até envolver a nuca dela. O toque na pele sensível lançou choques de prazer por Elle, como mensagens em uma linha de telégrafo. *Mais. Pare. Por favor. Pare.*

— Você pode fazer o que quiser, se depender de mim. O que você quer, Elle?

— Eu quero... ser confortada.

As palavras saíram graves, ríspidas. Elle sentiu vergonha por descobrir que seu corpo traidor estava tremendo, anunciando com clareza o desejo que ela queria poder esconder dele e, especialmente, de si mesma.

— Pode ser mais específica, amor?

Ela não podia. Todas as palavras bonitas que acumulara durante os anos estavam presas na parte lógica do cérebro, a parte que sabia que o que ela estava prestes a fazer era loucura.

Ela o beijou.

Elle conseguiu sentir a surpresa dele pela forma com que seu corpo ficou rígido quando a boca dela se pressionou a dele. Aquilo bastou para trazê-la à razão. Ela começou a se afastar, mas então a boca dele se abriu e sua língua perpassou os lábios de Elle, e não havia escapatória. Uma mão a levou para mais perto dele, colocando-a quase em seu colo, e a outra segurou o queixo dela, inclinando a cabeça para ele.

— Hmmm.

O som que ele fez era familiar, de alguma forma obsceno e convidativo ao mesmo tempo. Era o grunhido de um homem que provara algo delicioso, e aquele algo era ela. Arrepios de prazer percorreram o corpo dela, todos indo em direção ao amontoado de sensações entre suas pernas. Ele soltou o queixo de Elle e prosseguiu, acompanhando a linha dos seios dela e descendo pela superfície plana de seu abdome, como se o desejo dela o estivesse chamando, um desejo que ela negaria completamente se a boca não estivesse pressionada a dele.

A mão dele deslizou para dentro do vestido, em cima das dobras frouxas da roupa de baixo, e repousou sobre o centro de Elle.

— Malcolm. — O nome dele escapou dos lábios dela como se para impedi-lo de progredir.

Ela sabia que estava molhada ali e a fraqueza a deixou envergonhada. A humilhação não a impediu de elevar o quadril, pressionando seu botão sensível na curva da mão dele, enquanto Malcolm o esfregava em movimentos circulares.

— Isso é conforto o suficiente, Elle? — perguntou ele.

A palma dele a massageou através do tecido áspero, cada movimento preciso do pulso mandando uma explosão de prazer por ela. Elle podia sentir o toque dele nos seios, nas pontas dos dedos do pé e na sensação impossivelmente deliciosa que fazia seu interior se contrair com a expectativa de ser preenchida. Ela pensou em como seria ter Malcolm rígido dentro dela e arfou. Se a mão dele podia fazer isso com ela, sem a ajuda daqueles dedos que supostamente faziam o ser humano um animal superior, ela temia o que mais ele podia conseguir dela.

— Sim, é o suficiente — respondeu ela, embora estivesse torcendo para que ele não parasse.

A forma que ele a encarou era perigosa. Era o olhar de um homem que não poderia ser detido, na guerra ou ao fazer amor. Os dedos dele substituíram a palma, e ela reprimiu um grito, recostando a cabeça no ombro dele quando a pressão aumentou, mandando ondas ainda mais fortes de um vasto prazer por seu corpo.

A outra mão de Malcolm deslizou para o pescoço dela, e Elle sentiu um puxão suave quando ele enrolou suas tranças — uma, duas vezes — e gentilmente puxou a cabeça dela para trás para trilhar beijos pelo comprimento exposto que ia do maxilar à clavícula. Os lábios dele se demoraram sobre a cicatriz no pescoço dela, e Elle podia sentir o tremular da pulsação dos dois se juntando onde as peles deles se encostavam.

— Você acha que quero você para saborear algo proibido — sussurrou ele. — Mas você é o sonho de qualquer homem: inteligente, corajosa e tão encantadora que não consigo tirar meus olhos de você. É por isso que quero você.

Ela balançou a cabeça. Malcolm aproveitou a mão agarrando o cabelo dela para virar o rosto de Elle e beijá-la, a língua percorrendo o lábio inferior dela antes de investir contra sua boca inteira.

— Sim, Elle — disse ele, com os dedos circulando mais rápido, incitando-a ao clímax enquanto as costas dela se arqueavam e seus quadris se mexiam desenfreadamente. — Aproveite esse alívio, mulher.

Elle o encarou.

— Não — sussurrou ela, mordendo o lábio para lutar contra o gemido que lutara para seguir a palavra e invadir o silêncio da sala.

Foi então que a sensação explodiu dentro dela, pura e brilhante e mais doce do que qualquer coisa que ela já sentira. Não havia tristeza ou recriminação no calor que se espalhou por seu corpo, apenas prazer. Apenas Malcolm.

Ele afastou a mão quando o tremor dela diminuiu, e Elle se levantou do colo dele e se manteve em pé sobre as pernas bambas. Ela podia sentir o olhar dele buscando o seu, mas se recusou a encará-lo.

— Não devíamos ter feito isso. Não devíamos ter feito isso — disse ela duas vezes depois de um longo momento, como se repetir fosse um encanto que pudesse desfazer o que se passara entre eles. — Mas me fez tão bem. *Você* me fez tão bem. O que isso faz de mim?

A dimensão do que ela tinha acabado de permitir era demais para processar. Talvez fosse outra Elle que abrira as pernas para o devasso do outro lado da sala? Aquele que parecia prestes a se colocar de joelhos — se colocar dentro dela — caso ela permitisse. Os joelhos trêmulos dela eram testemunhas de sua reação física, mas os pensamentos ridículos que se aglomeravam em sua mente eram ainda piores. Ela queria deslizar as mãos pelo corpo dele. Ela imaginou como seria a expressão dele quando chegasse ao clímax, e apenas pensar naquilo fez seu corpo tremer de desejo.

Ele balançou a cabeça e deu de ombros.

— Não posso responder isso, mas posso dizer que você me fez mais feliz do que um peixe no James.

Elle olhou para Malcolm. Claro que o tolo diria algo assim. Não era ele que estava traindo tudo no que acreditava, então tudo bem para ele fazer piadas bobas sobre o rio... o rio que passava bem no meio de Richmond... perto do qual eles viram os homens planejando transportar algo. E o que era mesmo que ela tinha lido em uma das cartas de Malcolm?

Toda vergonha e tristeza se perderam quando ela percebeu o que viera à sua mente na última vez que estiveram na sala dos fundos da loja de MacTavish. O texto das cartas que interceptou dos Caffrey e a informação no relatório de Malcolm surgiram na mente dela, e as partes relevantes se iluminaram.

— Couraçado! — murmurou ela animadamente.

Elle sentiu uma descarga de adrenalina quase tão boa quanto a do clímax que acabara de experimentar quando a informação aleatória se transformou em uma teoria.

— Como é? — perguntou Malcolm, ajustando a virilha rija na calça. — Não estou familiarizado com esse eufemismo em particular, mas não sou contra.

Elle revirou os olhos.

— Eu estava tentando juntar a sua informação com a minha quando você... me interrompeu no outro dia. Você conta em uma de suas cartas que um dos homens que vieram para a cidade no seu navio disse que foi recrutado para um projeto grande na Tredegar. A siderúrgica — disse ela, animada. — Enquanto isso, tanto ontem o senador Caffrey como o seu amigo no outro dia...

— Willocks não é meu amigo — interrompeu ele.

—... seu amigo mencionaram algo sobre romper o bloqueio. Tenho certeza de que ouviu falar sobre o couraçado naufragado da União que os rebeldes resgataram para reforçar sua marinha desprezível. Couraçados são os únicos navios revestidos o suficiente para enfrentar as embarcações usadas no bloqueio. Os homens na ribanceira pareciam querer trazer algo grande pelo rio. Talvez as partes...

—... necessárias para terminar de consertar o couraçado resgatado — Malcolm terminou por ela. — Visto que a Tredegar é o único lugar no Sul que pode produzir os materiais precisos para tal empreendimento, você pode estar certa.

Elle e Malcolm se encararam em uma conversa silenciosa; ambos sabiam o que significava se a teoria dela estivesse certa. A posse de um couraçado mudaria o rumo da guerra, permitindo que o Sul atravessasse o bloqueio e retomasse o controle da costa e dos rios. Assim que as rotas de comércio reabrissem, os navios carregados com algodão navegariam para a Inglaterra para permutá-lo por dinheiro e armamento. O exército da Confederação poderia mover os soldados livremente pela costa, e o fluxo de mercadorias e mão de obra significaria que a rebelião poderia continuar indefinidamente. Significaria que a União poderia perder.

— Isso não pode acontecer — disse Elle.

Malcolm assentiu com a cabeça.

— Temos que enviar um comunicado imediatamente. Eles estão construindo outro couraçado para a União, mas se não for feito a tempo...

Elle andava de um lado para o outro na sala, incapaz de conter a animação pela sua descoberta. Ela podia ter recentemente mandado uma informação errada, mas acabara de descobrir algo grande o suficiente para redimir em mil vezes seu erro. Se estivesse certa, o curso da guerra logo poderia mudar, para o bem ou para o mal.

— Seria um ataque mortal para nós. Precisamos avisar a capital de nossa suspeita e que nós planejamos conseguir provas concretas assim que pudermos — disse ela, pegando um pedaço de papel e escrevendo a informação em um código que seus companheiros da Liga da Lealdade poderiam decifrar. — Acredito que nossa melhor chance de conseguir uma prova será no baile, com todos aqueles rebeldes bebendo e tentando superar um ao outro sobre quanta informação secreta eles sabem.

— Nós? — perguntou Malcolm, o tom dele um pouquinho mais divertido do que ela gostaria. — Há um momento você quase me matou, e não estou me referindo aos sons que ficou fazendo quando estava sentada no meu colo.

Elle estreitou os olhos para ele. Como ele tinha a audácia de falar sobre a distração momentânea dela quando havia trabalho a ser feito?

— Permitirei que você viva por enquanto, McCall. Mas só porque preciso de alguém com acesso irrestrito ao coração e à mente dos Caffrey. Seus flertes com Susie, e com o senador, por falar nisso, devem conseguir informações que eu não consigo, e precisamos do máximo de fontes possíveis.

Até mesmo ela percebeu o tom afiado nas próprias palavras ao mencionar o nome de Susie. Se ela fosse um homem tolo com uma ideia ridícula do que era possível no mundo, poderia pensar que ela estava com ciúme. Ainda bem que ela era mais inteligente do que isso.

— Sim, estarei lá logo mais, e terei que flertar com Susie. Ela tem conexões com o Comitê de Vigilância e mesmo que esse tipo de grupo costume ser bobagem, ela pode ter informações úteis. Mas não ouse achar que vou gostar disso, sabendo que, em um mundo perfeito, poderia estar passando meu tempo com você.

— Em um mundo perfeito, você não me conheceria — disse ela com franqueza, terminando de escrever a carta e dobrando-a em um quadrado perfeito. — Você não precisa se explicar para mim.

Malcolm deu um passo mais para perto, quase tão perto quanto tinha estado quando eles estavam sentados.

Um conforto. Fora apenas isso.

Aparentemente o sr. McCall não era da mesma opinião. A mão dele repousou sobre a dela.

— Se seu sentimento é pelo menos um pouco parecido ao que eu estou sentindo, preciso sim me explicar antes de sair flertando com aquela pilha de crinolina conhecida como srta. Susie Caffrey.

Elle não sabia como reagir às palavras. Parte dela se sentiu vitoriosa, enquanto a outra o odiou por continuar com aquela farsa. Ela puxou a mão para longe.

— A citação que você zombou mais cedo era do livro *A letra escarlate*. Você conhece a história?

Malcolm meneou a cabeça.

— Uma mulher se entrega ao desejo, tomando parte em um romance proibido, e termina ultrajada. E seu amante, como você acha que ele acaba? Se acha que eles tiveram a mesma punição, está errado.

— O que uma obra de ficção tem a ver com o desejo que sentimos um pelo outro? — perguntou Malcolm.

— Tudo. Por que eu deveria acreditar que ao proceder com esse caso, o que não farei, você não vai me abandonar logo que as coisas ficarem difíceis? Naquela noite na ribanceira, você nem ao menos fingiu que me apresentaria aos seus pais, e agora quer me tomar para si? — sussurrou ela. — E ainda dizem que as mulheres que são volúveis.

— Meu pai está morto, Elle, então você não pode conhecê-lo — disse Malcolm. Ela virou a cabeça bruscamente para ele. — Eu contei a você sobre as Remoções. Quando os homens vieram à nossa cidade, eles brutalizaram as mulheres, algumas diante dos familiares. Meu pai estava em sua loja quando eles chegaram. Eu tentei impedi-los, mas eu era pequeno demais, fraco demais. Minha mãe implorou para me tirarem da casa antes de a machucarem...

A dor nos olhos dele era tão extrema que Elle pensou estar conversando com um homem diferente. Não havia flerte, nem piadas maliciosas.

A respiração dela travou nos pulmões. A história era tão familiar, sussurrada entre as mulheres nas residências dos escravizados e, depois de se tornar liberta, nos clubes de costura e nos jantares da igreja. Elas alertavam para o que podia acontecer caso um homem, especialmente um homem branco, quisesse abusar de uma mulher. Ela não precisava que Malcolm elaborasse; conhecia todas as formas que um homem podia violar uma mulher contra a vontade dela. Aquelas histórias estavam na base do motivo pelo qual ela não deveria se importar com um homem que parecesse com Malcolm, mas, mesmo assim, o coração dela estava apertado por ele e pela mãe dele.

Malcolm continuou sem esperar que ela falasse:

— Mamãe ficou mal por um tempo depois disso, mas se recuperou em algum momento. Ela precisava, senão o que aconteceria com os meus irmãos e eu? Porém, meu pai nunca mais foi o mesmo. Era como se, além de ter tomado tudo pelo que ele havia trabalhado, eles tivessem levado minha mãe dele também. Ele fracassou em protegê--la e, embora ela não o culpasse, ele se culpava. Apesar de ter sido a vítima, ela focou sua energia em fazê-lo voltar a ser como antes logo que chegamos a Kentucky. Por um tempo, pareceu dar certo. Mas ele, no fim, tirou a própria vida.

Malcolm fechou os olhos, como se estivesse se protegendo de alguma memória. Por um breve momento, ele pareceu muito jovem e muito assustado. Elle pensou que aquele talvez fosse o verdadeiro Malcolm, sob todas as camadas de subterfúgios que o faziam o mais valioso de Pinkerton.

Ela pegou a mão dele.

— Isso é horrível, Malcolm. Indescritível. Eu não poderia saber, mesmo assim sinto muito por dizer algo tão doloroso.

Estranhamente, Malcolm sorriu para ela.

— Não precisa se desculpar. Além do mais, eu sei que ele teria gostado de você. Quando estava são, a coisa que ele mais amava era uma mulher espertinha.

O olhar de Elle se levantou bruscamente para o rosto dele. Aquele homem ridículo. Ele podia dizer que seu pai gostaria de vê-lo andando por aí com uma mulher negra apenas porque não teria como provar.

— Isso é um elogio — disse ele, assim que a porta da sala se abriu. — Tenho certeza de que o resto da minha família também vai gostar de você. — Ele pegou o bilhete da mão dela e o entregou a MacTavish. — Desculpe, mas ela decidiu me deixar viver. Repasse esse recado, por favor?

Com isso, Malcolm saiu da sala, como se tivesse estado no controle o tempo inteiro.

— Eu deveria tê-lo matado — disse Elle.

MacTavish concordou com um balançar de cabeça severo.

Capítulo 10

Elle sabia como era ter um segredo, mas não um que a fazia sentir como se o propósito de sua existência inteira fosse mantê-lo guardado. Ela quase vibrou de alegria com a conclusão que chegara com Malcolm, mas se passaram dois dias sem nenhuma palavra de seus superiores. O lado impaciente dela queria gritar que o couraçado precisava ser impedido. Elle finalmente estava contente pelo subterfúgio de sua mudez; de outro modo, não confiaria em si. Depois de compartilhar suas suspeitas com Timothy, ela manteve a boca fechada. Ainda assim, cada momento sem agir parecia um desperdício.

Suas tarefas na casa dos Caffrey passaram a ser ainda mais irritantes: injustas, não remuneradas e improváveis de se tornarem mais leves com o baile se aproximando. Enquanto o senador estava ocupado com questões de guerra, a esposa não tinha nada para fazer além de se preocupar obsessivamente com o estado da casa. Ela levava o pouco poder que tinha muito a sério, e cada escravizado sentia sua inquietação.

A sra. Caffrey fez Elle esfregar o chão da entrada duas vezes em uma tarde e, quando o senador Caffrey passou tempo demais apreciando o trabalho de Elle, a maldita mulher entornou uma taça de vinho no sofá e mandou Elle garantir que o cetim azul-claro ficasse sem uma mancha.

— E desta vez sem balançar sua traseira como uma macaca no cio — disse ela com uma voz doce e nauseante.

Elle quis mandar a mulher se colocar de quatro e limpar ela mesma se queria tanto a atenção do senador — talvez ele a confundisse com uma escravizada e tentasse montar nela —, mas isso não seria aceitável. Então esfregou em um silêncio frustrante.

E também havia Malcolm. Ele aparecia regularmente na casa, apertando com prazer a mão dos homens que poderiam ter informações valiosas e repetindo desejos de impedir a União. Se ela não soubesse que ele era um Pinkerton, teria acreditado em cada palavra que ele dizia sem pensar duas vezes. Ela, que havia sido treinada de todas as formas para perceber se um homem estava mentindo.

Algo sobre aquilo não lhe caía bem. Elle não achava mais que ele era um traidor, mas o fato de ele conseguir enganar as pessoas com tanta facilidade era desconcertante. As palavras da sra. Mary Shelley surgiram na mente dela: "Quando a farsa parece tanto com a verdade, quem pode garantir a si mesmo a felicidade certa?".

Malcolm queria que Elle confiasse nele, mas a realidade tornava isso quase impossível. Ela ouvira o suficiente das aventuras de seus colegas da Liga da Lealdade e das coisas que os convidados do senador falavam quando as mulheres saíam da sala. Na maioria das vezes, homens viam as mulheres como algo para brincar, e ela fora tola o suficiente para deixar que Malcolm entrasse por baixo de sua saia — e armadura.

A persistência dele era cansativa, mas também nutria um pedaço pequeno e seco dentro dela que ousava esperar que alguém poderia a querer como era. Elle odiava comparar Malcolm com Daniel, mas seu amigo perdido também fora sua única experiência com o amor. Ela se sentira satisfeita com o acordo deles, camaradagem e prazer carnal, mas nunca sentira nada além de uma profunda amizade por Daniel. E fora o melhor, no fim. Ele achara a habilidade de decorar dela um truque interessante, porém, conforme cresciam, ele pareceu mais e mais envergonhado disso, do fato de ela sempre saber mais do que ele, por mais que ele tentasse acompanhá-la. E ele não acreditava que uma mulher podia aguentar os rigores de trabalhar pela União, ou que deveria sequer tentar, apesar de apoiar o Norte e desejar a liberdade de seu povo.

E cá estou eu, provando que ele estava certo ao ficar caidinha pelo primeiro homem que me causa um formigamento, pensou Elle enquanto limpava o sofá, secando o último resto da bebida escura. Balançou a cabeça e recolheu os materiais de limpeza. Ela se recusava a se repreender ainda mais. Pensara em cada insulto desprezível que poderia ser usado contra ela — aventureira, concubina, traidora de raça — e nenhum deles serviu para pôr um fim à fascinação chocante que Malcolm despertava nela. Mesmo quando o via mentindo e dizia para si mesma para não confiar nele, Elle ficava mais iludida. Charme não era um requisito para ser um Pinkerton, pelo menos não que ela soubesse, mas, no caso de McCall, com certeza não o atrapalhava.

Enquanto a casa dos Caffrey se agitava com os convidados que chegavam para uma reunião de última hora, Elle percebeu que tinha estado tão ocupada com os pequenos detalhes que sua posição demandava que não tivera tempo de conferir o escritório do senador naquele dia. Com os convidados indo embora em breve, ele se retiraria para a mesa e escreveria correspondências para serem enviadas logo pela manhã.

Elle deixou a cozinha e se moveu furtivamente na direção da escada dos escravizados. Pegou uma vela ao entrar no lugar escuro e sem iluminação, quase trombando com dois corpos envolvidos em um comportamento mais do que apimentado. As duas formas pularam rapidamente para longe uma da outra.

— Por favor, não conte para ninguém — disse uma voz familiar.

Elle levantou a vela, iluminando Althea, uma das garotas da cozinha. Houve um riso de nervoso. Ezekiel, um dos cozinheiros em treinamento. A voz dele ainda vacilava entre a de um garoto e a de um homem, e falhou ao falar:

— É só a Elle. Ela não vai contar para ninguém. Ela não *pode* contar.

As palavras eram duras, mas ela sabia que ele não quis ofender. Elle tinha notado uma afeição maior vinda dos outros escravizados desde que ela literalmente derrubara Susie. Fora ótimo para ela, porque eles passaram a falar mais livremente na sua frente, espalhando as fofocas que recebiam de outros.

Althea bateu no braço dele com o pano que tinha em mãos.

— Quieto, Zeke! — Ela virou para Elle e revirou os olhos. — Meu primo Ben está vindo da Carolina com o senhor dele. Ben é muito bonito, e sei que ele vai querer conhecer você.

Zeke jogou a cabeça para trás para mostrar impaciência.

— Você precisa falar sobre isso *agora*?

Elle reprimiu um riso. Ela se lembrava de seu primeiro beijo, como eles se remexeram e se apalparam até que ambos explodiram em gargalhadas pelo ridículo da situação. A lembrança era agridoce porque, claro, ela acabou pensando sobre onde Daniel estaria, e a vida para qual ele fora mandado. Ela suspirou e levantou uma mão, fingindo cobrir os olhos ao passar pelos jovens amantes. Retirou a mão de um lado e deu uma piscadela para Althea, causando um riso de surpresa na garota. O som suavizou a tristeza de Elle; não tinha como saber o que o destino guardava para Althea e Zeke ao passo que a guerra marchava sem um fim à vista. Se eles podiam roubar alguns momentos de euforia nas escadas, bom para eles. Era melhor aproveitarem tal divertimento enquanto podiam.

Elle deixou os pensamentos sobre adolescentes apaixonados para trás ao se esgueirar para dentro do escritório do senador. Por sorte, a confiança dele na santidade do lar significava que ele não tomava muito cuidado com seus negócios. Havia uma pilha de correspondências, mas ainda precisavam ser abertas, e Elle não tinha tempo o suficiente para reproduzir um selo. Ela estava prestes a dar a situação como perdida quando notou um comprovante dobrado. Ela o abriu, torcendo para que fosse algo que pudesse ser usado, mas era uma lista de nomes e, ao lado deles, preços. A lista dos escravizados à venda em Richmond naquela semana. Ela se lembrou do menino que

Timothy fora buscar e nos vários criados da casa e se perguntou se Caffrey tinha a intenção de continuar comprando seres humanos só porque podia, como Susie com suas bugigangas. O estômago dela se contorceu ao pensar naquilo.

Ela estava se virando para ir embora, a lista já gravada na memória, quando uma entrada de três linhas ao fim se tornou mais do que um amontoado inócuo de palavras. O que ela havia lido sem pensar naquele momento a fez estacar.

Daniel — US$800 — 28 anos de idade, macho, saudável, arrogante, mas será um ótimo bem quando for domado. Grande, forte, bons dentes. Sem anomalias exceto pela falta do lóbulo da orelha esquerda.

Tinha que ser uma coincidência. Tinha que ser. Mas ela se lembrava do dia em que o cachorro selvagem do vizinho se soltara e derrubara um jovem desengonçado no chão. Ela pulara nas costas do cachorro e quase tivera a mão destroçada, mas Daniel escapara intacto — a não ser pelo lóbulo da orelha.

A sala pareceu se inclinar quando ela retomou o caminho em direção à porta. O corpo estava pesado quando Elle se forçou a sair do escritório e ir para as escadas — não seria bom ser encontrada confusa no escritório do senador quando não tinha motivos para estar lá. Foi algum instinto de sobrevivência que a guiou, porque o luto agarrara cada parte de sua mente e apertava forte.

Quando domado. Domado.

Daniel podia estar em Richmond. Daniel, que estivera em sua vida por quase o mesmo tempo que ela se lembrava estar viva, e que ela tinha magoado tanto na última vez que se encontraram. Elle estava na metade dos degraus da então vazia escada quando percebeu que havia esquecido a vela. Por um momento, pensou em deixar para lá; ela não sabia se conseguiria voltar sabendo que aquele sórdido documento estava na mesa, inocente em sua pura maldade. Mas se não voltasse, poderia arriscar mais do que a si mesma. Se Caffrey encontrasse uma vela acesa no escritório, ordenaria saber quem fora preguiçoso o suficiente para esquecer de apagá-la, e aquilo refletiria em todos os outros escravizados.

Ela se virou e refez seus passos, se apressando dessa vez. Já havia abusado da sorte ao entrar sem ser percebida uma vez. Ela se esgueirou para dentro, segurando a respiração, como se para se proteger da corrupção do anúncio de venda. Estava quase saindo pela porta que dava para as escadas dos escravizados de novo quando uma mão se fechou no ombro dela. Para sua surpresa, não derrubou a vela. E, para sua decepção, alívio percorreu seu corpo ao reconhecer aquele toque.

— A Susie começou a uivar como uma condenada, reclamando sobre você não ter levado a tisana — disse Malcolm. — Pensei... Suspeitei que você pudesse estar aqui em cima. Você deveria descer antes que ela se descontrole.

Elle estivera se esforçando para se manter calma, mas as palavras de Malcolm golpearam sua parte mais sensível, estraçalhando seu autocontrole. Ela aguentara tanto, reclamando tão pouco, mas não lhe era permitido sequer um momento para o luto. Pela primeira vez desde que chegara à residência dos Caffrey, Elle se esqueceu do motivo de estar ali e por que estava fazendo aquilo. Mas não, ela não tinha esquecido, só não conseguia se importar o suficiente para se acalmar.

— Eu deveria descer, não é? Para eu poder servir prostrada aquela dondoca que nunca trabalhou um dia sequer na vida, a não ser que você conte pestanejar como um trabalho duro. — As palavras saíram lentas e ríspidas, e as lágrimas quentes que escaparam a enfureceram ainda mais. — Deixe-a se descontrolar. Deixe-a encostar um dedo em mim e eu vou... eu vou... — Ela arfou, reprimindo um soluço. Não havia nada que ela pudesse fazer. Nada.

Malcolm a puxou para a escadaria e fechou a porta atrás de si, trazendo-a para perto de seu corpo quente. Tola como ela era, Elle permitiu.

— Elle, o que houve?

Tudo.

Ela balançou a cabeça, encostada no peitoral dele.

— Você está certo. Se Susie está atrás de mim, é melhor eu ir.

Malcolm esfregou a mão na parte de baixo das costas dela.

— Rufus estava a abordando quando saí, então temos um ou dois minutos. Me diga, o que magoou você desse jeito?

Foi a preocupação na voz dele que a desfez. Ele não podia fingir aquela apreensão, aquela tensão que mostrava que já estava preparado para segurar qualquer fardo que ela colocasse sobre seus ombros. Elle inspirou de maneira trêmula.

— Antes de eu partir para a Libéria, meu amigo mais próximo, meu antigo namorado, me pediu em casamento.

Ela sentiu Malcolm enrijecer, mas ele continuou acariciando as costas dela para consolá-la, sem parar por um segundo.

— Você aceitou? — perguntou Malcolm.

Ela andara arrancando os cabelos por causa do jeito escorregadio de Malcolm, mas ele não conseguiu manter a hesitação e o medo longe da voz quando fez a pergunta. Ela pensou em mentir para manter uma distância confortável que a presença de um noivo traria entre si e as intenções de Malcolm, mas usar Daniel de tal forma parecia errado.

— Não. Eu o amava muito, mas não dessa forma. — Ela pressionou a testa no peitoral de Malcolm quando o próximo pensamento surgiu: *Ele não fazia eu me sentir como você me faz.* Bastava. Ela se afastou dele e secou as lágrimas com a manga do vestido. — Enquanto estive fora, ele caiu em desespero. Uma noite, depois de se embebedar, ele foi coagido por caçadores de escravizados e sequestrado no Sul. Daniel era um homem livre, nasceu livre. E eu acabei de ver uma lista de escravizados à venda com o nome dele no meio.

— Tem certeza de que é ele? — perguntou Malcolm, sem dúvida ou hesitação na voz, apenas determinação.

— Não, só tem um nome e uma descrição que combina. — Ela balançou a cabeça, cada músculo no corpo se retesando ao perceber que suas mãos estavam atadas. — Mesmo se for ele, o que eu posso fazer? Não posso invadir o comércio de escravizados e libertar todo mundo. Isso iniciaria uma caça aos abolicionistas e espiões do Norte em Richmond e eu estaria arriscando tudo no que trabalhamos. Timothy, MacTavish e seu grupo, os vários agentes da Liga da Lealdade na área. Com a informação que temos, eu poderia estar arriscando a União.

Malcolm assentiu.

— Se algo os alertasse da forte presença da União, e invadir um comércio de escravizados faria exatamente isso, eles poderiam mudar os planos do couraçado e nós não teríamos como saber se estávamos certos até ser tarde demais.

Elle tentou pensar em outra maneira de libertar Daniel, mas sua mente continuava o imaginando machucado e faminto, arrastado diante de homens que agarrariam seus quadris e olhariam seus dentes como se ele não fosse nada mais do que gado. Vivendo no Norte, Elle tinha conhecimento do comércio de escravizados, lera o máximo que podia sobre, ouvira histórias de pessoas que escaparam da escravidão que passavam pela casa de seus pais, mas fora em Richmond que ela vira a monstruosidade se passando por algo mundano. O comércio de escravizados era alocado asquerosamente perto das lojas, apenas outro estabelecimento onde comprar produtos. Ela ouvira o choro de mães separadas dos filhos, dos homens separados das esposas...

Elle sentiu algo dentro dela se partir lentamente: esperança.

— Só porque não podemos libertá-lo não quer dizer que não posso ver se algo, qualquer coisa, pode ser feito por meio dos meus contatos. — Ele colocou uma mão no cotovelo dela, suavemente e sem nenhuma possessividade. — Elle, você sabe como me sinto por você, mas isso é algo inteiramente diferente. No outro dia você nos descreveu como um "nós", e entendi isso como se você e eu fossemos parceiros agora. Farei o que puder para ajudar com essa situação.

Elle achou que cairia pelos degraus de tão espantada que ficou com as palavras dele. *Ele sabe o que dizer para ganhar a confiança de alguém*, ela lembrou a si mesma. Ainda assim, um sentimento caloroso e alegre estava se espalhando por seu peito, rompendo a barreira de desespero avassalador que ameaçara extinguir o que a motivava. Novas palavras surgiram em sua mente, não as do general chinês, mas as de um autor britânico cuja obra a cativara de um jeito completamente diferente. "E então, ela se afastou da ameaça de seu amor persistente... Ela não tinha o poder de intimidá-lo?" A mesma citação de *Norte e Sul*, de Gaskell, tinha vindo a sua mente quando Daniel a pedira em casamento, mas, de alguma forma, as palavras haviam perdido seu efeito. Com Daniel, ela não se lembrou imediatamente das linhas que se seguiam no romance. "Por que ela treme e esconde o rosto no travesseiro? Que sentimento forte era aquele que tinha, enfim, a tomado?"

Ela não sabia o que dizer, sabia apenas que deveria proferir uma resposta para tal declaração. Antes que pudesse organizar seus pensamentos, que haviam se espalhado a torto e a direito primeiro com as lembranças de Daniel e depois pela presença de Malcolm, a porta para a escada se abriu. Os reflexos de Malcolm eram rápidos, mas Mary ainda os olhou com severidade ao entrar. Aquilo não era como as bobagens adolescentes de Althea e Zeke, e ela duvidava que Mary fingiria não ter visto nada como Elle fizera.

— Parece que eu peguei o caminho errado quando estava procurando pelo banheiro — disse Malcolm, passando por Mary para sair para o corredor.

Elle retorceu suas feições em uma expressão de confusão serena.

Mary se aprumou e encarou Elle. A expressão dela era severa, acabando com os anos de idade e experiência que Elle tinha sobre ela.

— Eu disse a Susie que mandei você vir limpar aqui em cima e que você não estava vadiando por aí. Eu menti? — Ela levantou a vela até o rosto e pescoço de Elle, parecendo procurar por sinais de molestamento, mas então a máscara de irritação se desfez quando segurou a mão da outra. — Aquele homem tentou alguma coisa? Ele forçou algo com você? Você me diria, certo?

Havia pânico na voz de Mary, uma vulnerabilidade que Elle não achava ser possível na moça. As narinas dela se inflaram e seus olhos se arregalaram. Aquela reação só podia estar carregada pela experiência em tal assunto terrível. Elle apertou a mão da mulher e balançou a cabeça, tentando desesperadamente comunicar que estava bem.

Mary assentiu, ajeitando a postura.

— Tudo bem — disse ela, ainda obviamente abalada. — Tudo bem. Mas o jeito que aquele homem olha para você... Tenha cuidado, garota. Já vi aquele olhar antes e não leva a nada de bom.

O eco inconsciente das palavras de Elle na noite da ribanceira foi desconcertante. O que poderia haver para Elle e Malcolm? Ela podia mesmo arriscar algo pelo fato de ele parecer se importar? Daniel também se importara com ela, até o momento em que ela não quis o que ele tinha a oferecer, e eles não tinham o obstáculo da raça.

— Robert diz que a mudança está chegando — disse Mary. — Mas sei de algo que vai continuar igual: esses homens acham que têm o direito não só ao suor de nossas costas, mas a cada pedaço de nosso corpo. Por mais que aquele ali fale doce com você, tome cuidado. Só porque ele não te prende ao chão não quer dizer que não está forçando você.

Elle assentiu de novo e afastou o olhar. Ela não podia encarar Mary com a verdade que fora dita pairando entre elas.

A amiga suspirou e apertou brevemente seu ombro.

— Se acha que ele vai tentar algo e não se sente segura aqui, bem, Robert e eu podemos ajudar se chegar nesse ponto — disse Mary de maneira enigmática, depois passou por ela ao descer as escadas, deixando Elle se sentindo mais sozinha do que nunca.

Ela se arrependia de tantas coisas naquele momento: não poder responder à Mary, não poder ajudar o escravizado que talvez fosse Daniel, talvez mais do que tudo, não poder lutar contra a afeição crescente pelo homem de quem deveria estar fugindo. Elle não tinha nenhuma novidade para embasar a afirmação sobre o couraçado, e nada de novo para relatar aos companheiros. As almas daqueles homens que morreram por causa da informação falsa pareciam se aglomerar no pequeno espaço da escada, asfixiando-a com sua própria incompetência.

Ela calmamente se arrastou escada abaixo, sentindo-se um completo fracasso. Com sorte, seus companheiros estavam se saindo melhor do que ela, caso contrário, o país estaria em sérios apuros.

Capítulo 11

Qualquer coisa para *preservar a União*, Malcolm pensou quando viu Susie embonecada à sua frente na noite seguinte, em outro jantar pomposo na mansão dos Caffrey. O senador Caffrey havia saído repentinamente quase uma hora antes, deixando Malcolm à mercê do afeto de Susie. Ele lutou muito contra a irritação causada pela fadiga. Não havia nada que ele gostasse nela e estava certo de que ela gostava apenas de uma coisa nele, mas isso não queria dizer que ela devia lidar com o impacto das frustrações dele.

— Estou tão triste que o senhor vai nos deixar em breve — disse Susie. — Embora seja o dever de todo homem sulista lutar, isso torna uma dama solitária.

— Estou certo de que a senhorita vai ficar bem — falou ele, levantando a taça para ela. — Quando estiver congelando nas trincheiras, me sentirei um pouco mais quente ao pensar que há uma mulher pensando com carinho em mim.

Susie soltou um risinho, e Malcolm pensou que preferia muito mais falar sem rodeios com Elle a ter aquela conversa fiada cheia de floreios. O recado que ele escrevera para ela, caso eles não conseguissem se falar, era um peso em seu bolso que só ficaria mais leve quando soubesse que Elle o tinha em mãos. Malcolm disse a si mesmo que era simplesmente por ter ajudado a minar a Confederação, mesmo que numa escala muito pequena, mas ele sabia que a informação contida ali a deixaria contente, algo que se tornara de extrema importância em algum ponto na semana anterior. O breve vislumbre que tivera dela horas antes não tinha feito nada para saciá-lo. Vê-la de joelhos, esfregando o chão, o tinha irritado, mas também despertara uma estranha lembrança: sua mãe limpando a casa e seu pai chegando por trás dela, puxando-a para ficar de pé e balançando-a em seus braços em uma dança enquanto cantava uma balada escocesa. Isso foi quando as coisas iam bem entre eles, quando a bebedeira e a raiva não haviam derretido a mente do pai dele.

Malcolm se perguntou como seria compartilhar trabalhos domésticos com Elle. Acordar ao lado dela na casa acolhedora deles, ajudar com a limpeza e brincar com as crianças enquanto ela preparava a refeição. O sonho era mais do que agradável para ele, mesmo com as palavras de Susie o lembrando o quanto era irrealista.

Uma mulher escravizada passou na frente deles, sua expressão séria ao tirar os copos da mesa ali perto.

— Eu juro, é de se achar que sentenciamos esses escurinhos à morte pelo jeito como andam emburrados por aí — disse Susie, se abanando no ar denso da sala. Ela usava um perfume enjoativo que irritava a garganta de Malcolm e queimava seus olhos, e cada movimento do leque soprava o cheiro na direção dele. — Sei que as coisas estão escassas na cidade com o bloqueio e todo o resto, mas você não nos vê reclamando.

Isso foi dito enquanto um escravizado lhe servia um copo de água gelada. Ela nem sequer olhou para o homem.

Malcolm pensou que talvez tivesse sido prematuro ao preveni-la de sua irritação.

— Com sorte, o bloqueio logo cairá — disse Malcolm, movendo a cabeça em agradecimento ao pegar o copo de uísque. Ele o balançou e direcionou um sorriso para Susie que já se provara bastante efetivo com o outro gênero. Ela não era a única que sabia flertar.

— Tenho ouvido uma conversa de que estamos trabalhando para conseguir isso. Acredito que seja devido à necessidade das damas por meias de seda.

Ele olhou sugestivamente para a saia dela, como se estivesse imaginando o que tinha por baixo. Na realidade, ele pensou na pele macia das coxas de Elle quando a acariciara, como ela jogara a cabeça para trás sem se controlar quando ele a tocara. Algo de seus pensamentos deve ter sido traduzido por seus olhos, porque Susie corou e se inclinou na direção dele.

— Eu não sei muito sobre esse bloqueio enfadonho — disse ela lentamente —, mas sei um bocado sobre meias de seda se um dia quiser uma instrução prática. — Ela levantou uma sobrancelha delicada para ele.

Malcolm a encarou.

— Posso cobrar essa promessa um dia desses se não for cuidadosa, srta. Susie.

Naquele momento, o senador entrou acompanhado de um homem franzino e pálido, vestindo uma calça manchada e uma casaca gasta. Ele portava um excelente chapéu, embora amassado, em uma mão e passava a outra pelo cabelo fino para conferir se pelo menos parte de seu penteado se mantinha.

— Deixe-me apresentar o sr. Alton Dix — disse o senador Caffrey. — McCall, este homem é um verdadeiro filho da Confederação. Ele tem trabalhado em um projeto especial há semanas, e esta noite está tendo um descanso mais que merecido.

Malcolm se levantou e apertou a mão do homem, balançando-a com firmeza. Dix era a causa da saída abrupta do senador mais cedo naquela noite, então ele era o homem com o qual Malcolm mais precisava conversar.

— Um prazer enorme conhecê-lo, sr. Dix — disse ele em um tom reverente. — O senhor deve ser um companheiro bastante inteligente se o colocaram para trabalhar em um projeto especial.

O homem olhou para baixo, envergonhado, antes de responder:

— Ah, eu não diria que sou inteligente demais — rebateu Dix. — Mas o que eu sei, sei muito bem.

— E o que seria isso? — perguntou Susie, se levantando e enlaçando o braço ao de Malcolm. — Nos diga, sr. Dix.

Malcolm deveria ter ficado feliz por ela ter feito a pergunta em vez dele, provavelmente para poder relatar em seu jornaleco de fofoca, mas o tom desdenhoso dela o irritou. Ela falava com Dix como se ele fosse uma criança mostrando aos adultos algo que encontrou no jardim.

Dix lançou um olhar nervoso para o senador Caffrey, como se pedisse permissão. O senador assentiu, mas ao mesmo tempo seus olhos sustentavam um aviso.

— Eu sou um engenheiro — disse ele. — Antes da guerra, eu estava no negócio de construir navios.

É mesmo?, pensou Malcolm. Surgiu nele a sensação familiar de júbilo que ocorria quando estava no caminho certo em uma investigação. Ele imaginava que se assemelhasse com a sensação de um lobo na caçada encontrando um cervo desatento.

— Um construtor naval? Sempre achei essa profissão fascinante. Requer tanta precisão e um olhar para os detalhes — disse Malcolm, se inclinando um pouco para longe de Susie.

Ela o puxou para mais perto e, então, o encarou com olhos arregalados.

— Senhor McCall, eu estou terrivelmente sedenta. Poderia me acompanhar na busca de um ponche?

Ele tinha acabado de ver a garota beber um copo inteiro de água, mas pressupunha que ela queria dizer sedenta por atenção.

— Gostaria de nos acompanhar, sr. Dix? — perguntou ele, torcendo para continuar a conversa, mas o homem olhou para Susie, que o ignorou em vez de também pedir por sua companhia.

— Está tudo bem. Estou bem cansado, já que estive trabalhando e viajando o dia todo. Precisarei ir embora mais cedo, e ainda não tive a chance de fazer minha patrulha — disse ele, sorrindo de um jeito cauteloso para Malcolm. — Talvez possamos continuar esta conversa quando eu retornar. O senhor estará no baile?

— Sim, e estou ansioso para conversar com o senhor. Sou um grande admirador de homens que conseguem criar algo tão grande quanto um navio só com números e medidas — disse Malcolm, apertando enfaticamente a mão do homem.

Ele pareceu surpreso, mas retribuiu o gesto com um sorriso gentil, livre de nervosismo.

Te peguei, pensou Malcolm.

Susie o puxou na direção da tigela de ponche antes mesmo de o senador Caffrey e o sr. Dix se virarem.

— Deus, aquele homem era um tédio, parado ali e suando como um asno — disparou ela. — E aquelas roupas! Como ele passou da porta com aquilo? Ora, até essa tonta é mais ajeitada do que ele.

Eles tinham chegado ao ponche, onde Elle estava com uma concha, servindo a bebida. Ela usava um vestido xadrez verde e branco de popelina que, apesar de ser obviamente antigo, caía perfeitamente nela. Seus seios fartos eram acentuados por duas fileiras de botões brancos na frente do vestido, e sua cintura era cingida bem apertada por uma fita verde desfiada. O cabelo dela estava diferente, livre das tranças, mas puxado para trás em um coque coberto por um pedaço de tecido que funcionava como uma rede. Cachos escapavam em sua têmpora, enquadrando o rosto que agora assombrava os sonhos de Malcolm com frequência. Ele se lembrou de como era a sensação do cabelo dela em sua mão quando puxara a cabeça de Elle para trás e a beijara.

E então ele a insultou.

— Não me recordo de o homem fazer nada que justificasse ser comparado com essa coisa lerda — disse ele, lembrando-se de como Susie o interrogara sobre seu comportamento em relação a Elle. Ele não podia demonstrar nenhuma gentileza, mas torcia que ela visse a ironia no insulto que ele havia escolhido. — Além do mais, duvido muito que seja esperado um senso de moda de um engenheiro naval. Ele é um construtor naval, não um modista. Estou ansioso para aprender mais quando ele vier para o baile.

Malcolm encarou Elle. A expressão dela não demonstrava nada enquanto enchia a taça de Susie, mas ele sabia que ela estava ouvindo, decorando todas as informações nas palavras dele para pensar sobre elas mais tarde. Ela lhe entregou a taça e, quando seus dedos roçaram nos dele, uma onda perpassou o corpo dele, o deixando alerta.

Comumente, a empolgação de uma missão bloqueava todas as outras emoções, mas, desde que conhecera Elle, Malcolm se sentia como nada mais do que um estudante apaixonado que não conseguia se concentrar em seus deveres.

— Bem, só porque ele é importante não significa que pode se vestir como um fazendeiro acometido pela pobreza. Esta sociedade tem regras por um motivo — disse Susie, ainda fixada nos trajes de Dix.

Malcolm sentiu pena de como o homem seria esfolado pelas colunas de fofocas no dia seguinte, então se lembrou que Dix era um rebelde.

— E que motivo é esse? — perguntou ele, mascarando o desafio de sua pergunta com um sorriso.

— Separar pessoas como nós de pessoas como eles — explicou ela, apontando para Elle. — Animais. — Susie se inclinou para perto e soltou uma gargalhada rouca, uma que fora bastante praticada e orientada para a sedução. — Embora às vezes eu goste de me entregar aos meus instintos primitivos, sr. McCall.

Malcolm simplesmente a encarou. Com sorte ela pensaria que ele estava encantado com seu gracejo.

— Mas chega disso — disse ela, voltando a ser uma coquete. — Papai me disse que você gosta de poesia. Tenho praticado algo para apresentar na reunião de Damas da Rebelião. Na última vez, Lucinda Smith se apresentou e eu encontrei a coisa certa para superá-la.

Ela pigarreou de um jeito dramático.

— Ó, se esses dois firmes seios se dissolvessem, derretessem e certamente se transformassem — declamou ela, sua apresentação vacilante pronunciada com a confiança do ator principal andando pelo palco do teatro Globe.

Um violento acesso de tosses atacou Elle, algumas delas soando suspeitosamente como risos. Ela se virou de costas para eles, os ombros tremendo. Malcolm precisou de toda sua habilidade para mascarar sua própria risada, que borbulhava no peito, despertada pelo riso de Elle.

— Isso foi... esplêndido — disse ele, o sentimento em suas palavras acentuado pelo riso atrás deles.

— Sabia que iria gostar! Recite algo para mim agora — ordenou ela, encarando-o com um desejo descarado.

Ele pensou por um momento, tentando se lembrar de uma frase que seria apropriada para a ocasião. Ele olhou rapidamente para Elle — para ela seria uma tarefa bem simples, dado o conhecimento ilimitado naquele excelente cérebro. Então uma frase veio à mente, um verso que ele repetira na frente da lareira de sua família em muitas noites geladas de inverno. Elle parecia ter uma aversão à literatura escocesa de qualidade, mas ele tinha quase certeza de que ela conhecia *A dama do lago*.

— "Raríssimas vezes se emaranhou uma rede tão graciosa em meio de tão abundante melena, cujas negras madeixas eclipsavam o breu brilhante da penugem do corvo."

Susie corou à sua frente, e então bateu nele com o leque.

— Meu cabelo é castanho, bobo — disse ela, enlaçando o braço no dele de novo.

— Está planejando monopolizar o tempo de Susie a noite inteira? — Rufus agora estava de pé do outro lado dela.

As bochechas dele, e aparentemente seu temperamento, foram esquentadas pelo doce abraço do uísque. O olhar dele estava fixo nos braços de Susie e Malcolm, e este estava contente que um olhar não pudesse feri-lo fisicamente. Se fosse o caso, o braço de Malcolm, e talvez outras partes, estaria espalhado pelo chão do salão.

— Não estava ciente de que Susie havia combinado de passar o tempo dela com o senhor — disse Malcolm, afastando o braço dos dela. — Longe de mim causar uma briga entre dois velhos amigos.

— Aonde está indo? — perguntou Susie. — É só o Ruf, posso vê-lo a qualquer hora.

— Não se eu morrer lutando pelo presidente Davis. Aí você vai sentir minha falta. — Rufus falou aquilo com um tom de vingança, como se desejasse sua própria morte para ensinar uma lição a Susie.

— Bem verdade, Rufus — disse Malcolm ao entregar Susie. — Tenho certeza de que ela vai adorar ouvir mais sobre a vida no campo de batalha. Satisfaça-a com seus causos de bravura.

— Eu não posso escolher com quem falo? — perguntou Susie, indignada.

Malcolm se arrependeu de sua ação no mesmo instante. Sim, ela era uma peça em sua jornada por informação, mas não precisava tratá-la como uma.

— Você realmente não quer falar comigo? Eu vou... — começou Rufus, mas Susie o interrompeu com um suspiro e um tapinha.

— Ruf, sabe que sempre quero falar com você. Mas tenho certeza de que até você está um pouco curioso sobre nosso sr. McCall. — O olhar dela vagou sugestivamente pelo corpo de Malcolm; então, ela o encarou, fazendo um biquinho sedutor. — Mas acho que vou ter que pegá-lo sozinho uma noite dessas para ver do que ele é feito.

Malcolm estava chocado com a ousadia dela, mas Rufus a encarava como se ela fosse a criatura mais angelical a agraciar a Terra.

— Acho que está superestimando o quanto sou interessante, srta. Caffrey — rebateu Malcolm.

— Provavelmente — respondeu ela com uma piscadela enquanto Rufus a puxava para longe.

Malcolm começou a caminhar na direção do senador, que agora estava ao lado de sua esposa e outras pessoas da elite de Richmond. Ele ouviu o barulho estridente de itens de cerâmica se tocando e se virou para ver Elle, de costas, reorganizando os copos de ponche. Ela olhou por cima do ombro, seus olhos pousando brevemente nos dele antes de se virar novamente. Para qualquer outra pessoa observando, ela estava esquadrinhando o ambiente para ver se mais alguém queria uma bebida. Mas quando ela levantou a mão e ajeitou a rede que tinha no cabelo, Malcolm não conseguiu evitar sorrir vitoriosamente.

Talvez a noite não tenha sido uma perda de tempo, afinal de contas.

Capítulo 12

Elle estava tentando se manter firme em relação a Malcolm. Ela tinha decidido que não sentiria nada ao vê-lo desempenhar o papel de acompanhante de Susie, mas Malcolm conseguira dizer a coisa certa para mais uma vez alimentar aquela intimidade entre eles. Uma vez ela assistira a uma apresentação em que um *swami* indiano supostamente controlava uma cobra apenas com movimentos das mãos, fazendo-a se retorcer de um lado para o outro. Malcolm parecia ter o mesmo poder sobre as partes obscuras e mais voláteis de Elle, invocando sentimentos proibidos com o toque mais suave. Diferente da apresentação da serpente encantada, ela não conseguia ver as amarras que a prendiam e não sabia como parti-las — ou até mesmo se queria parti-las.

Elle limpou seu espaço e carregou os copos sujos para a cozinha, onde imediatamente foi tragada por um grupo de escravizados conversando durante o intervalo de seus trabalhos. O rosto redondo e jovial de Althea se aproximou dela para apresentar seu primo Benjamin.

— É ela, Ben! Aquela que empurrou a Susie da bunda achatada no chão e não levou nenhuma chicotada por isso!

Um homem bonito de altura mediana com pele da cor de carvalho se aproximou e pegou a mão dela. O sorriso dele era acolhedor e convidativo e, quando ele apertou sua mão nas dele, marcadas pelo trabalho, Elle sentiu suas bochechas esquentarem. Por um instante, um lampejo de esperança cresceu dentro dela; talvez aquele homem pudesse inspirar o mesmo desejo que Malcolm inspirava. Mas, assim que o encarou, tudo o que sentiu foi prazer em conhecê-lo e irritação por não poder fazer nenhuma pergunta direta para não arruinar seu disfarce.

— Bem, acho que eles devem ter olhado para esse rosto bonito e decidiram que seria uma pena fazê-la chorar — disse ele, e houve um coro de concordância e alguns sons de encorajamento ao seu flerte.

— Susie não era assim — disse Althea. — Nós costumávamos brincar juntas todos os dias, mas, depois que ela debutou, se tornou *dama* demais para falar com alguém como eu.

A garota tentou dizer aquilo tranquilamente, mas Elle percebeu a dor em seus olhos. Althea havia perdido uma amiga e ganhado uma senhora impiedosa. Aquela era uma história que Elle ouvira vezes o suficiente para saber que era uma dor que nunca se curaria. Mas nem sempre era daquela forma: a amizade de sua mãe com o filho do mestre abrira o coração do garoto e, em certo momento, levara à liberdade de sua família e de outros escravizados que ele herdara. Contudo, a história de sua família era rara demais.

— Você deveria estar contente por isso — afirmou Ben, seu sotaque forte indicando que ele vivera em uma plantação no Extremo Sul em algum momento. — O sinhô Dix num tem nenhum amigo de verdade não e ele me conta tudo. Como quer uma família, mas não encontra uma mulher que o queira. Como Davis o atormenta como o diabo para que ele termine de construir o navio. Se eu tiver que ouvir sobre esse navio mais uma vez...

Ele balançou a cabeça, sem perceber que a atenção de Elle estava totalmente focada nele. Ben trabalhava para Dix, o homem que Malcolm mencionara. O que ele sabia?

Ela deu um tapinha no braço dele e, quando Ben a olhou, ela levantou as sobrancelhas para mostrar que tinha uma pergunta. Elle primeiro encolheu o corpo e imitou um barco navegando. Depois ela levantou as sobrancelhas de novo, esperando que ele entendesse que a pergunta tinha uma segunda parte. Ela arregalou os olhos para mostrar que estava se referindo a algo grande e fingindo estar girando um grande timão, cobrindo os olhos com uma mão como se estivesse olhando para o horizonte.

O pequeno grupo explodiu em risos.

— Elle, sua boba! — disse Althea, e Benjamin a contemplou com um enorme sorriso.

— Você quer saber se o navio é grande ou pequeno? — perguntou ele. — Eu nem vi, mas acho que é grande. Está levando muito tempo para trabalharem nele, e nem está pronto ainda.

Naquele momento, o coração de Elle disparou para valer, e não por causa do homem sorrindo para ela, mas pelo significado de suas palavras. O senhor dele estava construindo um grande navio e, se a conclusão à qual ela chegara na loja de MacTavish estivesse certa, isso significava que o Sul estava prestes a destruir o bloqueio com o couraçado.

Ela pulou animada, a frustração de não poder falar levando toda sua energia para a mímica. Ela andou pomposamente para a frente e para trás, fingindo dar um gole em uma bebida e conversar com uma pessoa ali perto. Então ela de repente ficou em modo completo de batalha, carregando um canhão imaginário e colocando os dedos nos ouvidos para esperar explodir. Ela olhou para Ben e para os outros, que ainda estavam rindo como se ela fosse uma garota lerdinha fazendo gracejos.

— Ah, é um navio de guerra — disse ele. — Não sei muito mais do que isso já que tampo os ouvidos e começo a sonhar com a Terra Prometida quando ele começa a tagarelar. — O coração dela se apertou. — Tudo o que sei é que ele é muito sigiloso com os planos para o navio. Ele não deixa ninguém entrar no escritório, nem mesmo eu.

Ben parecia ofendido com aquilo. A ligação entre um senhor e um escravizado era realmente algo estranho.

Ela inclinou a cabeça na direção dele, debruçando-se em uma reverência de agradecimento zombeteira.

— É melhor eu ir — disse Ben. — Nós temos que ir embora amanhã de manhã para uns compromissos dele e depois temos que voltar no outro dia para essa festa besta. Espero que ele não me faça usar aquela sobrecasaca e gravata emperiquitadas. Ele sempre diz que eu preciso me vestir bem para que ele não precise.

— Que horas vocês irão? — perguntou Althea, e Elle podia beijá-la por isso.

— Antes de o sol nascer, então preciso voltar para a cidade para ajudar ele antes de dormir — disse Ben, bocejando. — Noite pra vocês!

Houve um coro de despedida, e Elle tentou ser discreta ao caminhar com ele até a carruagem que ele precisava preparar. Tinha mais uma pergunta, e torcia para que Ben entendesse. Levou algumas tentativas, mas finalmente a compreensão iluminou sua expressão.

— Para onde estamos indo? — confirmou ele. — Eu não sei bem, Elle. Calma, você mora na cidade, né? Onde é sua casa? Posso dar uma carona se for caminho. Estamos na pousada Lancelot.

Excelente, pensou Elle. Descobrir informações era empolgante o suficiente, mas agora ela mal podia esperar para contar a Malcolm que eles estavam no caminho certo.

Ben colocou a mão no ombro dela de um jeito amigável, tentando chamar a atenção dispersa dela para ele. Naquele momento, uma sombra recaiu sobre os dois, e ela soube sem olhar que era Malcolm.

Ben se virou e abriu um sorriso simpático.

— Precisa de ajuda para colocar a sela no cavalo? — perguntou ele, seu entusiasmo natural não o deixando notar a insatisfação de Malcolm com a cena.

— Não, parece que você está com as mãos ocupadas — respondeu Malcolm.

Elle pulsou de raiva com o tom sugestivo. Ele tinha acabado de passar metade da noite flertando com Susie. A mulher colocara a mão por todo o corpo dele, e só Deus sabia o que tinha acontecido quando Elle deixara o posto na tigela de ponche. Agora ele estava parado diante dela, todo tenso e com os lábios apertados, parecendo ter comido uma maçã silvestre, por ela estar conversando com outro homem? Como ele ousava?

— Eu só estou preparando a carruagem do sinhô Dix — disse ele, soltando o ombro de Elle. — Vendo se essa jovem precisa de carona para a cidade. Não levaria nem um minuto.

A simpatia incansável de Ben pareceu romper a raiva de Malcolm.

— É muito gentil da sua parte, mas não, obrigado — disse ele. — Boa noite.

Então, ele se virou e se dirigiu ao estábulo sem nem ao menos olhar para Elle. Uma raiva aguçada a fez sentir-se quente e trêmula apesar da noite fria de inverno. Ele havia escolhido o pior momento possível para se mostrar ciumento.

A ousadia!

Elle cerrou os punhos e se controlou para não gritar o que queria para as costas dele. Se ela não podia falar com ele sobre a partida de Dix, então seguiria sozinha. Na verdade, talvez fosse melhor desse jeito. Ela se saíra muito bem recolhendo informações antes de saber da existência de Malcolm McCall, e aquilo não precisava mudar por causa de uma decisão imprudente em uma salinha no fundo de uma loja.

O homem desgrenhado que Susie insultara mais cedo subiu na carruagem com a ajuda de Ben.

— Pensei em dar uma carona para essa jovem, senhor — disse Ben. — Se estiver tudo bem para o senhor.

— Claro que sim — disse o sr. Dix. — Em tempos como estes, não é seguro para uma mulher depois de escurecer. Ela pode se sentar com você na frente.

Elle achava desconcertante que o homem possivelmente responsável pela ressurgência do Sul era, aparentemente, gentil. Muitos senhores de escravizados teriam dito para um negro desconhecido andar até sua casa, que se danasse a escuridão, mas ele não o fizera. Os humanos eram a mais confusa e incompreensível das espécies, isso ela sabia com certeza.

Ela estava contente pela carona depois de um dia cansativo. Passou o caminho todo escutando Ben falar o suficiente pelos dois, ocasionalmente cantando alguma música fragmentada. Quando ele a deixou na pensão, ela estava mais do que pronta para dormir. Subiu os frágeis degraus e entrou em seu pequeno e escuro quarto.

Elle não sabia se já havia estado tão cansada. Em partes por causa do trabalho, mas também pela decepção com Malcolm. Ela não queria estar decepcionada, porque isso significaria que o sentimento que a havia cutucado desde que o conhecera não era apenas uma paixonite.

"Aquele que deseja lutar, primeiro deve analisar os danos." Ela não estava exatamente em uma guerra contra Malcolm, mas Sun Tzu estava certo. O que havia se passado entre eles poderia ser descartado como uma fantasia passageira, mas, se ela admitisse que seus olhos haviam queimado com lágrimas quando Malcolm se afastou, o que aconteceria? O que ela esperava dele? E, mesmo que ele não a estivesse fazendo de boba, aquela difícil batalha valeria a pena? Parecia que parte dela estava em conflito com outra: liberdade contra escravidão, lealdade contra dever, seu desejo contra o trabalho.

Elle deu um suspiro profundo e cansado, que saiu de dentro dela pela força da apreensão e confusão que ocupavam o espaço em seus pulmões. Tudo que ela queria era se arrastar até a cama e cair em um sono sem preocupações: ela teria um dia perigoso adiante graças à informação de Ben e precisava ficar alerta. Não dormir por estar preocupada com qualquer outro homem que não fosse Jefferson Davis seria ridículo. Ela começou a desabotoar o vestido e parou, riscando um fósforo e acendendo uma vela para que não precisasse ficar cambaleando no escuro.

— Santa Maria, mãe de Deus! — exclamou ela, quase deixando a vela cair.

Ali, sentado de um jeito bem confortável na beira da cama dela, estava Malcolm McCall.

Capítulo 13

Malcolm não deu tempo para que Elle o expulsasse.

— Me desculpe.

Ele estava arrependido de ter ficado bravo nos estábulos e ido embora sem dizer uma palavra. Mas deveria estar por surpreender Elle com o vestido meio desabotoado e com sua combinação apertada nos seios.

Quando ele viu a cena no estábulo — ela sorrindo para um homem bonito, um homem bonito e negro ainda por cima —, toda sua racionalidade o abandonou. Ele sabia que os homens a achavam atraente. Ele mesmo mal conseguia pensar quando olhava para ela por muito tempo. Sabia que ela inspirava pensamentos lascivos em homens brancos que desejavam usá-la. Mas vê-la sorrindo para o escravizado de Dix o fez enxergar a dura realidade: que ela podia preferir outro homem a ele, um homem que podia ser capaz de entendê-la melhor do que Malcolm jamais conseguiria. Alguém que o mundo esperava que ela escolhesse, como o Daniel dela.

Pensar naquilo fora quase insuportável. E, embora ele tivesse reconhecido imediatamente o erro, aquilo não fez sumir o aperto em seu peito. Ele se sentiu perto demais do homem que nunca quis se tornar: seu pai, que atacava a esposa com palavras por seu amor ter sido contaminado pelo ciúme. Malcolm não fora capaz de olhar para ela, de deixá-la ver o sentimento visceral que o conduzira a uma raiva tola. Mas ele a deixou ver agora.

Ele se levantou e a encarou, tentando abaixar as camadas de defesa que eram necessárias em seu trabalho — e muitas outras que ele criara antes de sequer saber o que era Pinkerton.

— Eu estava com ciúme e errei — disse ele, e repetiu a parte que achava ser a mais importante: — Me desculpe.

— Como sabe onde estou morando? — perguntou ela, repousando a vela na mesinha de cabeceira e cruzando os braços. A vela tremulante a banhava em tons quentes, destacando suas bochechas salientes e lábios doces, que estavam pressionados de raiva.

Malcolm deu de ombros.

— Sou um detetive — disse ele. — Você não sabe onde eu estou morando?

— Ele está no Hotel Spotswood, mãe. — Ela fez uma imitação aceitável de Susie. — É onde os Davis ficaram! Acredito que ele seja um homem de posses. O que a senhora sabe sobre os McCall? Tem uma família que fez um dinheiro com as ferrovias, acha que ele pode ser um deles? Mas não ligo se ele for pobre, só quero que ele seja meu!

Malcolm se mexeu desconfortavelmente com ela o fitando. Ele sabia o que viria a seguir, e sabia que era merecido.

— Tive que assistir a você olhar como bobo para ela a noite inteira, escutar você falar sobre mim como se eu fosse uma idiota bem na minha frente, mas o fato de eu estar apenas conversando com um homem é motivo suficiente para você me tratar como uma meretriz e ir embora bravo — disse ela, andando de um lado para o outro, sua agitação mais visível a cada volta que fazia. Ela parou e o encarou, os olhos brilhando sob a chama da vela. — Eu precisei de você esta noite, e você me deixou parada lá como uma tola!

As palavras dela não o surpreenderam, mas a mágoa por trás sim. Aquela não foi como das outras vezes que ela o repreendeu, e ele não conseguia dizer se era algo bom ou se estava tudo perdido.

— Elle. — Malcolm não sabia explicar como a ideia de perdê-la lhe tirara a razão. Era loucura e, se aquilo o apavorava nesse tanto, faria Elle fugir para bem longe. — Eu estou aqui — disse ele finalmente, sabendo que não era a resposta correta, mas sem saber o que dizer para justificar seu comportamento tão deselegante.

Ela parou de costas para que ele não pudesse ver seu rosto.

— Você diz que somos parceiros, e passa muito tempo dizendo que estou errada sobre você. Espera que eu confie que ficará ao meu lado independente de qualquer coisa, mas, na primeira situação que o irrita, você sobe no cavalo e galga para longe.

O tom de traição na voz dela doía, e um intenso pavor de perdê-la surgiu. Malcolm fracassara com ela, mais uma vez causando dor em vez de protegê-la. Parecia que quanto mais ele se importava, mais facilmente a machucava. Amor era aquilo? Uma lâmina muito bem forjada que cortaria com a menor pressão?

— Essa foi a segunda vez que você fez eu me sentir como uma mulher promíscua sem motivo nenhum. Eu devia esfaquear você somente pela hipocrisia.

Ele estava surpreso por ela não brandir sua arma, mas conseguia ver como a fadiga pesava cada um de seus movimentos.

— Eu sou bom em fingir, mas, quando se trata da coisa real, fico sem rumo — explicou ele, dando um passo para mais perto dela. — A forma como me sinto por você, a rapidez e a intensidade de como aconteceu, isso me assusta mais do que qualquer outra coisa que encarei nesta guerra. Quando vi aquele homem conversando com você de um jeito que pareceu íntimo, meu coração afundou no peito, e reagi tratando você mal por causa disso. — Ele enrolou uma madeixa de cabelo nos dedos. — Sinto que continuo fazendo coisas que magoam você quando tudo o que eu queria era fazer você feliz.

— Talvez você não possa me fazer feliz — disse ela por cima do ombro. — Já pensou nisso?

— Não — disse ele, sua resposta sendo tanto uma surpresa para ele quanto parecia ser para ela.

Malcolm esticou o braço e a virou de frente para ele, aproximando as mãos do peito dela. Ela congelou, pronta para se afastar, até perceber o que ele estava fazendo. Malcolm cuidadosamente passou cada botão de volta nos buracos, recolocando o vestido. — Não, não pensei nisso, e não estou disposto a começar agora.

Ele o abotoou em silêncio, os olhos focados em sua tarefa em vez de no rosto dela. Enquanto ele fechava o último botão, as pequenas mãos dela repousaram sobre as dele.

Ele olhou dentro dos enormes olhos dela.

— Parece grosseiro lhe dar isso agora, depois de agir como um tolo. Não estou tentando comprar seu perdão. Minha intenção era dar isso a você antes de te magoar.

— Do que você está falando? — perguntou ela.

Ele colocou a mão no bolso e lhe entregou o recado. Malcolm não tinha a memória dela, mas sabia a maior parte da mensagem que ela leu em voz alta, com a voz cada vez mais tensa.

M,

O escravizado chamado Daniel foi comprado, depois de muita barganha, por uma moradora local, uma verdadeira aliada da União que é especialista nesse tipo de resgate. Eu ainda não sei se esse é o homem que você procura, mas ele será libertado, de qualquer forma. Terei mais informações em breve.

A.

A expressão séria de Elle desabou enquanto ela lutava para controlar as emoções.

Malcolm franziu a testa.

— Queria que desse para ter certeza de que era ele...

Elle tocou o braço de Malcolm para acalmá-lo.

— Eu espero profundamente que seja Daniel. Se não, um homem que estava escravizado agora está livre, e isso não é algo pequeno. Obrigada.

— Não — avisou ele. Malcolm sabia que devia ficar contente com o jeito que ela o encarava, mas não estava. — Quando estava brava comigo agora há pouco, sabia que era como se sentia de verdade. Não seja gentil comigo como agradecimento. Não fiz nada além de passar a informação para alguém que se interessa pelo assunto.

— Muito bem, Fitzwilliam Darcy. Prefere que eu foque no seu comportamento antes de me apresentar esta carta incrível? Vamos lá.

Foi um comportamento covarde e indigno, e esperava mais de você. Nem sequer pense em me tratar assim de novo — disse ela em um tom que o fez ajeitar a postura e engolir em seco. Ela acariciou o recado e depois o guardou delicadamente na cômoda velha. — Eu nem devia admitir isso, mas nunca me senti tão solitária do que quando você me deixou ali.

Malcolm sentiu esperança transbordar dele como o rio Mississipi cobrindo sua ribanceira. Ela não estava apenas falando do trabalho deles, não era só ele preso naquela tempestade de sentimentos. Não era o único que percebia a conexão entre os dois, que desafiava a sociedade e o bom senso.

— Eu não vou — prometeu ele com sinceridade. — Nunca mais vou deixar você de novo, juro.

Ele pressionou os lábios na testa dela, um beijo casto que o abalou tanto quanto seus momentos mais ardentes, porque ela retribuiu depois de um tempo, deixando um beijo suave no queixo dele. Malcolm não estava certo de que ela acreditava em suas palavras, mas ele acreditava, e aquilo teria que ser o suficiente para ambos.

Elle balançou a cabeça e soltou um riso sem humor, embora seus olhos ainda brilhassem de emoção.

— "O perito em batalha move o inimigo, e não é movido por ele" — disse ela ao se afastar de Malcolm e ir para a pequena mesa que tinha uma bacia de cerâmica com água e uma barra de sabão branco do lado.

— Shakespeare? — adivinhou ele, e ela revirou os olhos.

— Nem tudo que soa profundo é do cânone ocidental, McCall. Sun Tzu foi um antigo estrategista chinês. Tive que decorar sua obra antes de me tornar uma detetive.

— Então agora você aplica estratégias militares para nossas interações? Acho que prefiro Hawthorne — disse Malcolm. — Achei que já tínhamos estabelecido que não sou seu inimigo.

Ele estava inquieto com as palavras dela, pelo que persistia sob a superfície de qualquer interação deles.

— Não, nós estabelecemos que você apoia a União — disse ela.
— Honestamente? Seu comportamento me confunde, assim como minha reação a isso. E a você.

Ela mergulhou um pano na água e o esfregou em uma tira fina de sabão, e o odor familiar de rosas encheu o quarto. As narinas de Malcolm dilataram, querendo mais do que apenas o cheiro dela. Ele queria saboreá-la e tocá-la também.

— Elle...

Ela ergueu uma mão para interrompê-lo.

— Agora devo contar o que teria dito se não tivesse me ignorado no estábulo. O homem com quem conversava, Ben, é um escravizado de Dix — disse ela ao levar o pano ao pescoço e esfregá-lo lentamente ali. — Ele disse que Dix está indo para algum lugar amanhã para uma reunião importante. Eles vão partir antes do amanhecer. Minha intenção é segui-los e ver sobre o que é essa reunião.

Ela falou calmamente enquanto colocava sabão de novo no pano e o passava no rosto e pelos braços. Ele sabia que ela estava fazendo sua higiene diária, mas vê-la o fazia querer cair de joelhos em súplica. Em vez disso, Malcolm caminhou para perto e pegou o pano de suas mãos. Ela já tinha esfregado o suficiente naquele dia.

— E como pretende fazer isso? — perguntou ele, passando o tecido pelo pescoço dela, massageando-a através do tecido áspero.

— Sou uma detetive — disse ela, devolvendo a resposta dele.

Ela inclinou a cabeça para a frente a fim de dar mais acesso para Malcolm enquanto ele esfregava seu pescoço com o pano ensaboado.

— Vou com você — anunciou ele, descendo o tecido para o espaço entre o ombro e o pescoço, massageando os músculos tensos.

— Não me oporei — falou ela. — Contanto que não aja como um tolo de novo.

Malcolm era inteligente demais para prometer isso a ela.

— O que você teria feito ao chegar em casa se eu não estivesse aqui? — perguntou ele, pressionando mais forte os nós em seus músculos.

Ela sibilou, mas depois relaxou quando a tensão aliviou. Elle colocou as mãos para trás, contra as coxas dele, para se manter firme em pé, e o membro de Malcolm enrijeceu como se quisesse alcançar os dedos estirados dela.

— Depois de te xingar muito? Teria feito o que estou fazendo agora. O que você está fazendo agora — falou ela com a voz em um suspiro. — Eu teria me despido e me lavado. Eu me sinto como uma porca que se revirou na lama o dia inteiro.

— Você está bem longe de ser isso, moça — contrariou ele. — Mas se é um banho que quer, posso fazer isso por você.

Ele queria vê-la por completo, correr seus dedos por cada curva e entrada de seu corpo até tê-las decorado. Como a mente dele era bem menos aguçada do que a dela, a tarefa levaria um tempo muito longo.

Ela se virou nos braços dele e tirou o pano de suas mãos.

— Não quero que você me dê um banho — disse ela, o encarando com agitação. — Quero a última coisa que deveria querer de você, mas que você faz muito bem.

Uma sensação de alfinetes e agulhas atingiu sua coluna de cima a baixo ao ouvir as palavras ditas com timidez naquela voz rouca dela.

— Conforto? — perguntou ele.

Ela assentiu singelamente, como se esconder seu desejo fizesse seus sentimentos por ele serem mais aceitáveis. Malcolm estava cansado de conversar, de fingir, de não dizer a coisa certa. Ele segurou o queixo dela, levantando sua cabeça e beijando-a. As mãos de Elle foram para os ombros dele, a pressão dela se jogando para o beijo sendo uma adição inesperada à sua excitação. A boca dele se moveu sobre a dela lentamente, mas não com suavidade. Ele tinha a intenção de mostrar com precisão como se sentia, já que continuava falhando com as palavras.

As mãos de Malcolm circularam sua cintura esguia, e ela arfou na boca dele, reagindo, ao que parecia, a cada um dos toques. Ele podia sentir o calor dela através do vestido, assim como na primeira noite que a tocara, e Malcolm se perguntou como seria ter sua pele tocando na dela, finalmente livre da cobertura de suas roupas. Foi, então, a vez dele de gemer, e ela adentrou a boca dele com a língua.

Suas línguas brincavam como gato e rato, se entrelaçando e recuando. Ela retribuía aos beijos, mas ainda havia hesitação em seu toque. Os dedos finos de Elle deslizaram pelo tronco dele, acariciando seu peitoral como se afagasse um animal desconhecido e possivelmente perigoso. Prazer radiava da ponta de cada um de seus dedos pressionados nele, e Malcolm a puxou para mais perto, sem perceber que a forte ereção que esticava sua calça agora estava pressionada contra a barriga de Elle.

— Deus amado — murmurou ela contra os lábios dele, e Malcolm sentiu como se pudesse destruir toda a Confederação naquele momento.

Ele a puxou para um abraço mais apertado, seus lábios ainda juntos, e então virou e a jogou sobre a cama. Ela se ajoelhou, o encarando com olhos brilhantes e lábios úmidos.

— Eu podia ter ganhado tempo deixando isso solto — disse ele ao se abaixar e refazer seus movimentos enquanto desabotoava o vestido dela.

Malcolm o abriu lentamente, escorregando os dedos por baixo do tecido áspero para acariciar o peso suave dos seios. Ele a fez levantar os braços e passou o vestido pela cabeça dela. Elle usava uma fina combinação bege que se prendia em cada uma de suas curvas.

Malcolm estivera em muitos estabelecimentos duvidosos em suas várias missões, mas nenhuma dançarina de cabaré, decorada com lantejoulas e fitas, fora mais sedutora. Uma onda de desejo despontou em sua virilha, o desejo de investir contra ela e torná-la sua. Ele resistiu ao impulso de se apressar — Elle era importante demais para ele a possuir com força bruta. Em vez disso, ele esticou as mãos para acariciá-la, deslizando-as pelo tecido fino para logo em seguida retirá-lo também.

A pele macia de Elle era quente ao toque, delicada como seda. Seus seios transbordavam nas mãos dele, mas os mamilos eram pequenos e quase planos, mal pressionavam nas palmas dele, mesmo estando eriçados pelo desejo. Ele deslizou as mãos para a cintura dela, passando pelo quadril e encaixando-as em suas nádegas para mantê-la firme. Depois ele se inclinou para a frente e colocou a pontinha do seio dela na boca, sua língua traçando a textura da aréola de novo e de novo apenas para ouvir os suspiros e gemidos que aquilo tirava de Elle.

— Malcolm — suspirou ela, e aquela voz fez o corpo inteiro dele tremer de desejo.

Os dedos dela escorregaram para o cabelo dele enquanto Malcolm dedicava bastante atenção para o outro seio dela, e a reação que despontou dentro dele ao carinho foi tão forte que ele a abocanhou. Ela arqueou as costas, pressionando o seio para a frente, mais perto da língua e dos dentes de Malcolm.

— Eu também quero ver você — disse ela, empurrando-o para longe. — Quero ver você fora desse uniforme que representa tudo de errado com o mundo.

Ele se levantou, rapidamente desabotoando e retirando a sobrecasaca, e em seguida fez o mesmo com a camisa simples que havia por baixo. Ele levou as mãos à calça, mas Elle se inclinou para a frente.

— Deixa comigo — disse ela.

Sua voz era confiante, mas ela se atrapalhou ao abrir o cinto e a braguilha e retirar a calça e as roupas íntimas dele. Aquilo mexeu com Malcolm, vê-la nervosa; suas mãos não tremeram dessa forma quando sacou uma arma para ele. Gotas de prazer escorriam sobre o corpo dele enquanto ela se movia, mas, quando seu pau se libertou e foi tomado pela mão dela, ele reprimiu um grito rouco.

Ela envolveu seu comprimento com as mãos e as deslizou da base à cabeça, e de novo para baixo, como se saboreasse o seu volume. Ele jogou o quadril para a frente, aumentando a fricção em seu membro. A sensação era maravilhosa, mas ele sabia que, se ela continuasse com o movimento, ele se libertaria depressa demais.

Gentilmente, ele a empurrou de volta para a cama, se desprendendo do calor das mãos dela. Quando Elle estava deitada de costas, a boca de Malcolm foi à sua bochecha, roçando em seus lábios, escorregando pelo pescoço, e voltou lentamente aos seios. A mão dele deslizou por entre os dois, seus dedos encontrando a entrada úmida entre as coxas dela e pressionando com delicadeza, esfregando primeiro de um jeito suave, mas aumentando a pressão quando ela começou a se contorcer sob ele. As mãos dela agarraram os braços de Malcolm e apertaram com força enquanto ele a dedilhava no mesmo ritmo da sua língua áspera nos seios de Elle.

Ela gemeu, seus dedos indo para o peitoral dele para arranhar os mamilos ao puxá-lo.

— Preciso de mais, Malcolm.

Os olhos dele, questionadores, foram aos dela rapidamente, o castanho profundo insondável à luz da vela. Ela hesitou e então assentiu. Malcolm sentiu um doce alívio com aquele sinal; não porque ele a tornaria sua, mas por ela pedir isso a ele.

Ele se ajeitou na cama, deixando seu membro perfeitamente posicionado na entrada dela e, enquanto a beijava como se ela fosse seu tesouro mais querido, Malcolm se empurrou para dentro da fresta e para dentro do calor interno dela.

Elle era apertada, e a introdução foi lenta, mas, quando a preencheu por completo, ela coube como uma luva de seda.

— Ah, minha Ellen — suspirou contra a boca dela.

Ela o enlaçou pela cintura com as pernas, jogando o quadril para cima e comprimindo o pau dele ainda mais dentro dela, e Malcolm se perdeu no meio da sensação. Ele investiu contra ela sem preocupação, mexendo o quadril para acessar o ponto que a fez tremer, gritar e morder o ombro dele para disfarçar os barulhos.

Ele despejou o peso nos cotovelos, segurando o rosto dela com as mãos ao fundir os lábios dos dois. Mas, ao continuar os movimentos sobre e dentro dela, Malcolm sentiu uma diminuição na paixão de Elle, um recuo mental do amor que faziam, levando-o a parar em meio à ação.

— O que foi? — perguntou ele.

Ele não entendia como uma mulher que estivera tão vibrante em seus braços podia de repente parecer estar a quilômetros de distância apesar do fato de seu pau ainda estar pulsando dentro dela. E então ele sentiu as lágrimas escaldantes que começaram a se juntar onde a mão dele encontrava a bochecha dela. Os olhos de Elle eram lamentosos ao tentar desviar a cabeça para longe dele.

— Elle? — O coração de Malcolm batia forte no peito. — Eu machuquei você?

Malcolm estava totalmente à deriva. Ele estivera com uma boa quantidade de mulheres, mas rolar no feno desprendia pouco compromisso emocional. Era um território inexplorado ter uma mulher que ele queria chorando tanto em seus braços; ele não sabia como consertar as coisas.

— Não — respondeu ela, soando infeliz e quase brava. — Tudo foi ótimo. Você não fez nada... É só que...

Ela fez um barulho que parecia algo entre um riso irritado e um soluço, e Malcolm se virou para se deitar de costas, mantendo-a contra seu peito enquanto ela lutava contra as lágrimas. Elle cruzou os braços sobre o peitoral dele e repousou o queixo ali, a cabeça virada para o outro lado.

Ele pensou em Daniel, o homem que ajudou a libertar. Talvez Elle tivesse mudado de ideia sobre o pedido de casamento. Ela não era virgem — talvez tivesse sido tomada pela lembrança do homem que preferia ter como companhia na cama. O sangue dele gelou com aquela possibilidade. Ele se retirou de dentro dela, mas continuou a abraçando. Ele prometeu a manter segura e assim o faria, mesmo se fosse dele mesmo. Malcolm disse as próximas palavras e as forçou a soarem verdadeiras.

— O que foi, Elle? Você pode me dizer. Farei o que puder para consertar tudo.

— Você não pode ajudar com isso. Não consigo parar de pensar, sabe — disse ela, virando os olhos cheios de lágrimas para ele. — Minha vida inteira, fui ensinada que isto é errado. Me foi dito que homens como você só queriam mulheres como eu para uma única coisa, e que eu não devia nunca lhes dar isso. E agora aqui estou eu, querendo tanto você que mal consigo suportar, mas não consigo parar de pensar: e se eles...

E se eles estiverem certos?, ele completou com as palavras não ditas. *E se ele estivesse apenas a usando?*

Frustração transbordou dentro dele; não com Elle, mas com o mundo que a forçara a pensar daquela forma. Ele odiava que ela não se sentia segura com ele, mas era uma defesa necessária. Ele não sabia como fazê-la enxergar o quanto ele se importava, ou se sequer deveria tentar. Malcolm deslizou a mão pelas costas dela suavemente.

Elle tinha o direito de se sentir daquela forma, dado tudo o que ele vira em suas viagens pelo Sul. Os olhares lascivos que foram direcionados a ela nos últimos dias eram horríveis o suficiente, e eles eram as mais inofensivas das ameaças. Não importava de qual ângulo vissem o relacionamento deles, Malcolm tinha o poder, mesmo se escolhesse não o usar.

— Talvez devamos desistir antes que seja tarde demais — sussurrou ela, embora continuasse agarrada a ele.

— Já é tarde demais para mim — rebateu Malcolm com um suspiro. — Mas eu não posso imaginar quanto isso é difícil para você. Entendo sua hesitação, mesmo que certas partes de mim não reflitam isso no momento. — Ela o presenteou com uma risada abafada, não mais do que uma tossida, mas era algo. Ele se virou para que os dois ficassem de lado, se encarando. Ele podia ver o medo nos olhos dela e odiou estar contribuindo para isso. — Sei que tem vários motivos para fechar seu coração e mantê-lo bem trancado, mas você infiltrou o meu com tanta precisão quanto fez com a casa dos Caffrey. Sempre achei que tal coisa seria uma tarefa difícil, mas você pareceu conseguir sem nem ao menos tentar.

— É o meu coração que o preocupa, não é? — perguntou ela.

Elle lhe lançou um olhar especulativo, como se procurasse por uma mentira em suas palavras. Malcolm passou as mãos pelo cabelo dela, depois pelas costas e, enfim, por sua bunda, repetindo o movimento suave enquanto falava:

— Se eu fosse o tipo de homem que flerta com o proibido, teriam muitos outros jeitos simples de o fazer. Jeitos que não envolvem meu cérebro tão derretido na sua presença que mal consigo pensar direito.

Elle, eu passei uma tarde inteira pensando como seria sua voz! E, quando a ouvi, me perguntei como meu nome soaria em seus lábios. E, quando ouvi isso, quis ainda mais.

— Você queria meu corpo — declarou Elle, seca.

— Eu quero você por inteira — disse ele. — Mas você não é minha para ter. Vou me contentar com qualquer mísera migalha que estiver disposta a me dar.

Ele podia ver o tumulto de emoções refletido no olhar dela. As mãos de Elle foram para os bíceps dele, como se fosse o empurrar para longe ou puxá-lo para perto, mas ainda não havia decidido entre as duas ações. Malcolm não se mexeu, porém, falou as palavras que vieram em sua mente livremente e sem hesitação:

— Quero ser atacado por essa sua língua afiada, sempre. Quero ouvir todas as suas histórias de infância, por mais mundanas que sejam, e depois mais algumas. Quero saber tudo sobre você, da sua cor favorita à primeira palavra que falou.

— Eu amo azul — sussurrou ela, o olhar preso ao dele. As pernas de Elle deslizaram pelo quadril de Malcolm, posicionando o pau dele na fenda de seu calor. — E minha primeira palavra na verdade foram três: *filho da puta*. Meus pais logo aprenderam que eu repetiria tudo que os adultos ao meu redor falassem e, depois, nunca esqueceria essas coisas.

Malcolm riu.

— Qual estação te deixa mais feliz?

Ele reprimiu um gemido quando os calcanhares dela se pressionaram na cama, um de cada lado dele, mantendo-a firme ao se sentar sobre ele.

— Outono — respondeu ela em um arfado, quando seu interior o envolveu.

Ela o empurrou para mantê-lo deitado de costas e para que pudesse controlar o ritmo do ato.

— Lá no Norte, onde moro, a floresta parece um mar de chamas quando as folhas mudam.

— Sua música favorita — disse ele, mexendo o quadril e o empurrando na direção dela, saboreando o quanto eles encaixavam perfeitamente.

Ela fechou os olhos por um segundo, sentindo prazer, e então riu baixinho.

— *Aleluia* — suspirou ao girar o quadril, recebendo-o ainda mais profundamente. — Quer dizer, "Messiah", de Handel.

— Livro — arfou ele.

As mãos dela estavam espalmadas no peitoral dele agora, dando o suporte para cavalgá-lo. Eles estavam em um ritmo intenso naquele momento — ele deslizando para dentro da parte quente e molhada dela, e Elle descendo para encontrá-lo a cada estocada.

— São muitos para citar — disse ela, em um tom claro de irritação, e Malcolm riu e gemeu ao mesmo tempo.

Ela rebolou em sua descida, acrescentando uma nova e deliciosa fricção à conjunção.

— Vou saber o nome de todos um dia — disse ele. — Vou aprender tudo sobre você e ainda não vou...

— Fique quieto e me beije — ordenou ela, e Malcolm se inclinou para fazer exatamente isso.

Aquela era a verdadeira Elle, linda e destemida, pressionando os lábios aos dele e o cavalgando sem preocupação. Aquela era quem ela era quando se permitia se libertar do medo.

Ele rolou sobre ela, seus joelhos raspando no colchão ao se impelir para dentro dela. Seus beijos eram descontrolados e inconstantes, combinando com o prazer desconhecido que dali em diante tomou conta do corpo dele. Malcolm sentiu uma nova espécie de ruptura quando se abraçaram, fundidos pela paixão. Ele sabia que ela estava lhe dando algo ainda mais precioso do que seu corpo: a confiança que permitia que ela relaxasse e aproveitasse enquanto faziam amor.

Os sons íntimos dos dois preencheram o ambiente, e os gritos abafados dela o impeliram ao clímax. O interior dela se contraiu ao redor do membro dele, e Malcolm deslizou a mão para apalpar a bunda dela, mantendo-a firme ao investir contra ela com sua última torrente de energia.

Ele estava tão perto, era tão maravilhoso que ele ainda não tinha se derramado dentro dela, quando ela se pressionou ao redor dele, apertando-o com seus músculos internos enquanto arqueava as costas sob ele com força o suficiente para levantar o quadril dele da cama com ela.

O grito apaixonado dela ecoou em sua boca, entrando no corpo dele como um espírito que o possuía. Ele gemeu alto, enquanto seu corpo ficou tenso e a sensação se espalhou da sola dos pés até a barriga. Malcolm se retirou rapidamente de dentro dela, dando uma última estocada em si mesmo com a própria mão enquanto sua semente era impelida, recaindo na barriga dela, que tremia sob ele.

Depois houve silêncio, nada além de suas respirações descompassadas e a batida do coração de Malcolm nos ouvidos. Ela o encarou com os olhos sonolentos de prazer, mas também hesitantes, como se não tivesse certeza do que dizer.

Quando estava certo de que tinha se recomposto, ele rolou para longe dela e pegou de novo o pano ensaboado. Ele se deitou ao lado dela, limpando o que havia despejado em sua barriga, deslizando o tecido entre as pernas dela e pelas coxas. Ele ainda não podia falar, então simplesmente beijou-a enquanto fazia isso, traçando um caminho da orelha aos lábios. Em seguida, colocou o pano de lado e a abraçou apertado naquela noite fria do Sul.

— Nós estamos encrencados agora, não estamos? — perguntou ela, traçando o dedo pelo peitoral dele em um movimento que o deixava mais sonolento.

Antes daquela noite, sua definição de encrenca incluía a possibilidade de ser capturado, torturado e morto. Mas agora ele sabia que havia algo bem mais aterrorizante que um homem poderia enfrentar: amor.

— Realmente estamos, minha doce Elle.

Malcolm acariciou o maxilar dela com os nós dos dedos.

— Doce? Eu devia ter matado você quando tive a chance — disse ela, se aconchegando mais perto dele.

Encrencado, de fato.

Capítulo 14

Elle encontrava-se nua diante de seu baú, procurando pelos objetos que precisaria para a jornada do dia. Estava escuro, mas ela se lembrava exatamente onde colocara cada peça de roupa. Ela concentrou todos seus pensamentos no ato de as recolher, tentando ignorar o ronco suave de Malcolm atrás dela. Ele estava encolhido no meio da cama, abraçado ao lençol desde que ela escapara de seus braços.

Fico feliz em saber que sou tão facilmente substituível, pensou ela sarcasticamente, embora soubesse que não era verdade. Ela nunca se sentira mais querida na vida do que quando ele a abraçara. Mas parte dela sentia falta da dúvida reconfortante que havia marcado a relação anterior deles.

O que se passara entre eles tinha aberto um mundo inteiro de possibilidades que deveria ser impensável. Ela contara com a falta de seriedade dele para afastá-la de seu próprio desejo. Mas tinha se enganado ao pensar que Malcolm era o tipo de homem que agiria por um capricho quando se tratava de assuntos do coração. Os dois estavam em queda livre sem uma rede de segurança, e apenas Deus sabia onde eles pousariam.

Ela suspirou e tentou se concentrar na tarefa diante de si. Aquilo a amedrontava, aquele desvio de sua missão, mas o instinto dela dizia que seguir Dix seria um risco que valeria a pena. LaValle não se importaria se ela tivesse algo para apresentar e, se ela voltasse com nada, ele não precisaria nem saber sobre a empreitada. Ela trabalhava para conseguir reunir informações, que nem sempre caíam em seu colo. Estava contente pela doença que se espalhava ter lhe dado uma desculpa para não aparecer na casa dos Caffrey, porém, ela ainda assim pagaria muito por isso, mesmo alegando estar doente demais para se mexer. Elle aceitaria qualquer punição, embora as possibilidades a aterrorizassem. *Qualquer coisa pela Causa.*

Ela acendeu uma vela — eles teriam que partir logo, e Malcolm precisava acordar para se preparar —, depois colocou sua roupa íntima e calça, e um par de botas de couro macio que um de seus estudantes no Norte lhe dera por não caber mais nelas. Encarando seu caco de espelho embaçado, ela deslizou o cabelo para dentro do chapéu de lã, abaixando-o até as orelhas e o prendendo com um alfinete para que não caísse em um momento inapropriado. Ela puxou uma extensão de tecido e estava prestes a começar a estranha tarefa de enrolar o busto quando os olhos de Malcolm se abriram e se concentraram nela, do outro lado do quarto. Ele abriu um sorriso preguiçoso.

— Bom dia, jovem companheiro, você viu uma coisinha linda mais ou menos desta altura? — disse ele, a voz ainda rouca pelo sono. Ele elevou a mão apenas um pouco acima do colchão.

— Eu não sou tão baixa assim — rebateu ela, batendo o tecido nele.

Malcolm segurou a ponta e a puxou para a cama, enlaçando a cintura dela com um braço para que os seios dela estivessem pressionados contra os pelos ásperos do peitoral dele.

— Agora você é — sussurrou ele com a voz rouca antes de pressionar a boca na dela.

Ele a beijou demorada, lenta e profundamente, amolecendo-a com desejo. Elle odiava aquele suposto colchão, duro como pedra, mas ter Malcolm ali a fez considerar a possibilidade de nunca sair dele. Lá, em seu quarto decrépito, não havia ninguém para julgá-la pelo jeito que Malcolm fazia seu coração bater forte e seus joelhos enfraquecerem.

Parece que estou em casa, ela pensou ao acariciar o queixo dele com a barba por fazer, depois se repreendeu por permitir que algo tão absurdo atravessasse sua mente.

— É bom abraçar você deste jeito, para deixar toda a loucura do mundo circulando ao nosso redor enquanto nos sentamos confortavelmente no olho da tempestade — disse ele. — Me faz lembrar de um daqueles poemas escoceses que precisei decorar, um que achava bastante inócuo até este exato momento. Sei que não é uma admiradora ardente do trabalho dele, mas me parece pertinente. "Uma hora contigo! Quando, enfim, o Sol desce, é o que ensina a mente como se esquece, do longo dia de trabalhos sofridos."

Ele recitou as frases com a voz diminuindo uma oitava pela excitação, ardendo em desejo. Seu sotaque gaélico ressaltou cada sílaba, dando curvas sensuais às palavras que as imbuíam de um tom novo e erótico. Talvez ela teria se afeiçoado mais a Scott se sempre ouvisse a poesia dele daquele jeito.

Ele parou e sorriu para ela, em expectativa. Um novo desejo nasceu em Elle, somando com o frio em sua barriga. Ela queria se juntar a ele na recitação. Não para superá-lo ou para provar qualquer coisa, mas por um motivo que era novo para ela: divertimento.

— "As esperanças, os desejos, partiram esbaforidos" — continuou ela de onde ele tinha parado, o conhecimento compartilhado entre eles aprofundando a ligação que tinham tanto quanto o calor dos braços dele a cercando. — "Os crescentes desejos e os minguantes proveitos, o orgulho do senhor, quem despreza meu sofrimento?"

— "Uma hora contigo" — Malcolm terminou o verso rouco, os olhos escurecidos pela emoção.

As palavras pairaram entre eles, fazendo Elle se sentir exposta. Elas eram tão íntimas quanto qualquer declaração de ardor, talvez até mais. Ela já declamara poesia para uma audiência antes, mas era sempre sem emoção. Ela dividira seu corpo e seu coração com outro antes, mas nunca seus pensamentos. Ela pensara que essas coisas deveriam ser mantidas separadas.

Até agora.

— Temos trabalho a fazer — disse ela. Era a declaração de um fato assim como um lembrete do propósito deles. — Vista-se.

— Vou adicionar isso à minha lista de motivos para destruir a Confederação — resmungou Malcolm.

Ele se moveu rapidamente para lhe dar um beijo e depois se afastou dela para colocar suas roupas. Depois que ele abotoou, afivelou e ajeitou tudo, Elle lhe entregou o tecido para esconder os seios e levantou os braços.

— Para essa missão em particular, não vai ser de grande ajuda isso ficar sacolejando enquanto cavalgamos. Pode colocar em volta do meu peito? — perguntou ela, desejando que as mãos dele pudessem estar sobre ela por outro motivo, mas o trabalho superava qualquer desejo físico.

— Qualquer coisa pela União — disse ele, com uma tristeza exagerada enquanto cingia bem forte o tecido maleável no peito dela.

Ele deslizou os dedos na pele dela, mandando pequenas ondas de energia que a distraíram da sensação desagradável de ser enfaixada. Fazia semanas desde que ela usara um espartilho adequado, e seus seios aparentemente tinham se ajustado à liberdade.

— Pronto — anunciou ele ao prender o fim do tecido no lugar. — A múmia mais atraente a andar pelas ruas de Richmond.

Ela sorriu enquanto colocava sua camisa simples e sobrecasaca larga e entregava a Malcolm o chapéu dele.

— Hora de ir — disse ela, indo para a porta.

Elle tinha a sensação de estar esquecendo alguma coisa, então voltou correndo e tateou sob o colchão para pegar sua arma e munição, colocando-as na bolsa que jogou sobre o ombro.

— Isso estava embaixo da cama o tempo todo? — perguntou Malcolm, meneando a cabeça. — Eu sabia que tinha quase morrido na noite passada, mas pensei que tivesse sido de prazer.

Elle riu e o alcançou, agarrando seu colarinho e o puxando até sua altura para um último beijo. O movimento surpreendeu os dois; talvez por ter acontecido tão naturalmente, como se fosse um hábito. Decepção, então, recaiu sobre ela, porque Elle sabia que assim que passassem pela porta a fantasia que criaram na noite anterior seria destruída. Ela não podia demonstrar qualquer ligação com aquele homem lá fora além daquelas permitidas pelas estruturas da sociedade.

— Daqui para a frente, eu serei Earl — disse ela. — Se alguém perguntar, eu sou seu escravizado. Mas não...

Elle engoliu em seco, tentando dissipar o nó em sua garganta. Sabia que em algum ponto durante o fingimento ele talvez tivesse que fazer algo que a magoasse. Ela podia lidar com isso e, enquanto uma mulher negra em um país que a via como nada além de uma posse, ela tivera que ser forte o suficiente para lidar com cargas pesadas. Mas tudo tinha mudado entre ela e Malcolm. Não podia suportar tê-lo a tratando mal se pudessem evitar.

— Eu sei — disse ele, apertando suavemente a mão dela. — Mas temos que estar cientes de que, se surgir uma situação em que eu precise tratar você como uma escravizada, então terei que fazê-lo. Farei o possível para evitar, mas você sabe que, se tiverem a mínima suspeita de que eu apoio o Norte, podemos morrer. Já estive bem perto disso por coisas bem mais inócuas. No Tennessee, fui perseguido por um grupo porque acharam que eu *andava* como um ianque. Consegui me salvar de várias enrascadas, mas não posso arriscar que algo aconteça com você só porque não quis te magoar.

Ele estava certo. Ela sabia que ele estava certo, ainda assim, a possibilidade de ele a tratar cruelmente fazia seu estômago se revirar. Ela assentiu e se afastou dele, mas ele segurou sua manga com gentileza, soltando apenas quando ela o encarou.

— Sei que tenho vantagem em todos os sentidos exceto um, mas não pense que maltratar você seria fácil para mim — disse ele, a voz rouca. — Não pense que não despedaça minha alma toda vez que tenho que dizer ou fazer algo terrível para ganhar a confiança de um inimigo. Já atuei muitas vezes, e sou bom nisso, mas nenhuma quantidade de patriotismo tornará fácil ter que desrespeitar você. Entendido?

Ela viu a agitação nos olhos dele; Malcolm era especialista em domar as emoções, mas não escondia nada dela naquele momento.

— Posso saber de que forma você não tem vantagem? — perguntou ela.

O ceticismo em seu tom era proposital, uma alfinetada afiada e espinhosa que o afastaria, mesmo que por um momento. O perigo da situação em que tinha se metido se tornava mais aparente cada vez que ela olhava para ele e almejava por algo que nunca poderia acontecer.

Malcolm não respondeu, simplesmente a encarou de um jeito que a fez se sentir como se as chamas de Charleston não pudessem arder mais do que os sentimentos dele por ela.

Elle não deveria ter perguntado.

— Vamos — sussurrou ela. — Precisamos ir para os estábulos alugar os cavalos. Já está quase amanhecendo, e temos que estar preparados para segui-los. É preciso mandar uma mensagem para Timothy dizendo para ele avisar que peguei a doença que anda circulando por aí. Isso deve fazê-los ficar satisfeitos com minha ausência.

— O que achar melhor, Earl — concordou Malcolm maliciosamente ao saírem para o dia ainda escuro.

Uma brisa gelada fez Elle tremer. Em manhãs como aquela era difícil de acreditar que Richmond estaria quente como um buraco de piche em alguns meses. Pensar no verão causou frio dentro de Elle. Onde ela estaria, então? Onde Malcolm estaria? Mais importante, o país estaria unido até lá ou ainda estaria embrenhado naquela batalha macabra?

Nos estábulos, eles escolheram dois cavalos velhos mas aparentemente fortes. Todos os cavalos mais rápidos e jovens estavam sendo usados na guerra, então eles não tinham as melhores opções, mas tiveram sorte de não acabar com dois pangarés.

A mensagem de Elle foi passada para o garoto do estábulo com instruções de entrega precisas. Eles lhe deram algumas moedas pelo trabalho e então partiram.

— A pousada Lancelot fica localizada perto da estrada principal — disse Elle em tom baixo ao cavalgarem juntos, o cavalo dela apenas um pouco atrás do dele pelas aparências. — Tem algumas estradas para cavalos que vem e levam aos fundos, mas eles estão de carruagem, então precisam sair dos estábulos pela saída principal. Você fica perto deste canto aqui com os cavalos, e eu vou me esconder naquele cocho vazio. Assim consigo ver para que lado vão.

Malcolm sorriu para ela, aparentemente impressionado com o resumo.

— Bem pensado, Earl — disse ele, esticando o braço quando ela lhe entregou as rédeas.

Elle desmontou, olhou em volta para o caso de ter alguém acordado cedo para começar um dia de trabalho, e então pulou para dentro do cocho. Ela estava apenas parcialmente certa sobre estar vazio, infelizmente. Água gelada inundou seus sapatos e molhou a bainha de sua calça. O local cheirava a excrementos de cavalo, mas a visão era perfeita.

Ela ficou abaixada ali por um longo tempo. Longo o suficiente para os joelhos começarem a doer e os dedos dos pés perderem a sensibilidade. Ela começou a se perguntar se, no fim das contas, tinha perdido a saída de Dix. Estava prestes a arriscar esticar as costas doídas quando a carruagem passou com Ben sentado no lugar do condutor. Dois soldados rebeldes iam como batedores, indicando que a reunião era, de fato, importante.

Ela pulou para fora e correu até Malcolm. Quando estava em sua montaria, ela contou o que tinha visto.

— Podemos seguir meio de perto agora — disse Elle. — Quando o sol começar a nascer, aí teremos que recuar.

Malcolm assentiu, e eles partiram. Foi uma cavalgada silenciosa, com um deles de vez em quando trotando na frente para garantir que não tinham perdido a presa. Elle observou a beleza da manhã, as estrelas que pareciam alfinetes esmaecendo e o canto dos pássaros diurnos à medida que o amanhecer se aproximava.

Os cavalos passavam silenciosamente entre os galhos e folhas na estrada. Elle acariciou o flanco da sua montaria enquanto cavalgavam, sentindo uma afinidade elevada pelo animal e pelo homem ao seu lado. Ela sabia que eles não estavam em um passeio diurno — estavam fazendo uma tarefa perigosa. Mas havia uma paz dentro dela junto à animação. Ela e Malcolm tinham concordado em fazer aquela missão juntos e, mesmo que a relação deles tivesse mudado desde que tinham tomado aquela decisão, ele não procurava dominá-la e, na verdade, a obedecia de bom grado.

Eles conversaram durante a viagem, sempre atentos, mas usando o tempo para aprenderem mais um sobre o outro. Malcolm a enteteve com histórias de sua família: seu irmão ruivo, Ewan, que sempre fora quieto e sério ao ponto de preocupar os outros, e a irmã mais nova deles, Donella, que se achava um dos garotos e ficava magoada por não ter o privilégio da liberdade deles. Elle se perguntou como teria sido ter tido irmãos com quem dividir a vida. Sua mãe não quisera arriscar ter outra criança, temendo que o senhor visse Elle como dispensável e a vendesse. Depois de irem para o Norte, a mãe não conseguiu.

Quando a luz do sol começou a se infiltrar pelas árvores, Elle começou a entender melhor para onde estavam indo. Ela mentalizou o mapa de Virginia que tinha memorizado, estimando aproximadamente a direção e velocidade deles e o possível lugar aonde Dix queria chegar.

— Acredito que estamos indo em direção ao rio York, ou talvez para a baía — comentou ela calmamente.

— Isso faz sentido, levando em conta o que suspeitamos — disse ele. — Me pergunto se o navio estará lá.

Uma onda de medo passou por ela ao imaginar como aquele colosso navio seria. Ela vira barcos de guerra no porto de Boston, mas couraçados eram diferentes. Movido por máquinas a vapor gananciosas e cercados por placas protetoras de metal, os navios eram quase invencíveis perto da frota naval comum. Se o Sul tivesse um desses enquanto o Norte se apressava para substituir o deles... Os rebeldes poderiam navegar até a capital e ninguém poderia os impedir.

— Se estiver, deveríamos tentar afundá-lo — disse Elle.

Pelo canto dos olhos, ela viu Malcolm ficar tenso sobre a montaria. Quando ele falou, foi em um tom monótono que mascarava emoções muito mais fortes.

— Se o encontrarmos, você deveria cavalgar direto para Washington para alertá-los do perigo. Eu fico para trás para fazer o que posso.

— Acha que vou atrapalhar? — perguntou ela, sabendo que estava se incomodando com algo hipotético, mas a irritou saber que o primeiro pensamento dele foi mandá-la para longe. Ela achava que eles eram uma equipe, mas talvez estivesse enganada.

— Sei que não atrapalharia — disse Malcolm em uma voz conciliatória. — Mas um de nós precisa sobreviver e mandar a mensagem para a capital. — Ele suspirou. — E eu não conseguiria ir sabendo o que poderia acontecer se você fosse descoberta.

— Eu também não sei se poderia — admitiu ela.

Ele suspirou de novo, olhando para ela. Elle podia ver seus olhos de oceano brilhando na luz da manhã.

— Vamos lidar com as coisas quando elas acontecerem — afirmou ele.

Eles cavalgaram em silêncio mais uma vez. Elle voltou sua atenção para a carruagem que sacolejava diante deles. Em determinado momento, as estradas se tornaram mais povoadas, e eles puderam segui-la mais de perto. Regimentos de tropas cumprimentavam Malcolm ao passar, e os escravizados deles faziam o mesmo com Elle. Eles estavam perto de Yorktown e da baía quando a carruagem fez uma curva brusca. Elle sabia que em mais ou menos um quilômetro estariam às margens do rio York.

Um dos batedores se virou e prendeu os olhos neles no meio do tráfego fraco e depois voltou-se para a frente. Ele mexeu a mão, avisando seu companheiro que ia voltar e virou o cavalo, se dirigindo diretamente aos dois.

Eles tinham sido descobertos.

O coração de Elle quase pulou para fora do peito. Eles teriam que mentir. Ela olhou para Malcolm, que sorriu. Um sorriso preguiçoso que transmitia tanta despreocupação que ela sentiu sua pulsação diminuir e o nó na garganta se desfazer. Ela era ótima no que fazia, assim como ele. Elle se lembrou do primeiro encontro deles na ribanceira.

Eles vão estar muito ocupados focando no charme do bom e velho Malcolm McCall, ele dissera, e Elle vira em primeira mão que não era um exagero.

— É um de seus amigos, sinhô? — perguntou ela quando o batedor estava perto o suficiente para ouvir. Ela também sabia blefar.

— Creio que sim, Earl — respondeu ele, e completou em um sussurro: —, e se não for, logo vai ser.

Elle podia apenas torcer para que ele estivesse certo.

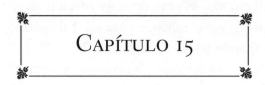

Capítulo 15

Os olhos do soldado estavam estreitados, cheios de suspeita, ao se aproximar. Ele era jovem, jovem demais para encarar a morte no campo de batalha, na opinião de Malcolm.

— Para onde vocês dois estão indo? — perguntou o soldado. Cabelo castanho-claro escapava sob o chapéu cinza, que era um pouco grande demais para sua cabeça. — Eu os vi a uns quilômetros atrás, e agora aqui de novo.

Malcolm analisou o garoto, que ao certo provaria a coragem com a arma no seu quadril, mas que ainda parecia incerto se estava no direito.

— Bem, você nos pegou — disse Malcolm, enfatizando sua imagem de velho camarada com seu sotaque. — Nós estávamos seguindo vocês.

O soldado colocou a mão sobre a arma. Elle estava paralisada ao lado dele, embora seu cavalo batesse a pata no chão, provavelmente sentindo a inquietude dela.

Malcolm levantou as mãos, se rendendo de brincadeira.

— Eu não sou daqui, nem o meu escravo. Nós nos perdemos no caminho da reunião e, quando vi a carruagem com dois soldados a acompanhando, pensei em seguir vocês e ver se estavam indo para onde eu estava indo.

— Por que não se aproximou e perguntou? — inqueriu o soldado de modo áspero, ainda desconfiado.

— Você conhece algum homem que gosta de admitir que não faz ideia de onde está? — devolveu Malcolm com um riso incrédulo. — Prefiro que amarrem meus pés do que pedir informações.

O soldado abriu um sorriso.

Te peguei, pensou Malcolm, focando, então, em parecer arrependido.

— Peço desculpas se fomos motivo de preocupação — disse ele.

— Sei que esses nortistas estão por todo lado causando problemas.

— Você não sabe da missa a metade — disse o soldado. — Fazendo bloqueio, despedaçando ferrovias, e agora não se sabe em quem confiar.

— Bastardos, todos eles — disse Malcolm, sua voz permeada pela raiva, apenas o suficiente para chamar a atenção do soldado. — Eles mataram meu primo em Manassas, e foi quando jurei destruir qualquer nortista que visse pela frente. Fiz minha parte em vingar Jesse em toda oportunidade.

O soldado assentiu seriamente.

— Meu tio também morreu lá. Foi acertado com uma baioneta na barriga e sangrou até morrer. — O soldado expirou e olhou ao longe.

Malcolm se perguntou como esses ressentimentos seriam resolvidos quando e se a União vencesse. Aquela guerra nunca terminaria?

— Então você está indo para a reunião privada de Mallory? — perguntou o soldado, enfim. — É para lá que estamos indo com esse companheiro, Dix.

O soldado pareceu satisfeito em comunicar que estava envolvido em uma missão importante. *Mallory*... Aquele nome soava familiar, mas a especificidade lhe fugia. Malcolm olhou de canto de olho para Elle e a viu levantar uma sobrancelha e balançar furtivamente a cabeça.

— Não, na verdade não é para lá que estamos indo — disse Malcolm com facilidade. — Acho que deveria ter perguntado antes, não é?

— Bem, pode me perguntar agora. Eu tenho família por aqui, então conheço um pouco essa área — disse o soldado, despreocupado.

Malcolm revirou sua mente em busca de qualquer informação sobre a área e não encontrou nada. Uma curva errada era fácil de deixar passar, mas não saber o endereço exato para onde deve ir podia matar em épocas como aquela. Ele não queria ter que machucar aquele garoto ou começar um tumulto na rua por não conseguir pensar rápido o suficiente.

Elle fez um barulho ao lado dele e então falou, sua voz baixando algumas oitavas e com o sotaque de estados mais baixos também:

— Sinhôzinho, acho que o lugar que temos que ir é... é na esquina de Maslow com a West Street, é isso. — A voz dela falhou o suficiente para soar como um adolescente. Parecia que Malcolm não era o único bom ator.

O soldado olhou para Earl e depois seu rosto se iluminou.

— Ah, perto da fábrica de melaço! Você deve ter pegado uma rua errada na rua principal.

O soldado lhes disse qual direção seguir para chegar na reunião fictícia e se despediu de um jeito amigável ao galopar na direção da carruagem, que havia seguido em frente sem ele.

Malcolm soltou um longo suspiro.

— Você visitou esta parte do estado antes? — perguntou ele, esperando que a adrenalina em suas veias evaporasse logo. A afobação de quase colocar tudo a perder era intoxicante, mas o resto da tensão deixada por tal encontro era cansativa.

— O melaço que usávamos em casa quando eu era criança vinha em um pote com um mapa que mostrava sua localização no rótulo. Nós comíamos muito esse melaço — explicou ela, como se fosse aquele o motivo pelo qual ela conseguira se lembrar dos nomes das ruas que tinha acabado de os livrar, na melhor das hipóteses, de um interrogatório.

Malcolm estava impressionado, mas já percebera como ela era sensível em relação a sua habilidade. Ele imaginou que uma vida sendo tratada como uma anomalia a tinha deixado cautelosa com as pessoas expressando interesse sobre isso.

— Bem, graças aos céus pelo gosto refinado dos seus pais em melaço, ou estaríamos num buraco de problemas — disse ele. — Por que achou melhor não irmos? Quem é Mallory?

— As chances de alguém descobrir que não deveríamos estar ali eram grandes demais — explicou ela, fazendo carinho no cavalo que pisoteava inquieto. — O senador recentemente recebeu correspondência de um Stephen Russell Mallory, secretário da Marinha Confederada. Em uma reunião com figurões como esse, poderíamos ter nos metido em uma situação da qual não teríamos como sair.

— Bem, sabemos que, seja o que for, Dix irá ao baile dos Caffrey e teremos a oportunidade de descobrir mais.

— Teremos? — perguntou Elle, encarando a estrada por onde o soldado tinha ido, sua expressão calculista. — Talvez devamos emboscá-los.

Malcolm quase gargalhou. Não por duvidar dela, mas porque aquela era a coisa mais excitante que ouvira na vida. A ideia de ela se jogar na ação o enchia de medo, mas ele admirava sua força de vontade.

— Acho que uma emboscada em um oficial confederado de alto escalão é algo que exigiria aprovação prévia, detetive — disse ele. — Nós sabemos que ele irá ao baile amanhã. Devíamos voltar. Temos um longo caminho de volta pela frente, e não queremos ficar até tarde nestas estradas.

Não era só a patrulha rebelde que ele temia. Aqueles eram tempos difíceis, e havia muitos homens que não eram leais nem ao azul nem ao cinza. Eles roubariam qualquer coisa que conseguissem e os deixariam sangrando em uma vala.

— Podemos comer? Estou meio faminta depois dessa viagem — disse ela, apertando as mãos na barriga.

Eles deixaram os cavalos pastando na clareira longe da estrada enquanto comiam pão dormido e um pouco de manteiga que Elle trouxera na bolsa, junto com alguns goles de uísque da garrafa de Malcolm. Ao vê-la mastigar uma ponta dura do pão, Malcolm percebeu que aquela era a primeira refeição que faziam juntos, ou ao menos a primeira na qual ela não estava servindo alguma coisa. Ele queria que tivesse sido sob circunstâncias mais prazerosas do que uma breve trégua durante uma busca por rebeldes, mas talvez um dia as coisas seriam diferentes. Era estupidez torcer para que isso fosse verdade?

— Qual sua comida favorita? Um dia vou fazer um banquete para você com tudo que mais gosta e depois alimentar você até ficar satisfeita.

Elle deixou escapar um riso chocado.

— Você é peculiar, sabia disso? — disse ela, mas o encarou com carinho. — Apenas minha mãe sabe cozinhar minhas comidas favoritas, mas gosto de pão de milho com queijo, e o creme de marisco dela.

— Marisco? — Malcolm fez uma careta e um pensamento que combinava com sua expressão lhe ocorreu. — O que os seus pais vão achar de você estar comigo?

Malcolm já havia entendido que Elle era próxima da família. Estaria ela preparada para encarar o ostracismo apenas para ficar com ele? Ele a deixaria fazer aquilo? Ele havia se apaixonado por ela rápida e intensamente, mas não tinha pensado muito na logística a longo prazo do relacionamento deles. Nunca precisara pensar em algo assim antes, porque nunca se imaginou comprometido. As palavras dela no primeiro encontro na ribanceira ecoavam em sua mente. *Certamente não sou alguém que você levaria para mamãe e papai conhecerem, não é?* Ele percebeu que foi puro egoísmo não ter considerado perguntar o mesmo a ela. Uma pontada de medo muito mais forte do que tudo que ele já sentira em uma missão congelou seu sangue. E Elle ainda não tinha respondido.

E o que ele achava que ela diria? Desde aquela primeira noite na ribanceira ele podia sentir como ela resistia à atração por ele, e por bons motivos. Ainda assim, lá estava ele, já planejando um futuro juntos sem considerar que Elle talvez o visse apenas como um casinho. Quando o assunto era pessoas, Malcolm sempre sabia quando fisgara alguém. Era apenas algo que ele sentia, como fome ou sede. Ele estava mais certo sobre Elle do que estivera sobre qualquer outra coisa na vida, ainda assim, não sentia nada a ligando a ele além da própria vontade de que ela o aceitasse.

Pensativa, Elle mastigou a comida por um tempo mais longo do que até mesmo um pão velho requeria.

— Não posso dizer que eles ficariam felizes *se* eu fizesse tal coisa — disse ela finalmente. Malcolm escolheu não comentar sobre o que a ênfase dela queria dizer. — Pense no ponto de vista deles: pessoas que parecem com você eram nossas donas. Como se fôssemos animais. E agora eles devem só aceitar que estou me dando de graça para você? Eu mesma ainda não tenho muita certeza do que estou fazendo.

Ela afastou o olhar dele, encarando a clareira onde os cavalos pastavam. Malcolm forçou a comida para dentro, sua garganta repentinamente seca enquanto engolia. Ele pedira para que ela admitisse algumas verdades naquela manhã, e era apenas justo que ele também o fizesse. Os fatos complicados que ela tinha acabado de dizer podiam ser superados? Quando estavam entrelaçados na noite anterior, ele acreditara que sim, mas agora se perguntava quanto era justo sequer pedir algo assim dela.

Ela tomou um gole de uísque e limpou a boca com delicadeza.

— Sei que já tem uma opinião alta demais de si mesmo, mas tem alguma coisa sobre você, McCall. Algo que me faz querer conhecer você apesar das coisas que pessoas como você fizeram. O que não muda o fato de que meu pai talvez atire em você se eu o levar para jantar em casa.

O sorriso dela o acalentou, apenas um pouquinho, embora não tenha derretido o medo congelante que tinha se instalado em sua barriga. Pensar em um futuro sem Elle causava uma dor física, uma comichão sob a pele que ele tinha certeza de que o levaria a loucura. Ele se perguntou de novo se amar demais uma pessoa era uma maldição dos McCall. Ewan parecia imune aos encantos de mulheres, estava mais interessado em seus filósofos antigos, e Don estava mais concentrada em sua liberdade do que em homens, deixando Malcolm sozinho para provar aquela teoria em particular. Ele rezou para estar errado.

— Lembra da última vez que estivemos sozinhos na floresta? — perguntou Elle de repente, seu tom divertido. Ela estava mudando de assunto, e não de um jeito muito sutil.

— Não faz tanto tempo assim, Elle — disse ele, se lembrando de seus corpos se pressionando acidentalmente e como naquele momento ele sentira que algo maior que o acaso os havia juntado daquela forma. Seu membro acordou, chamando-o de volta ao trabalho pela lembrança de senti-la e cheirá-la. — Posso não ter a sua memória, mas me dê algum crédito.

Ela sorriu, e nem mesmo suas roupas esfarrapadas e seu chapéu ridículo podiam esconder sua beleza.

— É hora de a gente se mexer — disse ele, semicerrando os olhos ao encarar o sol. Quanto antes voltasse às costas do cavalo, mais cedo sua ereção seria atenuada pelo desconforto da sela.

— Podemos ficar mais alguns minutos — disse ela, seus dentes mordendo o lábio inferior enquanto ela encarava a saliência na calça dele. Elle esticou a mão e o acariciou por cima do tecido grosso.

— Não quero arriscar voltarmos muito tarde — explicou Malcolm. Deveria se sentir envergonhado pela forma que suas palavras vacilaram, mas não estava. — Alguém pode perceber que um de nós saiu da cidade. Ou nós dois.

A mão dela em seu pau o distraía demais para continuar falando. Ele já estava completamente rígido sob a palma dela, com pontadas de desejo descendo por sua coluna. As mãos dela se mexeram para abrir a calça, e o quadril dele se elevou sem permissão, apressando-a. Seu membro emergiu no vento frio do inverno e foi logo acolhido pelo calor das mãos dela, um contraste delicioso.

— O baile é amanhã — disse ela, se inclinando para a frente. A boca quente inclinada sobre a dele enquanto a mão pressionava o membro dele, os dedos agarrando mais e menos forte ao deslizar para cima e para baixo. — Qualquer coisa pode acontecer até lá. Se esse for nosso último momento sozinhos, eu gostaria de me lembrar de algo melhor do que um pão velho e um uísque barato. Você me deu prazer com sua mão, e não vou ser negada da mesma satisfação.

As palavras dela eram ríspidas, mas ele era bem versado nas expressões de irritação dela, e era outra coisa que brilhava em seus olhos naquele momento. Ele entendia que, quando ele lhe dera prazer na sala dos fundos da venda, e até mesmo quando aparecera nos aposentos dela, havia tomado um pouco do controle dela, por mais que Elle tivesse apreciado o ato. Ela estava o pedindo de volta agora, e longe dele negar aquilo a ela. De lhe negar qualquer coisa.

— E se alguém aparecer aqui agora? — perguntou ele.

Uma de suas mãos estava espalmada no chão atrás dele, o mantendo levantado, e ele aproximou a outra da cinta frouxa dela, deslizando os dedos para dentro e contra sua barriga firme.

Ela tremeu, mas continuou a acariciá-lo.

— Nós gostamos de nos arriscar, não é? Se não, precisamos de uma nova profissão. — Elle deslizou a mão ainda mais rápido, passando o dedão pela cabeça de seu membro e pegando um pouco do fluído que se juntava ali.

A técnica dela o deixou pronto para explodir mais rápido do que quando se tocava com a própria mão. Elle parecia saber exatamente o que fazer para levá-lo às alturas, ou talvez fosse simplesmente o fato de ser ela, o acariciando com uma doçura feroz que fazia o êxtase correr voraz por seu corpo. Ela alternava entre carícias fortes e apertadas e movimentos mais curtos e rápidos. A outra mão arranhava a parte de trás do pescoço de Malcolm enquanto seu toque o lançava para longe da realidade da guerra e para perto de um acolhedor casulo de felicidade.

Ele amava o jeito que Elle o olhava enquanto o tocava, com uma confiança inocente. Ela não estava com medo de se abrir para ele naquele momento. Mais do que isso, ela gostava de satisfazê-lo, como ele tinha feito com ela. Malcolm estava certo de que, se deslizasse uma mão para dentro da calça dela, a encontraria úmida e pronta para ele. Elle se curvou e lambeu o lóbulo da orelha dele, e a sensação o fez ferver.

— Malcolm, eu quero vê-lo tendo um orgasmo — disse ela com uma voz que o lembrou que ela fora professora antes. — Nem sempre posso escolher quais memórias gravo, mas eu quero essa. Me dê ela.

Elle se afastou para encará-lo ao passo que continuava os movimentos.

— Por favor, Malcolm.

Ela passou a língua pelos lábios enquanto o acariciava, e a arfada rápida que soltou quando o membro dele aumentou ainda mais em sua mão foi demais para aguentar. Ele reprimiu um uivo, ficando tenso, e então explodiu, seu sêmen despejando como uma fonte pelos nós dos dedos dela enquanto era levado ao orgasmo. Uma sensação incrível se espalhou por seu corpo, e ele se contorceu e tremeu sob a mão dela. A luz do sol brilhante criou um caleidoscópio de cores ao penetrar por seus cílios, um acompanhante visual para o seu prazer, que cercava Elle em ciscos de luz quando ele semicerrava os olhos na direção dela.

— Agora podemos ir — disse ela maliciosamente enquanto ele recuperava a respiração. — Eu me pergunto o que os rebeldes falariam se soubessem que nosso maravilhoso detetive faz sons como os de um gatinho quando chega ao orgasmo. É adorável, de verdade.

— Elle — disse ele em alerta, tentando pegá-la, mas ela fugiu de seus braços.

— É Earl, sinhô — disse ela por cima do ombro, correndo para pegar os cavalos.

Malcolm estava eufórico — ele não se lembrava de se sentir daquela forma desde a infância. Antes de seu pai partir e sua mãe ter que criar três crianças sem ajuda. Ele sempre acreditou que trabalhar sozinho era essencial em sua profissão como detetive, mas estar com Elle transformava uma situação que poderia ser terrível em diversão.

— Quem quer que tenha mandado você se passar por uma muda teve uma ideia excelente — disse ele ao guardar o piquenique simples e entregar a bolsa para ela. — Algumas palavras travessas suas para alguns desses velhos secessionistas e eles cairiam de joelhos na hora com um ataque cardíaco.

— Malcolm! — Ela bateu de brincadeira no ombro dele quando ele a ajudou a montar no cavalo.

— Ou pelo menos com o estado mental debilitado — terminou ele, fugindo do golpe dela.

Eles cavalgaram para casa em disparada, sem precisar se preocupar em ser vistos pela carruagem de Dix. Os fazendeiros e soldados pelos quais passavam na estrada não prestavam atenção neles para além da saudação necessária.

Apesar do ritmo, eles tiveram que parar para dar água aos cavalos; e então o cavalo de Malcolm ficou com uma pedra presa no casco e entrou em pânico, e eles precisaram ficar parados um bom tempo o acalmando o suficiente para conseguir tirar a pedra em segurança. Quando estavam se aproximando de Richmond, a noite gelada tinha caído e as estrelas eram a única coisa os guiando pela estrada no ar frio do inverno.

— Não deve demorar muito — sussurrou Elle.

Malcolm não estranhou o sussurro dela, porque também estava sentindo — a sensação de que algo não estava certo. Estava quieto demais na floresta escura que ladeava a estrada. Ele estava alcançando a arma quando a primeira sombra surgiu na frente deles, agarrando as rédeas de Elle.

Fúria e confusão passaram pela mente de Malcolm enquanto seus reflexos entravam em ação, fazendo-o pegar a arma. Elle estava vestida como um garoto, então parecia dissonante que o bandido estivesse olhando para ela com tanta cobiça.

O que eles querem?, pensou ele, e a resposta lhe veio ao mesmo tempo que Elle colocou a palavra para fora:

— Negreiros.

— Isso mesmo, garoto — disse o bandido enquanto mais sombras o cercavam. — Você vem comigo.

Capítulo 16

Quando ouvira o que tinha acontecido com Daniel, Elle imaginara milhares de vezes o que teria feito no lugar dele. Lutado? Ido pacificamente e torcido para conseguir escapar mais tarde? Entrado em pânico? Agora ela sabia com certeza: desejado pelo pai. O pai não viria, porém, e sua mente se apressou para encontrar a segunda melhor solução.

Elle olhou para o céu noturno, procurando pela posição da Estrela do Norte para retomar o controle. Eles estavam tão perto do limite da cidade, onde havia a chance de que algum soldado rebelde patrulhando o perímetro enxotasse aqueles bastardos. O fato de ela desejar ver um dos homens de Davis mostrava quanto a situação era realmente horrível.

Mas não havia sinal de ninguém além de mais dois homens que saíram da floresta e os cercaram sob o luar, armas em mãos. Três contra dois seria possível em uma luta de punhos, mas, com armas envolvidas, um homem e uma bala a mais era um cálculo mais perigoso.

O cavalo dela choramingou e tentou fugir do líder, mas ele apertou mais as rédeas, puxando-as abruptamente.

— O que significa isto? — perguntou Malcolm com uma voz baixa e mortal. — Você vê minha farda e ousa tentar pegar o que é meu? Solte o garoto e nos deixe em paz, ou vai encontrar sua morte esta noite e acordar com o gosto do inferno amanhã de manhã.

A intensidade de suas palavras causou um arrepio na pele de Elle, mas palavras não podiam salvá-los. Ela não queria ser raptada — cada parte dela rejeitava intensamente a ideia —, mas havia uma boa chance de ela e Malcolm morrerem lutando contra aqueles homens. Pelas suas barbas grisalhas e roupas remendadas, ela podia ver que eles estavam desesperados e não sentiriam remorso algum em matar para conseguir o que queriam. Uma mulher negra saudável podia lhes trazer uma quantia razoável no mercado de escravizados; a maioria dos compradores não se importava se o escravizado pertencia a outra pessoa ou se ele era, na verdade, livre.

— Você fala bonito, mas isso não vai salvar seu rapaz — disse o homem segurando as rédeas. — Essa farda é o único motivo pelo qual ainda não acabei contigo. Você tem duas escolhas: deixar para lá e seguir viagem, ou continuar tagarelando e acabar com a boca cheia de chumbo.

Ela se lembrou da promessa de Malcolm para ela: que a manteria segura custasse o que custasse, que ele não a abandonaria. Parte dela havia considerado aquilo bobagens exageradas que ele lhe dissera antes de suas vidas serem entrelaçadas por mais do que seus serviços para a nação, mas agora ela conhecia a história dele, sabia como o pai falhara com a mãe. Mais importante: ela o conhecia; e ele não a abandonaria sem uma luta.

Eu não posso perdê-lo. Ainda não.

Seu coração doeu, porque apenas à beira da morte ela percebeu o que aquilo poderia ter sido, apesar das imposições de uma sociedade doentia que estava se destruindo de dentro para fora. Morte, porque ela nunca se permitiria ser escravizada de verdade novamente. Morte, porque esperar que dois negreiros a estuprassem quando descobrissem que ela era uma mulher também não era algo que ela se submeteria.

Morte, porque um deles precisava sobreviver para mandar uma mensagem sobre Mallory e a reunião de Dix, e a única forma de garantir isso era se Malcolm não lutasse. Eles eram os únicos agentes que sabiam que algo estava sendo cultivado no porto da cidade de Yorktown, que um couraçado estava sendo produzido e logo podia quebrar o bloqueio. Alguém precisava passar para a frente a mensagem de que aquilo era mais do que um mero rumor e descobrir exatamente qual era o plano sendo arquitetado pelos rebeldes.

— Acho que é melhor ir para casa, sinhô — disse ela, sua voz vacilando. Fazia com que soasse mais como um adolescente, mas era por excesso de emoção, não de hormônios. — O sinhô tem trabalho importante para fazer, coisas mais importantes do que eu.

Compreensão recaiu nos olhos de Malcolm como uma tempestade vinda do mar.

— Quer que eu abandone você? — O rosto dele estava pálido, e os tendões em seu pescoço saltavam como uma corda com nós. — Não o farei.

Elle tentou ao máximo enquadrá-lo com um olhar feio.

— Se o sinhô morrer e eu for levado, vamos deixar muitas pessoas desapontadas. Sabe o que precisa fazer.

Lágrimas encheram os olhos dela quando uma dor explodiu em seu coração. Ela nunca mais o veria. Elle se preocupara tanto com o que a sociedade pensaria e como seria impossível para eles ficarem juntos que nunca contemplara a ideia de que a separação deles não seria uma escolha sua, nem mesmo dele. Reconhecer a dor na expressão dele, saber que seria a última imagem de Malcolm que ficaria gravada em sua memória, era pura agonia.

E ela não podia sequer tocá-lo. O que ela não faria para encostar nele uma última vez! Para sentir os lábios macios pressionados nos dela ou sentir o cheiro penetrante de sua pele ao roçar o nariz no pescoço dele.

Os olhos dela estavam presos aos dele, sua dor a fazendo ter ainda mais certeza. Ele sabia o que esperava por ela. Mas se um deles não mandasse a mensagem para o governo, então o Extremo Sul se tornaria uma realidade para todos como ela nos Estados Unidos, assim como seus novos territórios.

— Melhor ouvir seu garoto — ela ouviu um dos negreiros dizer.

Depois ela foi puxada abruptamente do cavalo, caindo de costas no chão com um baque que lhe tirou o ar. Elle arfou e rolou no chão, se forçando a respirar enquanto a dor irradiava por seu corpo. Ela ainda estava buscando ar como um peixe quando alguém a colocou de pé e começou a amarrar seus pulsos com cordas.

— Siga em frente — disse um dos homens, cutucando o cavalo de Malcolm no flanco com a base da arma. — Cai fora.

— Vai — Elle conseguiu arfar. — Sei o que prometeu, mas vai. Eu ficarei bem.

— Você ouviu essa asneira? — perguntou o líder, agarrando a corda amarrada às mãos de Elle e puxando-a com ele ao andar. — Eu vi homens se cagarem no campo de batalha com mais dignidade. Comece a se mexer, João Rebelde.

Malcolm encarou o homem, suas sobrancelhas franzidas e uma fúria imensurável presente em seu rosto.

O homem parou e olhou para ele.

— Já devia ter acabado com você, mas vou te dar uma vantagem justa. Vou contar até três. Um...

— Vai — implorou Elle, desejando muito que aquilo fosse um pesadelo do qual logo acordaria assustada, toda suada, mas segura em seu quarto lúgubre na pensão.

O terceiro homem, que estava parado em silêncio com a arma virada para Malcolm, deu um passo na direção dela e puxou sua bolsa, trazendo-a para a frente. Ele se atrapalhou com o nó por um segundo antes de desistir e puxar o chapéu da cabeça dela em vez disso, sem ao menos esperar o suposto senhor dela ir embora para começar a pilhagem. Os alfinetes se agarraram no cabelo dela, mas foram incapazes de aguentar o puxão forte. O homem ficou parado com o chapéu dela em mãos, enquanto alfinetes caíam sobre os ombros de Elle e seu cabelo aumentava de volume em uma nuvem desobediente.

— Dois...

— O garoto é uma garota! Uma mulher! — anunciou o ladrão do chapéu, rasgando as lapelas da sobrecasaca de Elle e passando a mão sobre seu peito contido ao passo que ela estava parada em choque. Elle estivera alimentando a esperança de tentar uma fuga antes que descobrissem seu disfarce.

Três rostos viraram para ela em choque, mas um permaneceu fixo nos homens com uma calma assustadora. Elle vira aquele olhar de águia antes.

Quando o homem segurando a corda se virou, seus dedos afrouxaram um pouco e os braços dela caíram. As mãos de Elle fizeram contato com a bolsa e ela apalpou pelo tecido, procurando por algo pesado no fundo. Não havia tempo de tirar de lá, e ela sabia que precisava agir naquele momento. Os dedos dela tremeram, quase dormentes pela amarração apertada em seu pulso, mas ela encontrou o cão do revólver pelo tecido da bolsa, engatilhou e atirou. Tudo aconteceu em alguns segundos — seu disfarce sendo descoberto, o momento de choque — e então o homem segurando a corda dela tinha um buraco sangrando no peito, retalhado onde a bala havia o atravessado.

Ele a encarou, a crueldade que havia desfigurado seu rosto substituída pelo choque que o fez parecer mais novo, inocente. Ele balbuciou e umas gotas de sangue escaparam de seus lábios e borbulharam em seu peito ao mesmo tempo.

Elle ficou quente e sentiu a bile subir, se perguntando se iria desmaiar, e depois percebeu que não havia tempo. Houve outro barulho de tiro e pólvora, e o homem que segurava seu chapéu caiu também. O cavalo dela recuou, chorando assustado, jogando o terceiro homem no chão antes de sair disparado pela estrada.

Malcolm impulsionou o cavalo dele para a frente, na direção dela.

— Levante as mãos — ordenou ele.

Elle obedeceu imediatamente, levantando seus pulsos amarrados no momento em que Malcolm passou galopando, segurando-a pela corda como se fosse a alça de uma cesta de piquenique.

Elle soltou um rápido grito ao ser içada no alto, as pernas se remexendo para acharem apoio no flanco do cavalo enquanto Malcolm a segurava e cavalgava como se o diabo estivesse os seguindo. Nunca Elle tinha estado mais grata pelo apelido Tantinho ser tão pertinente, embora Malcolm provavelmente tenha precisado de uma grande quantidade de força para segurar todo o peso dela com um braço ao mesmo tempo que conduzia um cavalo. O braço dele começou a tremer pelo esforço.

— Pare por um momento e eu subo — arfou ela.

O fato de ainda estar viva e com Malcolm parecia impossível. Ela se sentiu muito esquisita, como se quisesse correr um quilômetro e se encolher em posição fetal ao mesmo tempo. Ela acabara de matar um homem, e mesmo entendendo que ele queria lhe fazer muito mal, desejou não ter visto seu último maldito suspiro, que ficaria permanentemente gravado em sua mente.

— Não estamos longe o suficiente — disse Malcolm, embora as veias saltassem em seu pescoço pelo esforço de segurá-la.

Ela ia contradizê-lo quando olhou para trás e viu o terceiro homem correndo atrás deles, seu longo e fino rifle apontado para eles.

— Malcolm, ele está vindo! — gritou ela assim que ouviu a explosão de pólvora.

Ela sentiu as coxas de Malcolm tensionarem ao posicionar o cavalo para virar. Ele tentou se posicionar entre ela e a bala, mas era tarde demais.

Ela sentiu a dor abrasadora em sua cabeça. A mão de Malcolm de repente se foi, e ela voou sozinha pela escuridão.

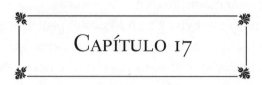

Capítulo 17

— Maldição! — gritou Malcolm quando Elle escapou de sua mão e caiu estatelada a alguns passos.

Não havia tempo de ir até ela enquanto estivessem sendo atacados. Ele virou o cavalo e perseguiu o homem que a havia machucado, que estava correndo pela estrada como o covarde que era. Segurando o revólver pelo cano, Malcolm cavalgou atrás dele e o golpeou o mais forte que conseguiu ao passar ao seu lado. Houve um *craque* satisfatório e o homem desabou.

Malcolm queria se demorar, passar com o cavalo sobre o homem até que não houvesse nada além de uma pasta vermelha na estrada de terra, mas Elle precisava dele. Pelo menos, torcia para que precisasse. Ela estava deitada imóvel e contorcida na estrada quando ele se aproximou. Ao chegar mais perto, ele viu um estreito filete de sangue descendo de sua têmpora, então observou num silêncio impotente enquanto aquele filete se tornou uma torrente.

— Não, não, não. — Malcolm não conseguia dizer ou pensar nada mais ao ver a torrente carmim.

Ele se colocou de joelhos na terra ao lado dela e cuidadosamente procurou entre seu cabelo crespo, já encharcado de sangue. Ele tinha se imaginado acariciando o cabelo dela quando estivesse solto, mas nunca para algo tão grotesco como se certificar de que seu crânio estava intacto.

Uma pressão desconhecida se acumulou entre seus olhos enquanto ele balbuciava para si mesmo, e demorou alguns segundos para perceber que a umidade ao lado de seu nariz não era suor, mas lágrimas.

Como mamãe fez isso?, pensou ele, lembrando-se de seu rosto aflito depois que ela fora investigar um tiro misterioso vindo da floresta. O vestido dela estava coberto por sangue, e as mãos, por entranhas. Ela pronunciara apenas três palavras: "Ele se foi".

Mas Malcolm não podia perder Elle. Ela era vital, e forte, e inteligente, e ele precisava dela mais do que já precisara de qualquer coisa. Ele uma vez imaginara que podia ser feliz para sempre sozinho, viajando pelo país e trabalhando para Pinkerton. Agora ele sabia a verdade. Malcolm só podia torcer para que não fosse tarde demais.

Os dedos dele passaram por cima de uma elevação e seu estômago revirou.

Por favor, não morra, era o único pensamento que conseguia formar. Mas o dedo dele seguiu o relevo, ele percebeu que o osso aparecia, branco sob o luar. O crânio dela estava intacto. Malcolm passou os dedos pelo cabelo dela, pegando algo pequeno, duro e quente.

Ele puxou a bala e segurou-a acima da cabeça, descrente. O projétil arranhara o crânio dela e parara por causa de vários grampos metalizados de cabelo. Alguma combinação de resistência do vento, trajetória e pouca pólvora havia conspirado para salvá-la, e Malcolm agradeceu a Deus por aquilo. Elle ainda sangrava, mas estava viva.

Malcolm pegou sua garrafa e tomou um gole rápido para se acalmar antes de jogar um pouco sobre a ferida para não infeccionar. Os olhos dela tremularam e ela os abriu, fazendo uma careta, mas ainda parecia zonza quando ele puxou uma faca do bolso e serrou as cordas que a prendiam. Ele cortou uma parte já rasgada da camisa dela, jogando uísque no tecido e colocando-o sobre o machucado.

— Beba isto — disse ele, sentando-a e levando a garrafa aos lábios dela. Elle de um gole e tossiu violentamente, e Malcolm riu em meio às lágrimas de alívio.

— Não consigo ver a graça desta situação — disse ela, encarando-o enquanto ele pressionava o tecido em sua ferida ensanguentada.

— Você está tossindo! — falou ele ridiculamente, piscando para reprimir as lágrimas. — Você está viva! Tenho certeza de que na próxima vez que eu me olhar em um espelho, vou encontrar o dobro de cabelos brancos, pelo menos, depois desses últimos momentos.

Ela se sentou, tonta, e ele a apertou contra o peito, levantando-a sobre seu cavalo e depois subindo atrás dela, segurando-a. Malcolm tirou a sobrecasaca e a colocou nos ombros dela para mantê-la quente e longe dos olhos curiosos.

— Pensei que tinha perdido você, e depois pensei que tinha perdido você mais uma vez. Jesus, Maria, José, como estou contente por você estar viva.

Sentir o calor dela, que tremia contra ele, quebrou algo dentro de Malcolm; uma armadura que um dia ele pensou ser impenetrável, mas se provara inútil contra Elle.

— Pensei que ia morrer sem lhe dizer que eu... eu me importo com você — disse ela fracamente.

As pálpebras dela se mexeram, e Malcolm achou que ela fosse desmaiar de novo. Ele torceu para que ela dissesse algo mais, mas, dado tudo pelo que ela tinha passado, *se importar* era o suficiente para ele.

— E eu com você — disse ele, esporando o cavalo para colocá-lo em movimento.

Eles cavalgaram até chegarem ao ponto da estrada onde estava o homem inconsciente. O homem que quase matara Elle. Malcolm esperou sentir fúria, mas tudo que sentiu foi um frio peculiar quando a soltou para recarregar a arma. A mão de Elle o interrompeu.

— Sem mais mortes esta noite — disse ela, através dos dentes que batiam. — Por favor, só vamos embora. Eu sinto como se tivesse sido pisoteada por uma manada de elefantes e minha barriga está doendo muito.

Malcolm percebeu que, além de quase ser sequestrada e vendida como escravizada e depois levar um tiro, Elle não tinha comido quase nada o dia inteiro. Ele não queria deixar o homem respirando, mas guardou sua pólvora e impulsionou o cavalo na direção de Richmond.

Quando eles chegaram às acomodações dele, Malcolm se deu conta de que colocá-la em seus aposentos não seria tão fácil quanto fora se esgueirar para o quarto dela. No entanto, ele se recusava a deixá-la voltar para aquele lugar decrépito na situação em que ela estava. Era tarde, então não havia muitas pessoas por ali, mas ele não podia ser visto por ninguém naquele estado: coberto por sangue e com uma mulher negra aparentemente inconsciente em seus braços. Até mesmo pessoas que apoiavam a escravidão e relevavam estupro tinham algum escrúpulo sobre o que era feito em público.

Elle estava dormindo profundamente, e ele a balançou com gentileza para acordá-la.

— Vamos lá, amor, você precisa acordar — disse ele ao contornar a esquina para chegar ao prédio em que estava ficando.

Seu quarto era no primeiro andar, o que com sorte queria dizer que podia esgueirá-la para dentro pela janela. Ele a colocou de pé e a encostou na parede, embora ela tenha se mantido em pé sozinha ao acordar completamente.

— Estamos no seu hotel — disse ela, atordoada. — Eu deveria ir para casa.

Malcolm pressionou uma mão no ombro dela para impedi-la.

— Não, você precisa que alguém cuide de você. Espere aqui.

Ele relutantemente pegou de volta a sobrecasaca, colocou-a e caminhou até a entrada do hotel. Uma velha mulher escravizada estava sentada perto da lareira, remendando meias. Ela o encarou, observando seu estado desgrenhado, e pulou para se colocar de pé.

— Ah, meu Deus, o que aconteceu com o senhor? Precisa que eu chame o doutor Fletcher?

— Meu cavalo se assustou com um gambá e me derrubou — inventou Malcolm. Se soubessem por aí sobre os corpos na estrada, ele não queria que ela ligasse os pontos. — Não preciso do médico, apenas um pouco de água quente para um banho, um pouco de comida e agulha e linha, se não for incomodar muito.

— Vou mandar alguns garotos levarem a bacia para o banho e vou pegar a comida. — Ela colocou uma mão sobre o peito. — Pensei que o senhor fosse o próprio demônio quando entrou todo coberto de sangue.

— Eu me sinto como ele — disse Malcolm, pensando nas incontáveis formas que podia ter afastado Elle de tal perigo em vez de tê-la levado direto até ele.

Se estivesse prestando mais atenção, se não tivesse gostado tanto de ter sido saciado na clareira. De qualquer forma, era tarde para arrependimentos.

O estômago dele grunhiu alto, assustando tanto ele quanto a mulher.

— Pode trazer o dobro de comida? — perguntou, se aproveitando da falta de educação de seu corpo.

Ela assentiu, e ele se virou e caminhou com passos pesados até seu quarto. Logo que entrou, correu até a janela e a abriu. Elle levantou os braços e Malcolm a segurou por debaixo dos ombros, puxando-a para cima e para dentro, depois abraçando-a apertado quando já estava sobre a barra da janela. Ele fechou a janela com uma mão e então puxou Elle para perto, sentindo o cheiro suave de rosas mesclado com metal.

Ele os posicionou sobre a cama, que parecia feita de penas extravagantes de ganso depois de um dia inteiro na estrada e do estresse da última hora.

— Eles vão trazer água para o banho, e um pouco de comida. Depois eu vou tentar dar pontos na sua ferida.

— Obrigada — disse ela, esticando uma mão para tocar o couro cabeludo. — Pode ser tarde demais para dar pontos.

— Vamos ver quando estiver limpa — disse ele ao beijar suavemente a orelha dela. O sangramento tinha parado, mas rosto dela estava manchado de vermelho. Ele inspirou, vacilante. Ele continuou, depois de um momento tentando encontrar palavras que não fossem "Eu quase perdi você, maldição!": — Não posso acreditar que você esperava que eu te deixasse lá. Acha que eu daria você para negreiros?

Bastava imaginar o que recairia sobre Elle se tivesse a deixado para ficar enjoado.

— Você prometeu me manter segura de investidas indesejadas, não de negreiros tentando me vender para o Extremo Sul — disse ela, sempre racional. — Eu teria perdoado você.

— Um mero detalhe — replicou ele. — E eu não me perdoaria.

— Quem passaria nossas descobertas para a frente? — explodiu ela. — O que fazemos é mais importante do que você e eu.

— Mas você sabe o que teria acontecido se tivesse ido com aqueles homens.

— "Respira lá o homem tal, com espírito falecido; Que nunca para si há emitido: Esta é minha terra, a terra natal!" Conhece essa? — perguntou ela, recitando Scott para ele como se as palavras de seu compatriota fizessem aceitar tal possibilidade mais facilmente. — Não seja condescendente, McCall. Farei o que for necessário para ver a União perseverar.

Malcolm não tinha nada para dizer. Ela estava certa. Fazer tal sacrifício fazia parte e estava no pacote de ser um espião, mas ele era incapaz de condenar Elle a tal destino. Ele suspirou quando ela se inclinou e beijou seu maxilar.

— Mas estou contente por não ter me deixado. Estou disposta a morrer, mas não estou preparada. Ainda não.

Uma dor explodiu no peito dele, algo bruto e desconhecido até então, que fora desenterrado pela mulher em seus braços.

— Eu não sei o que teria feito se a bala tivesse... — A garganta dele se fechou, e ele pigarreou com força.

— Você só estava com medo de ser repreendido — disse ela. — Não pode ser responsável por ter deixado o melhor cérebro da Liga da Lealdade levar um tiro.

— Você é muito mais valiosa do que seu cérebro — rebateu ele. — Especialmente para mim.

Elle o encarou, seus olhos castanho-escuros grandes e brilhantes.

— Espero que sim — foi tudo o que ela disse, mas sua voz estava carregada de emoção.

Uma batida na porta os interrompeu.

Ele a levantou e a colocou de pé atrás da porta quando a abriu, mantendo-a fora da vista dos dois jovens carregando uma larga bacia de metal com água morna. A mulher da recepção carregava uma bandeja coberta com dois pratos com amontoados de batatas e pedaços de carne misturados.

— Desculpe pela escassez — disse ela ao colocar a bandeja no lugar. — Carne é mais difícil de encontrar do que uma agulha em um arbusto de algodão com esse bloqueio acontecendo e todos esses soldados famintos passando por aqui.

A mulher lhe entregou uma agulha, com uma linha já presa, assim como um carretel de linha e um pequeno pacote de papel marrom engordurado.

— Isso é bálsamo de calêndula, bom para dor. Acaba com infecções também. Me diga se precisar de qualquer outra coisa — disse ela ao seguir os garotos para fora. Ela pegou a sobrecasaca dele no caminho, fazendo um gesto como se a lavasse em um tanque antes de fechar a porta.

Um amontoado de emoções confusas nublou sua mente ao ver a mulher partir. Que tipo de providência torta permitia que pessoas tão subjugadas fossem tão gentis e cuidadosas com pessoas que a mantinham sob suas botas?

Malcolm trancou a porta e se virou para encontrar Elle lutando contra a camisa. O ombro dele doía como se alguém tivesse o atacado com um grande pedaço de pau, mas Elle tinha sofrido muitas vezes mais. Ele se aproximou e tirou a camisa dela, tomando cuidado para não a empurrar muito ao puxar as mangas. O tecido que havia prendido seus seios estava frouxo e retorcido, mas ele o desenrolou com cuidado enquanto ela tirava a calça.

Ela entrou na bacia, afundando lentamente e se ajustando ao calor, depois cruzou as pernas, imergindo o tanto que era possível naquela banheira minúscula. Malcolm a observou, percebendo os movimentos cansados do corpo dela. Quando eles saíram de casa, ele se perguntara se teriam tempo para fazer amor outra vez. Agora, tudo o que ele queria era cobri-la até o queixo e garantir que ela se recuperasse.

— Essa é a segunda vez que você me salva — disse ela, pegando um pouco de água na mão e jogando sobre o corpo. — Não gosto do papel de donzela em perigo. Gostaria de trocar, se não se importar. Na próxima, eu salvo você.

— Qualquer coisa que quiser. — Malcolm puxou uma cadeira e se sentou ao lado dela, um pote vazio de cerâmica em mãos.

— Ouvi falar sobre homens que gostam de beber a água do banho de uma dama, mas acho que escolheu um dia ruim para satisfazer tal desejo — disse ela, levantando a mão e deixando a água escorrer por seus dedos. Já estava rosada pelo sangue e turva pela sujeira da estrada.

Ele sorriu e mergulhou o pote, virando um pouco de água pelo pescoço e ombros dela.

— Não estou tão sedento assim, Elle. Vou molhar seu cabelo e lavar o sangue.

Ela assentiu.

Ela estava tirando o cabelo do rosto quando Malcolm viu os pulsos dela. Marcas escuras os cercavam e havia arranhões vermelhos onde a corda se esfregara contra sua pele. Ele puxou uma mão para os lábios e beijou a parte de trás com delicadeza, continuando a derramar água em suas costas e seus ombros.

Enquanto lavava o sangue de seu cabelo, ele se maravilhou com quanto era diferente do dele, como uma lã suave e macia. Ele cuidadosamente desembaraçou as partes sujas com os dedos e então começou a limpar a ferida de novo. O sangue ainda escorria, e ele sabia o que precisava fazer. Malcolm pegou a agulha e sua garrafa, entregando esta para Elle, que recusou com a cabeça.

— Vai doer — avisou ele ao passar a agulha pela chama da vela.

— Consigo aguentar — garantiu ela, acrescentando baixinho: — Eu matei um homem hoje. Consigo aguentar.

Ele não podia apoiar a necessidade dela por penitência — não sentia nenhum remorso pelo homem que matara —, mas também não a ressentia.

— Ele mereceu — ele a lembrou, começando a costurar.

A primeira passagem da agulha pela pele dela o deixou mal, mas ele trabalhou rápido e com precisão, tentando ao máximo diminuir a dor do processo. Elle só fez careta uma vez.

— Isso não doeu? — perguntou ele ao amarrar a linha e cortá-la.

Ele abriu o bálsamo e passou um pouco em cima da ferida, torcendo para aliviar a dor.

— Minha mãe me treinou bem. Mesmo se meu cabelo estiver sendo puxado pela raiz, consigo ficar quieta e não me mexer. — Aquilo soava como tortura para ele, mas Elle sorriu como se lembrasse de algo agradável. Percebendo o olhar confuso no rosto dele, ela explicou: — Eu era a imagem da cabeça sensível quando era pequena, mas aprendi bem rápido que ficar me mexendo não seria tolerado.

Malcolm não entendeu muito bem, mas assentiu como se tivesse entendido. Lavou as mãos e depois trouxe a comida na bandeja, entregando um prato para Elle. Eles comeram em silêncio, ela na bacia de água fria e ele na cadeira ao lado. Tinha apenas um garfo para os dois e ele o abdicou, pegando a comida com os dedos.

— Um dia desses vamos comer em uma mesa de verdade — falou ele.

Ela sorriu, a boca cheia de batatas e os cílios úmidos.

— Você é adorável — declarou ele, passando o nó dos dedos pelo ombro dela porque a necessidade de tocá-la era mais forte do que ele.

Ela segurou os dedos dele e o avaliou:

— Você também não é tão ruim assim.

Capítulo 18

Elle acordou antes de o sol nascer, como sempre fazia, por mais que seu corpo implorasse por descanso. O peito de Malcolm subia e descia às costas dela, sua respiração ritmada demonstrando que ele ainda estava preso no sono, e Elle se perguntou se ele sempre acordava tarde. Aquela era a segunda manhã na qual ela acordava nos braços do homem a quem resistira com toda a sua força e, ainda assim, agora tinha seu coração. Se não fosse cuidadosa, poderia acabar se acostumando com aquilo.

O corpo dela doía e sua cabeça latejava, mas Elle se sentia segura nos braços dele.

— Como está se sentindo? — perguntou Malcolm com a voz grave de quem acabara de acordar, que ela descobriu no mesmo instante que atiçava sua libido.

— Como se alguém tivesse me chutado da avenida principal até aqui — respondeu ela, se mexendo para que suas costas se apoiassem de novo no peito de Malcolm.

Ela se concentrou na sensação de tê-lo ali — o peito dele contra seus ombros, as coxas dele pressionadas contra as dela, e a virilha repousada contra as costas de Elle.

Ele deslizou um braço entre eles e apertou a bunda dela com a mão, massageando-a lentamente. Elle relaxou sob seu toque, amando a sensação de seus dedos fortes nela. Os músculos de suas coxas ficaram menos tensos por causa do toque hábil dele, e Elle gemeu pela deliciosa mistura de prazer e dor.

— Como é que você sempre sabe como fazer para eu me sentir bem? — perguntou ela, virando-se para que pudesse encará-lo, embora ele fosse apenas uma silhueta na escuridão.

Malcolm riu.

— Não é preciso ser um gênio para descobrir que uma senhorita que cavalgou um dia inteiro pode estar com o traseiro dolorido — respondeu ele, os dedos ainda a apertando. — Entre outras dores.

Ele suspirou enquanto continuava, e ela sabia que Malcolm estava pensando no súbito encontro dela com a morte. Ela afastara os pensamentos sobre os negreiros sempre que eles surgiram durante a noite. Se ela permanecesse na lembrança de seus rostos desdenhosos, quase sufocava, então os soterrou. Haveria tempo de lidar com a lembrança depois do baile, depois de terem a confirmação sobre o couraçado ou outra ameaça desconhecida.

Os dedões de Malcolm esfregavam sua lombar enquanto seus outros dedos trabalhavam em distensionar os músculos do quadril dela.

— Isso é só uma desculpa para eu te tocar, você sabe. Não sou inteiramente altruísta.

Elle sentiu uma onda de ardor perpassá-la enquanto ele a massageava. Qualquer culpa que tenha sentido por escapar foi mandada para longe pelas mãos ásperas dele em sua pele. A pressão da ponta dos dedos dele era um lembrete maravilhoso de que ela estava viva e deveria aproveitar ao máximo seu tempo nessa esfera terrena. Os bicos dos mamilos de Elle endureceram, e ela se sentiu molhada entre as pernas quando a mão cobiçosa dele deslizou por seu corpo.

Ela se deitou de costas para poder encará-lo. Malcolm apoiou a cabeça em uma mão, com o braço dobrado e com o cotovelo pressionando o colchão. Ele não parou de acariciá-la com a outra mão, apenas a moveu para que vagasse sobre as coxas e a barriga de Elle, evitando o lugar que ela queria muito que ele tocasse.

— Não posso ficar muito tempo — disse ela, odiando a ideia de deixá-lo.

Ela deslizou o braço pelo espaço entre ele e o colchão, chegando mais perto. A mão dela desceu e subiu pelas costas dele, deleitando-se com os músculos esculturais e fortes.

A mão dele foi para a parte interna da coxa dela, as pontas dos dedos roçando na pele sensível. Por um momento, Elle pensou que Malcolm não a havia escutado, porque continuou a acariciando com reverência, como se tivessem todo o tempo do mundo.

— A roupa que você estava usando está rasgada e cheia de sangue, e seu chapéu se foi. Mandei uma mensagem para Timothy, seu companheiro da Liga, pedindo para ele me mandar um vestido para uma mulher pequena. Imagino que ele ainda vai demorar um pouco.

Elle se perguntou o que Timothy pensaria da mensagem. Ele era conhecido por sua discrição e não parecia ser do tipo que julgava. Por um instante, a mesma vergonha que a atacou quando tinham feito amor pela primeira vez apareceu, mas então ela se lembrou de como Malcolm havia cuidado carinhosamente dela na noite anterior. Se Timothy ou qualquer pessoa na Liga soubesse o que tinha se passado entre ela e Malcolm e não gostasse, eles podiam encontrar outra com uma memória tão boa para ajudá-los. Elle não tinha certeza do que os aguardava, mas agora sabia que não podia negar o que havia entre eles, mesmo que isso a fizesse tão tola quanto Malcolm.

— Então está dizendo que tem tempo para fazer amor comigo? — perguntou ela.

Ela o veria no baile naquela noite, mas eles estariam em alerta total, procurando por uma prova definitiva de que o couraçado ou outro projeto naval estava em andamento. Não haveria tempo para flertes ou o simples prazer de estar nos braços um do outro. E não havia garantia do que aconteceria com eles depois disso. Qualquer coisa que Elle quisesse dele, precisaria obtê-la agora.

Elle virou a cabeça na direção do peito dele e colocou a língua para fora, lambendo seu mamilo pequeno e enrijecido. Ela contornou a língua pela textura macia e então puxou o bico entre os dentes com gentileza.

Malcolm gemeu, mas a mão dele continuou na barriga dela.

— Você está ferida — disse ele em voz baixa.

O corpo dele ficou tenso e imóvel, exceto por seu pênis, que se pressionava contra o quadril dela na expectativa. Como sempre, ele não parecia compartilhar das preocupações de Malcolm.

— E eu preciso de algo para me distrair da dor. Encare isso como um alívio medicinal — disse ela.

Elle podia senti-lo inclinando a cabeça na direção dela no escuro, mas Malcolm não voltou a explorar seu corpo. Ela se perguntou se ele consideraria a própria opinião sobre a condição dela acima das necessidades de Elle, mas a cabeça dele se aproximou mais e seus lábios se tocaram. No mesmo momento, seus dedos deslizaram pelo monte entre suas pernas, procurando pelo botão úmido de desejo dela. Ele a provocou com movimentos curtos, e Elle gemeu baixo pela espada de dois gumes do prazer e da retração.

— Eu *tinha* mesmo a esperança de brincar de médico com você, então seria tolice não aceitar essa oportunidade.

Ele dominou a boca dela com vários beijos que a deixaram sem ar. As unhas de Elle marcaram as costas dele enquanto os dedos de Malcolm massageavam seu centro e abriam os lábios que escondiam a evidência da excitação dela.

A mão dela deslizou e foi até o quadril dele para segurar seu membro. Ao ser tocado, Malcolm fez um barulho que podia ser descrito apenas como desengonçado, e o interior de Elle pulsou em resposta. Ela o acariciou com reverência, acompanhando o ritmo com que ele massageava sua fenda. A rigidez venosa dele a intrigou, como tinha acontecido durante o momento deles na clareira. Era um órgão contraditório: duro e macio, suave e grosso. O peso quente dele desencadeou o desejo natural de tê-lo dentro de si.

Como se lesse seus pensamentos, Malcolm levou a mão à barriga dela de novo, aproximando-a dele para que Elle virasse de lado e deixasse o corpo dele pressionar as costas dela de novo. A cabeça do pau roçou na entrada úmida dela, e eles arfaram quando Malcolm lentamente entrou dentro dela. Centímetro a centímetro, devagar, ele a penetrou, causando uma sensação primorosa ao investir para mais fundo dentro dela.

— Malcolm. — A palavra saiu alto demais, e Elle tampou a boca.

Todas as vezes que ele a tocara havia sido delicioso, mas agora, sem o medo e a resistência que sentira antes, cada carinho era magnífico. Os lábios dele no pescoço dela mandavam ondas calorosas pelo seu corpo, e a pressão da palma dele em seu quadril a fazia tremer.

Ele a apertou contra seu peito com um braço, mantendo o peso do corpo dela em si enquanto colocava o membro robusto para dentro e para fora. Ela arqueou naquele abraço, rebolando para acompanhar suas estocadas vigorosas.

— Maldição, isso é maravilhoso — disse ele rouco ao recuar e depois mergulhar para dentro dela de novo e de novo. — Você *é* maravilhosa.

Cada investida de Malcolm contra as paredes de seu interior a levavam para mais perto do ápice, mais perto da certeza de que ela entraria em combustão por puro prazer.

Malcolm girava e retorcia o quadril ao investir para dentro dela, fazendo os dois soltarem barulhos animalescos contidos ao passo que a paixão adentrava furtivamente por seus membros. Ele estava consciente dos machucados dela, mas a pulsão de cada uma de suas estocadas lembrava os dois que estar vivo era uma dádiva, assim como dar prazer um ao outro. Ela apertou o braço dele à medida que um clamor das emoções crescia dentro dela, estimulado por seu orgasmo iminente.

— Me ame, Malcolm. — As palavras pularam de sua boca sem pensar, envolvida pelo prazer.

A mão calejada dele deslizou para o meio das pernas dela de novo, levando-a para mais perto dele, os dedos circulando pelo clitóris ao mesmo tempo que investia ferozmente contra ela.

— Ellen — grunhiu ele em adoração ao explodir dentro dela.

O mundo dela colapsou no ponto quente e magnífico entre suas pernas. Ela gritou quando o prazer a nocauteou, quase a paralisando com uma dose potente de adrenalina e paixão. Malcolm fez o mesmo em seguida, apertando-a ao se impulsionar incontrolavelmente. Ele recuou no último instante e despejou seu sêmen no colchão entre eles.

Malcolm a abraçou, e eles ficaram deitados em um silêncio satisfeito. Elle cochilou, caindo em um leve sono em que sonhou com os eventos da noite anterior e com o trabalho que tinham diante deles. Ela sonhou com sua infância em casa e com a plantação na qual nasceu. Os sonhos eram estranhos e aleatórios; a única constante nos cenários era Malcolm.

Uma batida suave na porta finalmente os acordou, e Elle pulou da cama e tomou seu posto atrás da porta. Malcolm recebeu o pacote e o entregou a ela imediatamente. O velho vestido malva dentro do embrulho era um pouco pequeno demais para ela, mas serviria para o dia que teria. Malcolm silenciosamente ajudou-a a abotoá-lo, e ela se perguntou se os pensamentos dele se alinhavam aos dela.

Se eles estavam certos sobre Dix, então aquele podia ser o último dia da missão deles. Elle sabia que Malcolm tinha vindo para a mansão do senador Caffrey por um capricho, e nesse capricho pendia toda uma parte da vida deles, e talvez a guerra. Para onde ele iria depois daquilo? Para onde ela iria?

— Vejo você esta noite — disse ele, com a voz desanimada.

Ela simplesmente assentiu, sem conseguir falar.

Elle, então, percebeu algo em volta do pescoço dele e abriu sua camisa para ver melhor. Encontrou um longo cordão preto trançado com uma bola de chumbo amassada na ponta.

— Um lembrete de que não a perderei tão facilmente — disse ele.

— E uma inspiração para ser tão corajoso quanto você foi.

Lágrimas encheram os olhos dela quando seus dedos tocaram o pequeno objeto que quase acabara com sua vida.

— Eu não chorava tanto antes de conhecer você, sabia? — disse ela, secando a umidade das bochechas.

Malcolm sorriu.

— Você com certeza sabe como fazer um homem se sentir especial.

— Eu também nunca ri tanto — completou ela, abraçando-o mais forte.

Os lábios dele roçaram nos dela suavemente, deixando-a com vontade de mais.

— Vou encontrar um jeito de me comunicar com você na casa — disse ele.

Depois de verificar que não havia ninguém por ali, Elle pulou pela janela, Malcolm segurando suas mãos para firmá-la.

Com uma última longa troca de olhar, ele fechou a janela e a cortina. Ela tremeu com o frio da manhã ao correr para a estrada que a levaria à casa do senador Caffrey. O amanhecer se esgueirou pelo céu, acompanhando-a em sua jornada.

— Pensei que também pudesse precisar de um manto — disse uma voz atrás dela, e Elle se virou para ver Timothy segurando um velho manto marrom. Ela o pegou com os dedos trêmulos e o colocou depressa nos ombros.

— Como você sabia? — perguntou ela quando ele começou a andar ao seu lado.

Timothy riu.

— Não sou da Liga da Lealdade por ter um rosto bonito.

— Eu me machuquei durante a missão e minha roupa rasgou — explicou ela, as palavras soando estranhamente tensas apesar de serem verdadeiras, pelo menos parcialmente.

— Hmmm — foi tudo o que Timothy disse.

Eles caminharam em silêncio, mas ele ainda a encarava.

— O quê? — Elle finalmente perguntou quando ignorá-lo começou a ser mais estranho do que qualquer pergunta que ele poderia fazer.

— Meu avô era indígena, sabe. Seminole. Se não fosse por pessoas que seguiram o coração, eu não existiria. Então não precisa se preocupar com ouvir baboseiras de mim.

Elle se sentiu exposta. Uma coisa era pensar na reação de Timothy na segurança da cama de Malcolm, mas à luz do dia fazia a situação parecer muito mais real, e muito mais assustadora. Alguém sabia sobre o relacionamento deles, e, quando as pessoas sabiam que algo existia, aquilo podia ser destruído.

— Por que você me diria algo assim? — perguntou ela, deixando a irritação surgir na sua voz.

— Você tem olhos expressivos, Elle. Antes de você perceber que eu estava prestando atenção, eles estavam muito tristes. — Ele deu um tapinha nas costas dela. — De qualquer forma, não importa o que os outros dizem. Se fosse esse o caso, como continuaríamos vivendo sabendo tudo o que os brancos pensam de nós? O único assunto no qual quero meter meu nariz é aonde você foi e o que descobriu.

Elle queria agarrar o pequeno homem e o abraçar. Em vez disso, ela contou a história desde o momento que conhecera Ben até escapar dos negreiros.

Os olhos de Timothy se arregalaram em surpresa quando ela terminou.

— Garota, você é mais sortuda do que um coelho de três pernas! — disse ele, segurando a mão dela e a balançando. — Mas, se existir mesmo esse negócio de couraçado, precisamos descobrir com certeza, e rápido.

— Precisamos estar preparados para qualquer coisa esta noite — disse ela.

Eles falaram sobre estratégias pelo resto do caminho. O corpo dela doía, e ela não tentou esconder. Era para ela ter tido uma doença gravíssima, afinal de contas.

Ao se aproximarem da propriedade, Elle viu Mary por uma das janelas do salão. Mary se virou e a viu, então saiu rápido de vista. Elle olhou para Timothy, que deu de ombros, e então Mary apareceu no pátio. Ela se aproximou rapidamente, a boca pressionada em uma linha e os olhos estreitos.

— Está parecendo que você se afogou e foi colocada para secar — disse ela, passando o dedo pelo cabelo de Elle, que fez uma careta por causa da dor em sua cabeça. — Parece que passou a noite com o cabelo em uma roseira também.

Timothy riu.

— Essa doença que está dando por aí faz isso. Ela está bem o suficiente para trabalhar hoje — disse ele, indo para a cozinha. — Mas não exija muito dela.

Mary cercou Elle. Seu olhar era sério, e Elle sabia que havia algo errado.

— Eu tirei meu dia de folga ontem com Robert. Sei que você não tem nenhum conhecido por aqui, então, quando soube da sua doença, levei alguns remédios até seu quarto — falou a mulher, sua voz recheada de acusação. — Você não estava lá. Nem de tarde nem de noite. Sabe quem mais não apareceu ontem? O homem que olha para você como se fosse o último torrão de açúcar nesta maldita cidade. Tive que escutar Susie choramingar sobre isso durante seu chá pela manhã. Me diga a verdade agora, Tantinho: me diz que você não se entregou para um homem que luta pelo Sul.

Elle tinha sido descoberta. Medo disputava espaço com a vontade de chorar, porque Mary tinha se importado o suficiente para conferir como ela estava e visitá-la. Ela tinha desperdiçado seu precioso tempo com o marido para tentar ajudar Elle, e agora seria retribuída com mentiras. Elle meneou a cabeça, abrindo e fechando a boca para mostrar a frustração de não conseguir falar. Aquela parte não era fingimento: mesmo se fosse capaz, ela não podia revelar a verdade sobre ela e Malcolm. Elle estava vivendo uma mentira, e algumas vezes aquilo significava desapontar pessoas que se importavam.

Mary suspirou, frustrada, e alisou o cabelo crespo de Elle, com gentileza dessa vez.

— Espero que esteja me dizendo a verdade — falou ela. — Eu sei as coisas que eles inventam para conseguir entrar sob sua saia, se eles sequer se derem ao trabalho de seduzir.

Elle apenas fez uma expressão perplexa e torceu para que fosse o suficiente.

Mary pareceu aceitar.

— Eu só fiquei preocupada, só isso — disse ela, ajeitando a renda gasta na manga de Elle. — Você me lembra minha filha às vezes. Ela tinha olhos como os seus... Caffrey a vendeu para o Extremo Sul para pagar uma dívida. Toda vez que olho para você, me pergunto se ela vai crescer e ser linda assim. E torço para que não.

O estômago de Elle se retorceu com as palavras da mulher. Ela levava uma vida maravilhosa comparada com a maioria dos escravizados ali. Mesmo durante sua época de escravizada, Elle era jovem demais para entender o que estava acontecendo, e seu senhor era velho demais para fazer muito mal. As pessoas ali não conheciam senhores bondosos que os libertava em vez de os vender por mais dinheiro. Eles conheciam o esforço e a dor.

A União precisava perseverar.

Elle puxou Mary em um abraço, desejando poder tirar um pouco de sua dor. A amiga era puro músculo, graças à vida trabalhando sem parar.

— Obrigada, Tantinho — disse ela, e Elle se perguntou se o apelido também era algo que vinha da filha de Mary. — Mal posso esperar pelo dia em que os ianques irão chegar aqui e descer a vingança sobre a cabeça dessas pessoas.

Ela olhou para a casa, onde pessoas corriam com a preparação para o baile.

Elle simplesmente assentiu.

Eu também, pensou ela soturnamente. Elle olhou para além da casa, na direção em que o sol nascia, e seu instinto piscou em alerta, o que significava que algo importante estava prestes a acontecer. Talvez Mary tivesse seu desejo realizado antes do que imaginava.

Capítulo 19

Depois que Elle partiu, Malcolm pediu outra bacia de água quente. Ele se lavou em silêncio, seus pensamentos alternando entre Elle, ensanguentada na estrada, e depois viva e quente em seus braços, e o desafio que tinham enfrentado naquela noite. Parte dele queria guardá-la em segurança para mantê-la longe de perigo, mas sabia que ela nunca concordaria. Além do mais, ele precisava dela. Ele sempre preferira trabalhar sozinho, mas a mulher era uma baita de uma detetive, e a noite, ao que tudo indicava, seria bastante desafiadora se estivessem certos.

Ele atualizou suas anotações no caderno depois de se barbear, sem querer esquecer de algo importante que acontecera na viagem. Uma batida na porta enquanto abotoava a camisa o sobressaltou, mas era apenas a mulher da noite anterior; ela entregou a sobrecasaca limpa para ele inspecionar.

— Você deve ter ficado até tarde esfregando isto — disse ele, e ela o encarou com um pouco de medo nos olhos, como se ele estivesse tentando enganá-la para revelar algo incriminador. — Deve ter demorado séculos para tirar as manchas, e agora está acordada tão cedo trabalhando.

— Bem... sim — falou ela, as sobrancelhas franzidas em confusão. — Eu sempre me levanto cedinho. Preciso fazer meu trabalho.

Ele colocou a sobrecasaca passada e engomada, a culpa o envolvendo com tanto aperto quanto o tecido firme. Ele pegou uma moeda e colocou na mão da mulher. O ato pareceu, de alguma forma, errado também, mas ele não sabia o que mais poderia fazer.

— Não, não posso... — ela começou a falar, mas ele balançou a mão quando ela tentou devolver.

— Eu insisto.

Malcolm esperava profundamente que estivesse perto de lhe dar algo que ela precisava mais do que uma moeda: liberdade. Os políticos podiam negar quanto quisessem, mas aquela tinha se tornado uma batalha não só pela União, mas para decidir se escravizados seriam libertados ou não. Ele pensou que era por isso que estava lutando desde o começo, mas, se estivesse sendo sincero, não tinha pensado tanto assim nos escravizados para além do infortúnio que recaía sobre eles. Ele pensava na liberdade geral, mas não em suas vontades e necessidades individuais. Não no que os impulsionava dia após dia, ou no que os fazia sorrir, como simples seres humanos. Ele se considerava tão evoluído, e então Elle aparecera. Elle, que não o elogiava por simplesmente fazer o que era certo.

— Ah, tem alguém aqui querendo falar com o senhor — disse a mulher enquanto guardava a moeda. — Uma dama.

Malcolm divagou por um momento, imaginando eufórico se Elle tinha voltado. Eles voltariam para a cama enquanto a tarde passava, até que fosse hora de ir ao baile. Mas então ele se lembrou que Elle não seria apontada como uma dama, e ela não iria ao baile para algo além de prepará-lo.

Quem mais me visitaria aqui?

Sua pergunta foi respondida imediatamente pelo som de saltos e o roçar de crinolina. Um tecido de seda azul que recaía sobre uma saia rodada surgiu na curva do corredor, seguido por uma sombrinha combinando e, por fim, a forma completa de Susie Caffrey.

— Bem, olha só quem apareceu — falou ela arrastadamente, como se estivesse surpresa.

— Na verdade, este é o meu hotel, então acredito que a senhorita que tenha aparecido — disse ele. O fato de ela ter a audácia de aparecer em seus aposentos o impressionava. E se ela tivesse chegado mais cedo e descoberto Elle? Mas sua irritação com a presença dela não fazia parte do papel que estava desempenhando, e ele rapidamente ajustou o tom. — Embora você seja a coisa mais linda que já apareceu por aqui.

A boca dela estivera quase se enrugando em uma careta, mas os cantos se repuxaram para cima em um sorriso sedutor ao ouvir a última parte. Ela passou pela escravizada sem sequer reconhecer sua presença. A mulher saiu depressa.

— Eu estava desapontada pelo senhor não ter me visitado ontem — falou ela, fazendo bico e espiando o quarto por cima do ombro antes de continuar. — Papai esteve ocupado fazendo planos em seu escritório o dia todo, e eu tinha esperança de que pudéssemos passar um tempo sozinhos. Ninguém mais veio em casa o dia inteiro, nem mesmo Rufus. Apenas imagine o que poderíamos ter feito.

Susie passou a ponta da sombrinha pela costura interna da calça dele, e Malcolm pulou, a sensação inteiramente desagradável. Ele encarou os frios olhos cor de mel dela e seus lábios finos sorrindo de uma forma sedutora, e, enfim, sentiu algo por ela: pena. Ela era como um abismo de carência, nenhuma quantidade de atenção seria um dia suficiente para preencher o que quer que estivesse faltando dentro dela. Não era uma desculpa para seu comportamento horrível, mas se Malcolm podia poupar o homem que tentara matar sua amada, ele podia ter compaixão por Susie.

— Sinto muito por ter perdido o que me parece uma oportunidade perfeita de conhecer a senhorita melhor, mas negócios me levaram para longe da cidade durante o dia — disse ele, não dando atenção ao assédio descarado que tinha sofrido com a sombrinha. — Vou tentar me redimir esta noite, se me permitir.

— Ou pode se redimir agora — sugeriu ela, dando um passo para a frente, como se quisesse fazê-lo voltar ao quarto.

Malcolm se manteve firme no batente da porta, se mexendo para bloquear a passagem dela.

— Infelizmente, estes são tempos difíceis para o Sul, e preciso resolver alguns assuntos urgentes antes desta noite. Qualquer redenção precisará esperar até lá.

Ela colocou a mão no peito dele, e ele não pôde evitar de comparar o toque caloroso de Elle ao friamente calculado de Susie. Ele não se importava com a proatividade — diabo, quando Elle o tomara nas mãos no campo, ele chegara ao êxtase tão rápido que até ficou se perguntando se o toque dela fora mesmo necessário. Mas Susie não era Elle.

— Posso entrar por um momento? — insistiu ela, com as mãos e com o tom de voz, sem conseguir acreditar que ele não estava cedendo à sua vontade.

— Eu estava de saída — disse ele. — Acompanho a senhorita até a carruagem.

Ele pegou o chapéu e fechou a porta. Tomou o braço dela no seu e sentiu a indignação de Susie em seus passos firmes. Ao ajudá-la a subir na carruagem, ela cruzou os braços e o fitou com os olhos cheios de água.

Bom Deus, pensou ele. O homem que em algum momento se amarrasse àquela dondoca teria muito trabalho.

— Devo admitir, estou bastante desapontada por como essa manhã se deu — afirmou ela.

Malcolm assentiu. Algo com o qual podiam concordar. Em um mundo ideal, ele ainda estaria na cama com Elle.

— Concordo. Mas agora devo me despedir da senhorita até hoje à noite.

— Malcolm? — A voz dela ressoou quando ele se afastou alguns passos pela calçada suja. — Você vai descobrir que não aprecio ser tratada tão indelicadamente — disse ela, seus olhos brilhando e suas mãos apertando a sombrinha com força.

Ele tinha subestimado a tenacidade daquela mulher.

Malcolm caminhou lentamente até ela de novo, fingindo confusão.

— Não acredito que eu tenha tratado a senhorita indelicadamente de modo algum — alegou ele. — Não entendo sua implicação.

— Bem, apenas quero dizer que ficarei terrivelmente desapontada se me abandonar de novo esta noite. Não é nada cavalheiro demonstrar uma atenção falsa para uma mulher. Na verdade, é algo que um verdadeiro homem do Sul jamais faria. Discutimos tal coisa nas reuniões do Comitê de Vigilância o tempo todo. — Ela pestanejou, como se aquele fosse um jogo de sedução, e Malcolm entendeu que para Susie realmente era.

Ele abriu um sorriso doce e tentou domar seu temperamento. Sua noite não dormida e agitação geral não ajudaram.

— Senhorita Caffrey, sei que está ávida para me conhecer melhor, então vou compartilhar uma coisinha agora mesmo: não aceito muito bem ser manipulado.

Com isso, ele se virou e foi na direção da loja de MacTavish, deixando-a o encarando. Malcolm tentou não pensar em como deveria ter reagido com mais gentileza, mas não importava. Demonstrar medo ou dar vazão à ameaça dela com negações não o ajudaria contra alguém como ela. Ao se afastar da carruagem, ele não vira raiva na expressão dela, mas sim desejo. A atrevida provavelmente considerava a conversa deles como uma preliminar.

Quando chegou à loja, Malcolm imediatamente reconheceu que ou MacTavish tinha começado a beber muito cedo, ou ainda estava embriagado da noite anterior.

— Ah, olá, senhor rebelde! — gritou o homem de cabelo desgrenhado quando Malcolm entrou. — O que posso fazer pelo senhor? Acabamos de receber uma remessa de ligas, se quiser impressionar alguma dama.

— Minha dama não ficaria impressionada com ligas — disse ele brevemente, depois reconsiderou. As belas pernas de Elle em ligas e meias de seda seria algo maravilhoso. Talvez ele não devesse recusar tão rápido.

— Que pena. Talvez o senhor precise de papel de pergaminho. Perfeito para mandar e receber correspondências de todos os tipos.

Havia um brilho de esperteza nos olhos remelentos do homem, apesar de seu comportamento.

— Vou levar o papel — disse ele.

— Ótima escolha. Aqui está — falou MacTavish com um soluço. Ele apertou a mão de Malcolm com entusiasmo. — É sempre bom ver um irmão escocês ajudando a Causa. Não vamos deixar eles passarem por cima de nós desta vez!

Uma mulher fazendo as compras da manhã olhou para eles com desconfiança.

— Abaixo a União! Morte a Lincoln! — gritou MacTavish, com uma piscadela escondida de todos menos de Malcolm.

Malcolm saiu da loja depressa, esperando que Elle estivesse certa sobre confiar em MacTavish. Ele abriu o rolo de papéis, encontrando um inscrito em códigos. Ele o traduziu apressadamente e entendeu que se reconhecia a possibilidade de o Sul ter um couraçado, mas mostrava dúvidas de já estar quase completo. Eles tinham informações confiáveis de outra fonte de que levaria vários meses para tal projeto ser terminado, e a guerra muito provavelmente teria acabado até lá, de qualquer forma. Em adição a isso, sem uma localização ou informação sobre o equipamento do navio, não poderiam agir. A carta também alegava que o navio da União estava sendo construído como planejado, e que Malcolm deveria retornar para a capital depressa.

Ele amassou o papel. Suas avaliações raramente eram contestadas. Por um breve momento, ele se perguntou se tinham duvidado apenas porque a informação havia sido transmitida pela mão de Elle e não pela dele. A carta chegara a ser mostrada a Pinkerton, ou fora considerada como uma perda de tempo?

Qualquer que fosse o motivo da resposta tépida, ele e Elle precisariam apresentar uma prova. Por mais que ele torcesse para estarem errados, sabia que havia algo importante na situação de Dix. Ele foi até a pousada Lancelot para ver se conseguia trombar com o engenheiro desmazelado, mas o homem não estava por lá. Era possível que ainda não tivesse voltado.

Malcolm suspirou, frustrado. Sua manhã tinha sido pouco frutífera, e ele esperava que não fosse indicação de como a noite seria.

Capítulo 20

O BAILE ESTAVA A TODO VAPOR. O jantar tinha sido servido, bebidas foram entregues, a dança tinha começado, e Elle ainda não havia obtido nenhuma informação nova.

Ela ouvira oficiais fazendo piadas de garotos do interior que não sabiam diferenciar o pé direito do esquerdo e não reconheceriam disciplina nem mesmo se tropeçassem nela. Ela ouvira senhores reclamando de seus escravizados que fugiam no meio da noite para os campos de refugiados do exército nortenho. Diziam por aí que logo mais sancionariam oficialmente escurinhos usando a cor azul da União. Os oficiais confederados zombaram da ideia, mas da forma que um homem faz gracejos sobre o monstro sob sua cama e depois passa metade da noite sem conseguir dormir.

Um grupo de escravizados tocando rabecas estava no canto do salão de festa, seus braços se movendo em uníssono ao tocarem uma música da Virginia. Os homens e as mulheres se encaravam em duas fileiras, ora se aproximando, ora se afastando, ora dando a volta em torno do outro, ora indo para longe. A dança fez Elle pensar na guerra entre o Norte e o Sul, ou talvez seu relacionamento com Malcolm; a diferença era que havia uma sequência e um resultado esperado na dança que Elle não podia esperar das outras duas coisas.

Ela caminhou pelo salão, procurando por algum sinal de Dix ou até mesmo Ben, mas nenhum dos dois homens estava por lá. Parou em um lugar privilegiado, onde ela podia ver Malcolm por completo, não apenas seu ombro largo ressaltado na multidão. Elle observou enquanto ele sorria e fazia uma mesura, seu corpo flexível e gracioso, e depois pegava a mão enluvada de Susie. A mulher manteve o contato por um tempo mais longo do que as outras dançarinas, que já começavam a trocar de pares.

Elle sentiu uma pontada de tristeza. Nunca fora uma boa dançarina, mas ainda assim desejou que fosse ela levantando a saia com Malcolm. Aquilo seria permitido algum dia? Uma noite dançando sem inquietação, sem se preocupar com quem observava?

Ela respirou fundo, sentindo-se mais cansada do que nunca. O encontro com os negreiros a tinha abalado mais do que imaginava, e as poucas horas de sono pareceram apenas agravar os protestos de dor no corpo. Ela estivera trabalhando desde que chegara naquela manhã, sem despertar misericórdia ao cochilar enquanto esfregava os degraus. Qualquer que fosse a energia que a estimulara até aquele momento sumiu por completo. Além disso, ela ainda precisava encontrar algo de muita importância. Elle estava certa de que algo aconteceria naquele baile, mas Dix não estava em lugar nenhum e todos falavam sobre assuntos irrelevantes.

Ela circulou pelo salão mais uma vez, coletando copos vazios antes de deixá-los na cozinha, onde outro tipo de dança sincronizada acontecia. Escravizados lavando, escravizados secando, escravizados servindo vinho e espumante, seus corpos se movendo rápida e precisamente para fazer o trabalho sem tropeçar um no outro, criando mais bagunça para arrumar. A música aqui não era da melodia da rabeca, mas Althea puxava uma canção que causou em Elle uma pontada de saudade de casa.

Há um bálsamo em Gilead
Que cura toda ferida.
Há um bálsamo em Gilead
Para a alma corrompida.

Por vezes perco a coragem,
E acredito trabalhar por nada,
Mas então o Espírito Santo
Revive minh'alma abençoada

As palavras tinham sido cantadas por um número incontável de vozes que foram sepultadas sem conhecer o gosto da liberdade, esperando-a apenas do outro lado da vida. A letra agridoce lhe trouxe à mente as palavras de Frederick Douglass: "Escravizados cantam mais quando estão mais infelizes. A música do escravizado representa as dores de seu coração."

A barganha injusta, de uma felicidade apenas depois da morte, deixava Elle enjoada. Seu povo merecia liberdade enquanto caminhavam por aquela terra verde de Deus, e agora estavam mais perto do que nunca dela. Elle rezava para que pudesse viver o suficiente para ver, e talvez ajudar a conseguir.

Ao colocar os copos no lugar e levantar as mangas para evitar molhá-las, ela percebeu que alguém a encarava. Mary. A mulher estivera quieta e reservada durante o dia inteiro. Elle pensara que Mary ainda estivesse brava com ela por sua ausência, mas tinha percebido que se comportava da mesma forma com todo mundo, e supôs que ela estivesse apenas preocupada com o baile.

Ela estava parada, retorcendo as mãos naquele momento, e Elle foi em sua direção e colocou uma mão em seu ombro. Mary sorriu desconfortável, e a incerteza do sorriso fez Elle se lembrar do quanto Mary era jovem, e que tomava conta não de uma, mas de duas casas.

Elle levantou as sobrancelhas, inclinando a cabeça na direção de Mary. Ela odiava ter que fingir mudez com a outra. A mulher a tratava como uma amiga, sem saber nada sobre sua condição ou talento e, ainda assim, Elle tinha que mentir.

Mary balançou a cabeça com força, seus movimentos contradizendo suas palavras.

— Estou bem, Elle, apenas um pouco preocupada. Vou me encontrar com Robert esta noite, sabe, e... — Mary fechou os olhos, como se estivesse constrangida, e os abriu de novo. — Algumas vezes sinto um peso nas minhas costas muito grande para carregar. Mesmo quando sei que estou fazendo a coisa certa, ainda sinto como se estivesse fazendo algo errado.

Elle estacou por um momento. As palavras de Mary ecoavam os pensamentos que a atormentaram nos últimos dias.

Mary observou a cozinha à sua volta com tristeza no olhar; então encarou os pulsos de Elle e a tristeza virou raiva. Ela segurou os braços de Elle e levantou os pulsos marcados e arranhados.

— Não vou perguntar o que aconteceu porque sei que não vai me contar — disse ela, repentinamente voraz. — Tudo que vou pedir é que venha falar comigo antes de ir embora esta noite, está me ouvindo?

Elle assentiu, embora não soubesse onde estaria quando a noite acabasse, se Dix sequer aparecesse.

Como se sentisse sua hesitação, Mary segurou as mãos dela.

— Estou falando sério, Elle — exclamou ela, sua voz baixa e urgente. — Não saia dessa casa sem falar comigo primeiro.

Algo no comportamento de Mary despertou um alarme. Mary disse que se encontraria com Robert de novo. Ela não o tinha visto na noite anterior? Costumavam se passar semanas entre os encontros deles...

A inquietude e o nervosismo de Mary, até mesmo sua raiva mais cedo, tudo começou a fazer sentido. Ela vira a mesma agitação nos fugitivos que sua família abrigava a caminho para o Canadá.

Mary estava planejando fugir. As palavras de dias antes vieram à mente de Elle, de que Mary e Robert podiam ajudá-la se Malcolm estivesse a assediando.

Elle agora também temia por sua amiga. Ser capturada por negreiros já era ruim, mas ser capturada ao tentar fugir era algo completamente diferente. Escravizados fugiam e se entregavam às forças da União desde que Butler instituíra o campo de refugiados em Forte Monroe. Aqueles que tentavam escapar e fracassavam eram feitos de exemplo, agora ainda mais do que antes. O chicote se tornaria um amigo íntimo, senão a forca.

Ela abraçou Mary e assentiu com toda força que podia antes de a mulher se afastar, retomando seu posto como cuidadora da casa.

— Abram essas garrafas! — gritou ela para duas mulheres que estavam paradas conversando. — Não querem que a sinhá venha aqui pisar na gente como uma diaba, querem?

Elle saiu da cozinha, olhando para a amiga por cima do ombro. Ela sabia como era escapar, havia anos e anos de histórias que ouvira e narrativas que lera acumulados em sua mente. Ela podia ajudar Mary, forjar para ela um documento que a faria passar por qualquer soldado enxerido se fossem parados na estrada. Se ela pudesse ajudar a amiga, seria pelo menos uma coisa conquistada naquela noite.

Tentando parecer o mais submissa e despretensiosa possível, Elle passou pelo corredor cheio e se esgueirou para a escada dos servos. O segundo andar deveria estar vazio, mas sempre havia pessoas que fugiam para um flerte ou simplesmente para sair de perto do calor e da multidão.

Ela passou sem fazer barulho pelo corredor, parando por um momento para escutar à entrada do escritório do senador. O fogo crepitava na lareira, mas não havia ninguém por lá.

O lugar era mais um exemplo de luxúria pomposa, com suas cadeiras acolchoadas de espaldar alto e sua grande mesa de mogno. Uma rica cortina cobria as janelas, e os tapetes no chão eram ainda melhores do que aqueles no corredor. Tanto refinamento, pago pela barganha de vidas humanas e dignidade.

Sua raiva cresceu novamente, mas Elle a deixou de lado.

Ela se esgueirou até a mesa e começou a esquadrinhar os documentos visíveis sobre a superfície da mesa. A maioria era um bocado de faturas do baile, mostrando onde estavam as prioridades do senador no momento. Elle remexeu os papéis, vendo se algo saltava aos olhos. Não havia nada sobre couraçados, nada que parecesse importante o suficiente para causar o rebuliço que fora criado em torno do baile. Ela escreveria o documento para Mary e então voltaria para baixo.

Ela ouviu passos antes que pudesse sequer alcançar a pena, e se apressou na direção da lareira, pegando o atiçador. Manter a lareira acesa para o senador *era* parte de seu dever, então ela esperava que aquilo não fosse levantar suspeitas.

A porta se abriu silenciosamente, e Malcolm deslizou para dentro.

— O que você está fazendo aqui? — sibilou ele.

Ela estava prestes a responder "meu trabalho", mas um riso ressoou atrás dele.

— Com quem você está falando, Malcolm? — perguntou Susie, a voz rouca. Ela colocou o braço no dele ao passar pela porta, direcionando a Elle um sorriso venenoso ao vê-la. — Por que não estou surpresa de encontrá-la aqui? Você está sempre querendo acabar com minha diversão. Saia. Agora.

Elle lançou um olhar a Malcolm, que estava inexpressivo.

— Eu disse *agora*, escurinha — explodiu Susie.

Antes que Elle tivesse tempo para se retirar, Susie puxou o rosto de Malcolm para baixo e o beijou.

Ver a língua de Susie deslizando para dentro da boca dele, as mãos dela segurando seu rosto, fez Elle sentir-se enjoada.

Achei que era mais forte do que isso, ela repreendeu a si mesma ao deixar o atiçador cair e se apressar para sair da sala. Mas o último barulho que ela ouviu quando a porta se fechou foi um som feminino de prazer e um riso baixo e masculino. Ela pensou em como Malcolm parecia satisfeito durante a dança, como ele olhara para Susie como se ela fosse a única mulher no salão. Ele não fizera Elle se sentir da mesma forma?

Ela tentou afastar os pensamentos negativos da cabeça, mas continuava ouvindo o gemido de Susie e a risada de Malcolm. Caminhou pelo corredor com as pernas bambas, brava consigo mesma, mas tentando controlar os sentimentos que a atacavam, ameaçando sufocá-la.

Tanto ela quanto Malcolm tinham um trabalho para fazer. Ele estava fazendo o dele e, se isso significava fazer amor com outra mulher, Elle precisaria lidar com aquilo mais tarde. Ela tentou afastar seus sentimentos, soterrá-los dentro de si como sempre fazia, mas parecia que não havia mais espaço. A parte de sua mente onde enterrava a tristeza, a solidão e a raiva atingira sua capacidade máxima. Um último pensamento se combinou com sua miséria: a única pessoa que ela queria que a consolasse estava com outra mulher.

Elle caiu de joelhos e sentiu lágrimas amargas caírem. A noite estava quase acabando, ela não tinha nenhuma informação para ajudar a Causa, não fizera o documento para Mary e estava ali, chorando em plena vista como uma dondoca sem cérebro. Ela deveria ser mais forte do que aquilo, mais inteligente, mas havia falhado com todo mundo, inclusive consigo mesma.

— O que temos aqui? — uma voz familiar disse acima dela.

Elle olhou para cima para ver, através de sua vista embaçada, Dix se curvando e esticando a mão para ela. Ela aceitou, e ele a puxou para ficar de pé.

— Esta é a garota lerdinha — disse o senador Caffrey. Elle queria lembrá-lo de que ele não a achava lerda o suficiente para impedi-lo de a olhar com desejo, mas não o fez. — Suponho que toda a agitação do baile a tenha sobrecarregado. Ela parece inclinada a ter ataques e chorar desse jeito. Não ligue para ela.

— Eu tenho ataques de vez em quando, embora os meus sejam um pouco diferentes — disse Dix, sua voz tão gentil como quando ele permitiu que ela pegasse uma carona em sua carruagem. — Venha conosco, menina.

— Temos negócios a tratar — lembrou o senador Caffrey, claramente irritado com a complacência de seu compatriota.

— Temos — concordou o sr. Dix, despreocupado. — Não estou pedindo para ela contribuir com ideias. Vamos apenas lhe dar uma dose de uísque para acalmá-la. É a coisa decente a se fazer.

Caffrey não estava contente com isso, mas não parecia querer discutir. Ele deslizou um olhar cheio de desdém por ela antes de entrar na biblioteca.

Elle os seguiu de perto. Ela estava envergonhada por seu breve surto, mas aquilo havia trabalhado a seu favor. Fora convidada para uma reunião com o senador confederado e seu engenheiro naval, e não sairia da lá até ter colhido o máximo de informação que podia. Ela não tinha como saber se Malcolm estava a desonrando ou não naquele momento; podia apenas controlar o que ela mesma fazia com a oportunidade apresentada.

Quando Dix e Caffrey se acomodaram em cadeiras diante da lareira, ela percebeu que eles esperavam ser servidos. Elle preparou as bebidas deles com um decantador meio cheio que estava no aparador ali perto e as entregou depois de tomar um pequeno gole sob o olhar atento de Dix. Então retornou ao canto quando eles esqueceram que tinham companhia e começaram a reunião.

— Mallory é favorável a meu cronograma — disse o sr. Dix. — O novo couraçado não estará completo, mas será navegável em três meses.

— Vai conseguir atacar? — perguntou o senador Caffrey.

— Ah, sim — disse o sr. Dix, sua voz ainda nervosa e suave. — Vai poder derrubar o bloqueio e abri-lo por completo. Depois disso, toda vantagem que o Norte tem atualmente será perdida.

— Excelente. O presidente Davis vai ficar muito feliz em ouvir isso — afirmou Caffrey. — Agora me conte os detalhes.

No canto escuro em que estava, Elle reprimiu um sorriso voraz. Ela estava certa. Naquela noite, ela ajudaria a salvar a União.

Capítulo 21

Malcolm soltou um riso perverso pela sua situação quando a porta do escritório se fechou. A mulher que era mais importante para ele no mundo o vira beijar a mulher que fazia da vida dela um inferno diariamente. Que, para todos os efeitos, era dona dela. Ele se afastou do beijo, torcendo para que Susie estivesse satisfeita. Apesar de seu desprezo por ela, ele se sentia vil por fingir apreciar dançar com ela e, naquele momento, beijá-la. Haveria maior ofensa do que ser usado daquela forma?

Talvez ver o homem que prometeu cuidar dela com os lábios pressionados aos de outra mulher?

Ele sabia que aquele era seu trabalho, e Elle também sabia que aquele era o trabalho dele, mas Malcolm teria ficado tentado a cometer alguma crueldade se tivesse presenciado o mesmo. Foi naquele momento que ele soube com certeza que era um patriota de verdade; se seu amor pelo país fosse um pouquinho menor, teria abandonado Susie e ido atrás da mulher que queria de verdade. Em vez disso, sorriu.

— Então, querida Susie, acredito que tenha me dito que ia me mostrar o que está deixando as pessoas no baile tão animadas — disse ele, se afastando dela.

Malcolm resistiu à vontade de limpar os lábios, pelo menos enquanto ela estava olhando.

— Foi por isso mesmo que veio aqui comigo? — perguntou ela.
— Pensei que queria me beijar e se redimir pela nossa pequena discussão desta manhã.

Ela repousou um dos pés sobre um pequeno tamborete de veludo com a base dourada. Susie deslizou a mão pela meia, mostrando a sedutora perna sob o tecido.

Foi naquele momento que Malcolm percebeu que fora enganado. Ele sabia que Susie esperava seus favores em troca de algo confidencial, mas não esperava que ela tivesse mentido sobre os documentos estarem ali. Ele ficara desesperado quando vira a meia-noite se aproximar sem nenhum sinal de Dix, e ele esperara conseguir as informações e depois fugir das investidas de Susie. Malcolm e Elle estavam dependendo de encontrar a informação sobre o couraçado naquela noite e, se não conseguissem, ele não fazia ideia de como procederiam. Elle acreditava que a União estava em perigo, e ele acreditava nela.

Susie parou seu movimento lento e sedutor por baixo da saia.

— Agora, que tipo de homem se vê sozinho em uma sala com uma mulher disposta e capaz e não se acha digno para o trabalho? — perguntou ela de um jeito arrastado.

Um que está apaixonado por outra pessoa, pensou ele.

— Talvez eu tenha bebido demais — disse ele, pronto para abandonar a empreitada.

Susie tinha parecido uma fonte promissora de informação, mas fora, em vez disso, uma perda de tempo. Malcolm teria que encurralar o próprio senador. Toda vez que tentara, Susie o puxara para outra dança ou outra história cansativa.

— Quando você demonstrou um interesse renovado esta noite, achei que minhas palavras tinham colocado algum juízo na sua cabeça — disse ela. — Sou a filha de um senador confederado, e o que quero, eu tenho. Metade do Sul está passando fome, e eu ainda não fiquei sem comida. Se você acha que é um produto melhor do que um pedaço de carne, está enganado.

Ela o encarou, com um sorriso cruel nos lábios. Malcolm sabia que Susie era mimada, mas aquilo era obsceno.

— Não pode forçar um homem a se deitar com você, srta. Caffrey — disse Malcolm.

Ela inclinou a cabeça para o lado.

— E por que não? Homens fazem isso com o meu gênero regularmente. Se nossas posições fossem inversas, você me chamaria de coquete e tomaria o que quisesse.

Malcolm abriu um sorriso desdenhoso.

— Homens geralmente têm a força física superior que permite tal transgressão. De qualquer forma, *eu* não faria uma coisa assim.

— Força. Física. Superior. — Ela se demorou em cada palavra com os lábios repuxados em desdém. — Não vai mudar de ideia?

— Temo que não, srta. Caffrey.

— Uma pena.

Com isso, ela abriu a boca e soltou um grito doloroso, cheio de um medo paralisante. Ela começou a soluçar alto, sorrindo para Malcolm entre as lágrimas. O sangue dele gelou, mesmo sabendo que ela estava mentindo. Qualquer outra pessoa pensaria que ela estava sendo assassinada.

— Desculpe, sr. McCall. Isto vai precisar estar nos jornais de amanhã e reportado ao Comitê de Vigilância. Mas tenho certeza de que sua força física superior vai ajudar você a superar isso.

Ele ouviu passos no assoalho de madeira coberto por carpete no corredor; depois a porta se abriu com força e o escritório se encheu de homens que puxaram o braço de Malcolm para trás e o jogaram no chão.

— Ah, ele disse que iria fazer coisas terríveis comigo — choramingou Susie quando o pai a puxou para o lado dele, encarando Malcolm. — Ele disse que está aqui pelos ianques e que os ajudaria a pilhar o Sul, começando por mim!

Era uma bobagem ridícula, mas todos os homens inflaram o peito em um instinto de proteção por sua donzela em perigo.

— Senador Caffrey, o senhor sabe que eu não desrespeitaria sua filha de tal modo — se defendeu ele.

Aquela era a segunda vez que ele era acusado de tais intenções naquela casa, e nas duas vezes estava simplesmente coletando informação.

Uma bota polida lhe acertou um chute nas costelas, e Malcolm grunhiu. Ele se encolheu e colocou os braços sobre a cabeça para se proteger dos golpes punitivos.

— Se a respeita tanto, o que estava fazendo sozinho com ela em meu escritório, filho? — A voz do senador estava tensa, controlando a raiva, suas palavras abreviadas e as consoantes articuladas demais.

— Leve-o para o porão.

Malcolm foi colocado de pé. Ele não conseguia sentir medo, arrependimento ou raiva. Sua mente estava completamente comprometida em encontrar um jeito de sair daquela situação. Enquanto era arrastado pela porta, seus olhos encontraram os de Elle. Ela estava encostada contra a parede, observando a cena.

Sua expressão era indecifrável, mas seus olhos escuros flamejavam.

Minha Ellen, pensou ele. Ela acreditaria em Susie, depois do que viu mais cedo? Ela pensaria que ele era o pior dos homens? Ele afastou o olhar do dela, deixando seus carrascos fazerem o que quisessem com ele. Mas, antes de se virar, ele a viu fazer uma mímica, como se estivesse segurando um colar. A bala que a atingira balançava contra o peito dele sob a camisa enquanto ele andava, lembrando-o de suas palavras.

Não a perderei tão facilmente.

Capítulo 22

O coração de Elle bateu forte ao ver Malcolm sendo empurrado ao passar por ela.

Ele estava arranhado e inchado, e um filete de sangue escorria de uma ferida em sua sobrancelha. Ela lembrou de como ele cuidara de suas feridas na noite anterior. Ninguém cuidaria das dele. E, se ela não descobrisse um jeito de tirá-lo dessa, não haveria nada para cuidar. Elle ouvira as alegações de Susie ecoando pelo corredor. A punição para estupro podia variar, mas por traição era a morte.

O corpo dela ficou sem força ao pensar em Malcolm pendendo de uma corda, toda vida, alegria e amor fora dele.

Susie, então, passou por ela, estampando uma discreta expressão satisfeita. Ela encarou Elle por entre os cílios úmidos e sorriu, fazendo-a gelar até os ossos. O que tinha acontecido naquele escritório?

A pior parte daquela situação era saber que o envolvimento de Malcolm com Susie fora basicamente desnecessário. Elle tinha presenciado uma reunião que não só confirmara suas suspeitas sobre o couraçado ressuscitado, mas que também havia lhe dado a importante informação da data da mobilização do navio e as especificações. Todas aquelas informações estavam guardadas em sua mente e precisavam ser transmitidas para a União imediatamente. Aquilo era importante demais para uma simples carta: Elle queria entregar a mensagem em pessoa, e queria Malcolm ao seu lado quando o fizesse.

Logo que o grupo de salvadores de Susie passou, dando tapinhas nas costas uns dos outros pelo bom trabalho, Elle correu como um raio. Ela disparou escada abaixo, empurrando ao passar escravizados confusos, que tentavam entender o motivo do baile ter sido interrompido repentinamente, lançando desordem no trabalho cronometrado deles.

Ela procurou por Timothy na cozinha, encontrando-o em uma sala dos fundos com um saco de maçãs pendurado no ombro.

— Timothy — sussurrou ela com urgência. — Malcolm foi capturado. Ele precisa ser resgatado. Podemos contatar MacTavish, ver se ele talvez tenha algum contato que pode ajudar? Eu estava certa sobre o couraçado. Preciso ir para Washington urgentemente, e não vou partir sem Malcolm.

Timothy derrubou o saco e se virou para ela, uma expressão séria no rosto.

— MacTavish foi preso por intoxicação pública hoje mais cedo — disse ele, passando a mão no seu cabelo curtinho. — Ele estava completamente breaco, gritando na rua como um lunático, e o prenderam. Ele não vai sair por um ou dois dias.

— Não — disse Elle, sua mente girando. — O que faremos?

— Você precisa deixar McCall, Elle — disse Timothy. — Mesmo se MacTavish estivesse solto, acha que arriscaríamos expor ele e os outros abolicionistas para libertar McCall? Sinto muito, mas estamos lutando numa guerra. Farei tudo o que puder assim que você partir, mas não podemos arriscar tudo por causa de um homem.

Ela lembrou de Malcolm montado em um cavalo, certo de que levaria um tiro antes de sacar a arma, mas determinado a não a desertar mesmo assim. Elle passara a vida inteira fazendo tudo pelos outros, deixando de lado os sentimentos enquanto usava o talento para elevar seu povo, e então seu país. Mas ela não desistiria daquilo.

— Não vou deixá-lo — falou ela com franqueza.

— Elle, você está arriscando tudo pelo que a Liga da Lealdade luta para salvar um homem que mal conhece — disse Timothy, com a testa enrugada em confusão. — O que te dá esse direito?

— Minha alma me dá esse direito — respondeu ela baixinho, sem querer desapontá-lo ainda mais, mas incapaz de fazer o que ele queria. — Meu coração, Timothy. E se acha que não posso tanto salvar meu homem quanto levar a mensagem para Washington, então você me subestimou profundamente.

Naquele momento, Mary entrou no cômodo. Ela caminhou protetoramente até Elle, como se sentisse a tensão entre eles.

— O que está havendo aqui? Tantinho, pode vir comigo? — perguntou ela, olhando de maneira cautelosa para Timothy. — Preciso contar uma coisa para você.

Mary iria fugir. A informação tinha saído de sua cabeça com tudo que tinha acontecido no andar superior. Ela odiava se revelar como uma mentirosa e colocar Mary em perigo por aquilo, mas a mulher era sua última esperança. Elle fechou os olhos e então encarou a amiga, na esperança de que ela a ajudasse.

— Também preciso contar uma coisa para você — disse ela com clareza.

Os olhos de Mary se arregalaram, e as bochechas coraram. Ela deu um passo para a frente e depois para longe de Elle, a confusão em seu rosto como um soco no estômago.

— Elle, o que está fazendo? — sibilou Timothy.

— Timothy, é você que me mandou seguir meus instintos. Tarde demais para voltar atrás agora.

— Você estava pregando uma peça em mim esse tempo todo? — perguntou Mary. A severidade da manhã havia retornado ao seu rosto.

— Não. Sinto muito por ter mentido, mas a verdade é que estou aqui para coletar informações para o governo da União. Não podia contar isso para ninguém, mesmo se eu me importasse com a pessoa. Especialmente se eu me importasse — explicou Elle.

— Por que está me contando agora? — perguntou Mary calorosamente, parecendo dividida entre a raiva e a animação.

— Porque preciso da sua ajuda. Um dos meus parceiros foi capturado. — Ela olhou para Timothy. — Se eu não o salvar, acho que ele será enforcado. Eu tenho informações valiosas que precisam chegar até a capital, e rápido. Acho que você está fugindo esta noite e quero ir com você.

Mary suspirou.

— Todos nós temos segredos, não é? — perguntou ela, a raiva deixando sua voz. — Robert tem um plano. Eu disse que ele conhece esses rios como a palma da mão. Seu trabalho mais recente tem sido em um navio de guerra da Confederação. Eles dependem dele para fazer tudo. Robert conhece o navio melhor que o capitão.

Elle assentiu, a expectativa crescendo em seu peito. Se aquilo estava caminhando na direção que ela achava que estava, então a noite estava prestes a se tornar ainda mais interessante.

— Robert conhece todos os sinais para passar pelos sentinelas até o oceano — continuou Mary em voz baixa. — Ele tem uma pequena tripulação. Hoje mais tarde eles vão roubar o navio e entregá-lo para a Marinha da União. Eles vão fazer paradas ao longo do rio para buscar as famílias dos tripulantes. Eu sou a última parada. Ele vai me buscar no Ponto do Enforcado. Com sorte, os rapazes operando o bloqueio não vão achar que nossa bandeira branca é um truque para baixarem a guarda.

O plano era audacioso, corajoso e tão sem precedente que talvez pudesse dar certo. E era a única opção de Elle.

— Tiro meu chapéu para seu Robert. Posso ir com você? — perguntou ela. Elle soubera que era muito provável que precisaria fugir naquela noite, embora tivesse pensado que o faria por terra. Roubar um navio, apesar de extremo, também simplificava seu plano de algumas formas. — Farei tudo o que puder para ajudar, e tenho alguma experiência em fugas.

Ela repartiu o cabelo para mostrar sua ferida com os pontos feitos recentemente, ignorando o arfado de Mary.

— Tem dois negreiros mortos que aprenderam ontem que não serei levada com tanta facilidade — completou ela.

— Deus me ajude — disse Mary, colocando a mão no peito. — E eu aqui pensando que você era uma coisinha inocente precisando da minha ajuda.

Elle sorriu.

— Inocente não seria a descrição que usaria, mas eu preciso, sim, da sua ajuda.

Mary a fitou intensamente.

— Essa bagunça com seu parceiro é a mesma bagunça com aquele rebelde que tentou molestar nossa Susie?

Elle respirou fundo.

— Ele não tentou molestá-la.

— Como você sabe? — perguntou Mary, séria. — Estava na sala com eles? Essa semana eu vi aquele homem correndo atrás de você descaradamente e depois cortejando a srta. Susie como se ela fosse uma estufa no inferno. Sem mencionar o óbvio.

Ele é branco. Elle esperou pelas palavras.

— Ele é um rebelde — falou Mary com nojo.

Elle quase riu.

— E eu sou muda — rebateu Elle. Ela podia ver que Mary ainda estava indecisa. — É muito importante para Robert que o navio chegue às mãos da União, certo?

Mary revirou os olhos pela pergunta de resposta óbvia.

— Sim.

— Acha que se ele chegasse no Ponto do Enforcado e você não estivesse lá, ele só continuaria navegando?

— Ele é meu marido — disse Mary. — É claro que não.

— E você acha que, se isso tivesse acontecido uma semana depois de se conhecerem, ele teria deixado você? — perguntou Elle. Mary abriu a boca para responder e depois a fechou. Elle aproveitou a vantagem. — Uma vez você me disse que, assim que viu Robert, você soube. Não precisa me ajudar, ou entender, mas peço que tenha o mesmo respeito comigo que tenho com você.

Mary riu e meneou a cabeça.

— Agora sei por que você precisava se passar por muda. Você é bem espertinha e atrevida — afirmou Mary. — Vou partir logo, com Althea e Ben. Você é bem-vinda para vir, e o seu homem também, se conseguir libertá-lo a tempo.

Elle encarou Timothy.

— Ainda tenho trabalho para fazer por aqui — disse ele, sem julgamento ou tristeza em sua voz; as coisas eram como eram.

Elle lhe deu um longo e forte abraço. Ele tinha cheiro de comida e especiarias misturadas, e o suor forte de um dia de trabalho, e o cheiro encheu os olhos dela de lágrimas.

— Tome cuidado — pediu ela.

Ele repousou uma mão na cabeça dela, onde ela tinha mostrado estar seu machucado.

— Sei que você tem boa sorte, mas espero que tenha bom senso também. Fique segura, e garanta que esse homem te trate bem depois de ter todo esse trabalho por ele. Nada de ficar olhando para outras mulheres só porque é um detetive. Se eu fizesse uma coisa dessas com a minha esposa...

Ela empurrou Timothy amigavelmente e o abraçou mais uma vez.

— Vou escrever tudo o que ouvi... por precaução.

— E eu também vou mandar uma carta assim que aquele bêbado do MacTavish sair da cadeia. Mas garanta que eu esteja mandando sem necessidade.

Ela assentiu com firmeza.

— Malcolm está sendo mantido no porão — falou Elle.

— Como vai tirar ele de lá? — Mary quis saber.

— Queria eu saber, mas o farei antes da meia-noite — disse ela. — Acho que agora é uma boa hora para brincar de se fantasiar. — Mary a olhou ferozmente, sem paciência para o suspense. — Esta noite, minha bela amiga, você vai se tornar uma dama.

Enquanto Elle e Mary tentavam passar despercebidas pela cozinha, uma das escravizadas as interrompeu.

— Mary, o que fazemos com essas pessoas todas indo embora de uma vez? Está virando uma confusão, os casacos estão perdidos, carruagens bloqueando o caminho.

No meio do caos, também há oportunidade.

Irritação disparou por Elle. Cada segundo de atraso tirava delas a cobertura que aquela confusão proveria. Mas a irritação foi rapidamente suavizada pela vergonha ao ver o rosto cansado da mulher, marcado por anos de servidão. Se tudo desse certo, quando ela acordasse no dia seguinte, Mary, Elle e Althea teriam partido, e ela ainda estaria entre os escravizados, forçada a lidar com a perda da liderança de Mary e a fúria dos Caffrey.

Mary alegou estar passando mal quando os escravizados começaram a cercá-la pedindo por instrução. Era algo que ela nunca tinha feito, e de repente ela estava sitiada por ofertas de remédios caseiros e nome de raízes que poderiam ajudá-la.

Quando finalmente saíram da cozinha, elas se esgueiraram para cima pela escada dos fundos e foram para o guarda-roupa de Susie.

— Vocês têm quase o mesmo tamanho — sussurrou Elle ao passar para ela um vestido marrom pálido e um chapéu que combinava, que tinha um véu na frente que esconderia parcialmente o rosto de Mary.

— Por que precisamos fazer isso? — perguntou Mary enquanto Elle empurrava a pilha de roupa em suas mãos.

— Porque você é o mais perto de uma mulher branca que temos, assim que estiver vestida luxuosamente. Vamos partir de carruagem, com o resto dos convidados. Ninguém vai nos perceber no meio da confusão.

Pelo menos era o que Elle esperava, mas não compartilhou nenhuma dúvida naquele momento.

— Não acha que encaramos perigo o suficiente esta noite? — perguntou Mary em voz baixa. — Vamos só passar pela floresta.

— A floresta está cheia de soldados bêbados procurando problemas e negreiros querendo dinheiro. O lugar mais seguro é a estrada, com Ben conduzindo.

Elas se esgueiraram para os fundos da casa, perto dos estábulos, mas fora de vista, onde esperaram por Althea. Elle tinha roubado um pote de tinta, papel e uma pena quando saíram, e então estava sentada em um tronco, escrevendo freneticamente todos os detalhes mais importantes que tinham que chegar a Pinkerton e Lincoln caso ela não conseguisse.

Althea correu até elas, lágrimas escorrendo em suas bochechas redondas.

— Onde está Ben? — perguntou Mary enquanto começava a tirar o vestido.

Althea a ajudaria a se vestir, oferecendo à Mary o mesmo serviço que oferecera para as mulheres da casa por todos aqueles anos. Ela começou a ajudar Mary automaticamente, embora as mãos tremessem e o nariz fungasse.

— Ele... ele mudou de ideia no último minuto. Disse que o sr. Dix precisa dele e que seria errado abandoná-lo.

Elle quis gritar com aquela nova prova de como era complexa e insidiosa a instituição da escravidão, mas a situação pessoal delas tinha ficado bem mais complicada.

— Quem vai conduzir a carruagem? — perguntou Mary, virando-se para Elle.

Ela parecia contente em abrir mão de seu papel como líder dos escravizados da casa, podendo finalmente deixar outra pessoa tomar as decisões difíceis.

— Primeiro, preciso dar isso a Timothy, depois preciso buscar Malcolm — disse ela, embora não soubesse onde ele estava ou como libertá-lo.

Ela só sabia que o faria. Talvez Timothy ajudaria; o mesmo Timothy que era apenas um pouco mais alto do que ela...

— Mas isso não responde quem vai conduzir — insistiu Mary.

Althea parou de trabalhar e a encarou.

— Você fala?

Elle dobrou cuidadosamente sua carta e se virou para encarar Althea.

— Falo — disse ela, virando-se depois para Mary. — E eu vou.

— As duas olharam para ela com olhos arregalados. — Precisamos decidir um ponto de encontro. E, se sentirem cheiro de fumaça quando chegarem lá, não fujam.

Capítulo 23

Existiam apenas duas verdades para Malcolm McCall: a União precisava ser preservada e ele amaria Ellen Burns para sempre. Ele tinha certeza de que ela o repreenderia por esperar para dizer tal coisa quando estava a poucas horas de morrer, mas ele o faria com um sorriso de satisfação. Esperava ter a chance de lhe contar, no entanto, o fato de que estava algemado no porão do senador Caffrey não cabia bem naquele cenário.

As algemas que prendiam os pulsos de Malcolm na frente do corpo eram muito pequenas, e a corrente que saía delas e ia até o chão era curta demais.

— O antigo dono as usava em suas mulheres — dissera o senador ao observar os soldados que levaram Malcolm ao porão passando a chave. — Achei que seriam úteis um dia, mas certamente não tinha você em mente.

Malcolm tinha lutado contra as algemas pela última meia hora, e agora estava sentado no escuro, ofegando pelo esforço, com os pulsos queimando e a corrente ainda presa firme ao chão. Suas mãos estavam dormentes, como dois peixes mortos na ponta de seus braços.

Malcolm suspirou, se contraindo pela dor na lateral, onde um dos palermas o chutara nas costelas. Ele cutucou gentilmente com os dedos: não estava quebrada, mas talvez fraturada.

Ele vivera bem, ajudara a União o melhor que pudera e morreria lutando pelo país, embora a história por trás de sua queda fosse bem menos empolgante do que ele esperava que seria. Ele fora enganado por seu próprio preconceito do que era uma beldade sulista.

Ele primeiro se sentira estimulado pelo olhar de determinação no rosto de Elle quando passou por ela no corredor, mas ele sabia como aquilo era egoísta. Ele esperava que ela tivesse fugido na confusão depois de sua prisão e não olhasse para trás, mas então se lembrou da beleza maliciosa em seu rosto ao dizer docemente: "Talvez devêssemos emboscá-los". Ele duvidava que ela abriria mão dele sem lutar, mesmo que só pela União.

Elle.

Malcolm puxou as algemas de novo, a dor queimando seus pulsos e depois se transformando em suaves pontadas e fisgadas ao alcançar suas mãos.

Ele se perguntou o que Elle tinha descoberto, e se ela estava certa sobre o couraçado. Dix estivera lá nos últimos momentos nebulosos em que Malcolm fora arrastado para fora do escritório do senador Caffrey, e Elle estava bem ao lado do homem.

A porta do porão abriu, a luz fraca do corredor se derramando pelos degraus. O coração dele acelerou com a expectativa. Era ela? Aonde iriam depois de fugir? MacTavish teria uma rota segura para eles irem a Washington?

Então uma silhueta embaçada parou na entrada, e Malcolm ficou tenso. Não era Elle, mas aquele maldito e irritante Rufus.

— Sabe, tenho dito para Susie há anos que ela é atraída por frutos podres como moscas por estrume — disse Rufus enquanto descia os degraus segurando uma lamparina e com o peito mais estufado do que Malcolm achava ser possível.

Talvez ele exploda se cutucá-lo forte o suficiente, pensou ele ironicamente quando Rufus apoiou a lamparina. Suspeitou que Rufus estivesse pensando o mesmo sobre ele.

— Que romântico — comentou Malcolm. — Tenho certeza de que ela vai voar para os seus braços agora que estou fora do caminho.

Rufus mexeu o pescoço, a luz da lamparina dançando em seus olhos azuis, fazendo-os arder como as chamas do inferno. Malcolm já estivera em muitas situações difíceis em seus anos como espião, já havia sido preso antes, mas, curvado naquele porão escuro sem poder sequer se levantar, ele se sentia vulnerável de um jeito que jamais se sentira. Aquele homem queria machucá-lo e não havia nada que ele podia fazer além de aceitar. Talvez a aceitação doentia que recaiu sobre ele fosse a mesma que Elle sentira no primeiro encontro deles.

— Tenho que admitir, McCall, nunca imaginei que você fosse um homem que usaria a força contra uma mulher — disse Rufus. — Sabia que era um bastardo arrogante, um filho da mãe covarde e traidor, mas agora tenho ainda mais motivos para odiar você.

— Essa conversa de traição está ficando cansativa. Eu não apoio e nunca apoiei o Norte — rebateu Malcolm, mantendo a voz calma e amigável. Rufus estava o cercando, os olhos presos em Malcolm enquanto desabotoava a sobrecasaca e a jogava de lado, girando os braços como se testasse seu alcance de movimento em uma camisa refinada. — Tenho muitos amigos em Richmond que podem atestar isso, se quiser me levar diante de seu Comitê de Vigilância.

— Comitê de Vigilância? — Rufus riu baixo, de maneira divertida demais para o gosto de Malcolm. — Tente Filhos da Confederação, garoto. Não finja que não sabe o que é isso. Nosso esporte é arrancar pela raiz os traidores da raça e os cachorrinhos de Lincoln. Tenho suspeitado de você há dias, escutando toda aquela conversa fiada que você usava para enrolar Susie e o senador, e tenho a intenção de me divertir com você.

Filhos da Confederação.

Malcolm tentou não mostrar sinal de surpresa, mas seu sangue gelou com as palavras de Rufus. Ele não suspeitara do imbecil nem por um segundo.

Malcolm já ouvira falar do grupo; os detetives de Pinkerton ficavam bem longe de seus membros, porque eles tinham certa preferência em suas técnicas de interrogação. Eles gostavam de causar dor, e nenhum detetive capturado saía ileso — se conseguissem sobreviver.

— Não sei se tentou mesmo machucar Susie — disse Rufus, com os olhos estreitos. — O senador Caffrey pode cuidar disso. O que sei é que você é um espião. Então agora vou te machucar e você vai me dizer o que preciso saber.

Em dois passos longos, o homem chegou até Malcolm e sem demora o golpeou na barriga. Ele já sabia que Rufus tinha a força bruta de um garoto bem nutrido, mas agora ele a sentia no chacoalhar das costelas. Malcolm conseguira fugir um pouco do ataque, mas ainda o tinha feito perder o ar, deixando-o sem fôlego.

— Tem algum outro detetive trabalhando com você aqui? — perguntou Rufus.

Os olhos de Malcolm ainda estavam fechados para garantir que não entregaria nada sobre Elle ou Timothy.

— Não sei do que está falando.

Rufus juntou as mãos e as ergueu sobre a cabeça antes de as descer em um golpe duro nas costas arqueadas de Malcolm, jogando-o estatelado no chão. Ele tentou chutar Rufus ao cair, mas o homem escapou de seu alcance e se aproximou para devolver o chute.

Malcolm expirou bruscamente ao ouvir o *craque* na lateral de seu corpo.

Agora definitivamente quebrou.

— Vou perguntar de novo: está trabalhando com algum outro detetive?

— Vai para o inferno, Rufus. Talvez encontre a resposta que quer por lá. A minha ainda é "não sei do que está falando".

Malcolm rolou para ficar de lado, mas foi contido pela corrente, mal escapando quando Rufus levantou o pé e o afundou no lugar em que a cabeça de Malcolm estava um momento antes. O homem era cruel, e se ele encontrasse Elle...

Raiva borbulhou em Malcolm. Ele se colocou de pé e mergulhou, atingindo Rufus na barriga macia que não estava preparada para o golpe. Rufus cambaleou e caiu de joelhos, com os braços apertando o torso ao encarar Malcolm do outro lado do porão.

Ele teve dificuldades para se colocar de pé e Malcolm tentava adivinhar seu próximo ataque para poder contra-atacar, mesmo que fracamente, quando uma movimentação repentina de gritos e algazarra desceu ao porão, junto com o cheiro distinto de fumaça.

— A casa está pegando fogo! — alguém gritou ao passar pela porta.

Rufus, então, sorriu, os dentes à mostra e uma expressão de superioridade besta no rosto.

— Sabe, estou muito cansado depois das festividades de hoje — disse ele. — Já que diz não saber de nada, acho que não tem nenhuma utilidade para mim. Vou conferir o incêndio. Se alguém se lembrar de que há um ianque acorrentado no porão, não serei eu.

Com isso, ele pegou a sobrecasaca e subiu os degraus. Ele fechou a porta ao sair, deixando sua lamparina crepitante para trás, como se Malcolm fosse pretisar de iluminação se o fogo chegasse ao porão.

Malcolm estivera perto da morte muitas vezes antes, mas o medo que o dominava agora era de outra espécie. Ser morto por outro homem era uma coisa, e queimar lentamente enquanto acorrentado ao chão era outra. Ele morreria, e dolorosamente. Ele não veria o fim da guerra. Ele não veria o lindo rosto de Elle de novo.

Não.

Ele agarrou a corrente o melhor que podia com suas mãos enfraquecidas, ficando de joelhos, começando a puxar de novo e usando o próprio peso para tentar remover a corrente do chão. Seus músculos ficaram tensos e ele sentiu as veias saltando nos braços ao se levar ao limite.

Era inútil.

A porta se abriu de novo e fumaça desceu para o porão.

— Esqueceu sua lamparina? — grunhiu Malcolm, pronto para outro ataque.

— Não estou aqui por algo tão útil quanto uma lamparina. — A voz baixa de Elle o envolveu, e ele soube o que era alegria de verdade. — Apenas um escocês estúpido que tentou atacar a filha do senador.

Sua forma pequena se apressou pelos degraus, olhos brilhantes e testa franzida. Ela estava vestida como um homem de novo, com roupas que eram um pouco largas demais para ela e um chapéu que era um pouco pequeno. Ele não fez nenhuma pergunta — estava ocupado tentando controlar sua felicidade pura por vê-la de novo.

— Claro que teria uma maldita fechadura — rosnou ela.

Malcolm a observou desnorteado enquanto ela levantava o chapéu e passava a mão pelo cabelo crespo. Ela puxou dois grampos de cabelo e depois se ajoelhou na frente dele.

— Eu não tentei atacar Susie. Sinto muito pelo beijo...

— Você pode se rastejar por desculpas mais tarde — disse ela. — Levante as mãos.

Elle segurou os grampos entre os dentes, primeiro os abrindo e depois entortando as pontas em um ângulo de noventa graus.

Ele levantou as mãos, e ela rapidamente começou a cutucar a fechadura. Ele podia sentir a tensão no corpo dela enquanto mexia um grampo para a frente e para trás no fecho, parando de vez em quando.

— Onde você aprendeu a arrombar fechaduras? — perguntou ele ao vê-la retorcer o rosto, frustrada.

— O ferreiro teve que abrir uma fechadura em uma porta antiga logo que nos mudamos para o Norte, ele explicou o que estava fazendo enquanto trabalhava e me deixou tentar.

A resposta era brusca e eficiente, combinando com o ritmo que mexia os grampos no fecho. Seus dentes mordiscavam seu lábio inferior enquanto trabalhava e, se seu poder de concentração fosse tangível, as algemas já teriam virado brasa.

Deus, ela era magnífica quando estava em ação.

— Eu te amo — falou Malcolm sem pensar.

— Quieto! Estou tentando ouvir o barulho do fecho — disparou ela, pressionando o ouvido perto da fechadura.

Ela diminuiu os movimentos ainda mais, então, com uma rápida girada de pulso, as algemas se abriram e sangue chegou dolorosamente até as mãos dele.

Elle fechou os olhos por um instante, aliviada ou fazendo uma prece ou as duas coisas, e o encarou com os olhos brilhando.

— Parece que, apesar de ser contra todo o bom senso, eu também te amo — disse ela.

Então o coração de Malcolm doeu junto com o resto do corpo, mas foi pelo excesso de alegria. Ele tentou segurar os ombros dela e puxá-la para si, mas suas mãos não estavam com os movimentos completamente restaurados e seus dedos não obedeciam.

Em vez disso, Elle se levantou e pegou a mão dele, acariciando-a com movimentos circulares enquanto o puxava na direção das escadas, encarando a porta aberta.

— Está pronto para fazer uma fuga ousada, senhor detetive? — perguntou ela ao subirem os degraus.

Elle se virou, e por estar alguns degraus acima, os dois estavam do mesmo tamanho.

— Estou a suas ordens, Earl — disse ele. — Tudo o que peço é um beijo.

Malcolm precisava tocá-la, sentir a boca dela contra a sua.

— Você já beijou alguém esta noite — rebateu ela de forma tensa, começando a se virar.

Ele esticou o braço, sua mão forte o suficiente para segurar o braço dela e puxá-la com gentileza para encará-lo. Até mesmo aquele pequeno esforço mandou uma explosão de dor pelo peito dele, mas Malcolm não seria detido.

— Aquilo não foi um beijo — explicou ele. — *Isto* é um beijo.

Sua boca se inclinou sobre a dela, os lábios selados com firmeza nos de Elle, que estava pressionada com força contra ele. Malcolm deslizou a língua com voracidade para dentro da boca dela quando ela gemeu, sua mão se levantando para segurar o rosto machucado dele ao corresponder suas ávidas demandas. A língua dela dançou com a dele suavemente, reconfortando-o, como se ela tivesse medo de machucá-lo se retribuísse seu ardor.

Emoção o preencheu por um momento, quase o esmagando, e ela se afastou rapidamente, os olhos brilhando como se estivesse afetada da mesma forma.

— Continue marchando, soldado — ordenou ela, a voz um pouco vacilante quando se virou e subiu os degraus.

Ela parou na porta, e os dois entraram em um pandemônio.

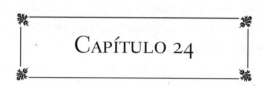

Capítulo 24

O coração de Elle estava batendo acelerado no peito. Tudo estava acontecendo muito rápido e não rápido o suficiente. Muitos dos convidados estavam no processo de ir embora, mas por sorte uma boa parte deles tinha ficado para trás para fofocar sobre os acontecimentos desagradáveis da noite ou para procurar objetos perdidos. Elle tinha certeza de que o nome de Malcolm estaria espalhado por todos os folhetins de fofocas que Susie adorava ler.

Ao ouvirem o barulho de passos pesados se aproximando, eles entraram em um pequeno armário.

— Susie planejou tudo isso? — perguntou ela. — Ela é uma agente dos rebeldes?

— Rufus é um espião da Confederação — respondeu Malcolm. — Susie é algo inteiramente diferente. Mas ela daria uma ótima agente, se conseguisse pensar em algo além de si mesma. Para onde vamos agora?

— Vou levar a gente embora de carruagem — explicou ela, saindo do armário logo que o corredor foi liberado.

Elle não tinha tempo para explicar tudo. Eles precisavam fugir enquanto ainda havia um alarde para parar o incêndio.

Eles se esgueiraram pelos corredores dos fundos, vazios já que todos tinham corrido para a frente para acabar com o fogo. Assim que saíram para o ar revigorante da noite, correram para o estábulo.

Elle sabia que Malcolm estava cheio de perguntas, mas Mary poderia respondê-las assim que chegassem na carruagem.

Elle abriu a porta e mandou que Malcolm entrasse na carruagem. Tanto Mary quanto Althea pularam, recuando do grande homem coberto de sangue usando uma farda da Confederação.

— Aqui estamos — disse Elle bruscamente. — Malcolm, se abaixe e se esconda embaixo da saia de Mary.

— O quê? Não! — retorquiu Mary. — Foi por isso que escolheu esse vestido velho e grande? Eu deveria saber...

Elle respirou fundo, frustrada.

— Tem várias camadas de tecido embaixo da sua saia. Deixo você escolher em qual ele entra. Qualquer que seja a escolha, sua decência é respeitada e nós não somos pegos.

— Elle, eu estou aqui lhe fazendo um favor e você manda um homem branco entrar debaixo da minha saia? Robert vai me matar.

— Você não está me fazendo um favor, está ajudando a União. E o que os olhos de Robert não veem, o coração não sente.

Ela fechou a porta com força na hora que Malcolm perguntou:

— Quem é Robert?

— Meu marido, que está salvando seu traseiro esta noite e vai estrangular você se tentar qualquer gracinha aí embaixo — respondeu Mary.

— Acredito que Elle o faria antes dele — disse Malcolm, grunhindo em seguida. — Além do mais, depois da noite que tive, estou cansado demais para conseguir me mexer muito.

Elle subiu na frente da carruagem e pegou as rédeas. Atrás de si, ela ouviu Mary dar um resumo do plano que estava em andamento para Malcolm. Ela torceu para ser menos impossível do que soava.

— Vamos, garota — incentivou ela.

A égua relinchou e começou a trotar lentamente, para longe das pessoas aglomeradas em volta do incêndio. A estrada dos fundos seria o caminho mais longo, mas era mais segura do que a principal, que estaria ainda mais tumultuada com as pessoas tentando apagar o fogo. Assim que saíram do caminho instável e entraram na estrada, o coração de Elle começou a bater com mais tranquilidade. Ela tentou não pensar no que estava por vir, ou no navio que desceria o rio e os levaria embora. Se quisesse levá-los com segurança dali, ela só podia pensar no que estava acontecendo naquele momento. Ela não tinha uma arma além de sua esperteza, e torcia para isso ser o suficiente.

— Pare! — uma voz ressoou atrás deles. — Pare, garoto!

O coração dela afundou no peito. Ela diminuiu a velocidade até parar quando um soldado montado em um cavalo galopou até eles.

— Para onde estão indo no meio desta loucura? — perguntou o soldado, desconfiado.

— A sinhazinha precisa ir depressa para casa — disse Elle, jogando a cabeça na direção da carruagem atrás de si. — Ela teve um chilique quando aquele homem foi preso, e depois o incêndio começou e ela desmaiou. A criada dela teve que usar os sais aromáticos nela.

O soldado deu uma olhada na carruagem, e Elle imaginou que Mary e Althea estavam atuando de forma convincente, porque ele assentiu em aprovação.

— Tenha cuidado. Esse pode ser o começo de um ataque ianque na cidade — alertou ele, como se fossem companheiros de guerra. — Leve sua senhora a salvo para casa, garoto.

— Vou sim, sinhô — disse Elle, começando a atiçar a égua para a frente.

Ela visualizou o mapa de Richmond enquanto seguiam em frente, lembrando-se de qual caminho seria mais rápido e traria menos problemas até o Ponto do Enforcado.

Eles estavam se afastando depressa da mansão e desciam pela estrada ladeada por árvores quando Elle ouviu um alvoroço atrás deles.

— Desgraça — murmurou ela baixinho e fez a égua galopar mais rápido, a carruagem pesada chacoalhando ruidosamente atrás dela.

Talvez eles não tenham percebido, talvez eles não tenham percebido, repetia ela, embora já soubesse sobre o que era a confusão.

De bem longe, atrás deles, ela ouviu a voz do homem de novo.

— Alto lá!

Havia algo no tom de comando da voz que fez o estômago de Elle revirar. Aquele não seria um inquérito inofensivo. Se parasse, seria o fim deles, ela podia sentir. Elle incitou a égua adiante, batendo suavemente em seu flanco com o chicote para fazê-la ir mais rápido.

— Desculpa — murmurou ela quando o animal obedientemente aumentou a velocidade, disparando em um galope.

Ela sabia que um cavalo puxando uma carruagem e quatro pessoas não era páreo para cavaleiros, mas mandou a égua seguir, tentando ganhar distância.

— Elle! — A voz de Malcolm ressoou atrás dela. — Pare a carruagem, rápido!

Seu primeiro instinto foi ignorá-lo, mas ela sabia que ele devia ter uma razão por trás do que ela achava ser uma loucura, então ela puxou as rédeas para frear o cavalo. A porta da carruagem abriu imediatamente, e todos os três pularam para fora. Malcolm correu até ela, puxou-a do assento e pegou o chicote da mão dela, atingindo o cavalo.

— Iá!

A égua por um momento ficou confusa com as rédeas frouxas, mas depois correu pela estrada, fazendo uma curva e os deixando lá. Mary e Althea já estavam se apressando pelas árvores, e Malcolm puxou Elle para irem atrás delas.

Logo que estavam completamente escondidos nas sombras das árvores, um grupo de militares disparou por eles. Os homens passaram fazendo um barulho alto de cascos e levantando poeira; depois apenas o silêncio da floresta os cercou.

— Acabou. Nunca vamos conseguir agora — sussurrou Althea em uma voz pesada de medo. — Ben disse que isso aconteceria. Eu devia tê-lo escutado.

— Pode voltar e depois me dizer se isso deu certo para você, mas eu tenho um encontro com um navio a vapor que está pronto para me levar à Terra Prometida — disse Mary. — Nós temos duas pernas, assim como o cavalo tinha quatro, e podemos chegar lá por nossa conta.

Ela levantou a saia pesada de seu vestido e começou a caminhar pela floresta. Elle sentiu uma pontada de culpa, desejando ter escolhido algo mais leve para ela usar.

Desbravar o mato espesso na escuridão da floresta era mais difícil do que Elle tinha imaginado. Eles tentavam se mexer em silêncio, mas era difícil para Althea e Mary por causa das saias, que ficavam prendendo nas amoreias, e os ferimentos de Malcolm tornavam a furtividade impossível. Quando medo ou dúvida se apresentavam, Elle se lembrava das pessoas cansadas que chegavam na porta dos fundos da casa de seus pais. Se elas podiam viajar — e por um caminho mais longo — sem reclamar, Elle também podia.

— Estamos chegando perto — disse Mary por cima do ombro.

Eles não estavam andando por muito tempo, mas se o plano com a carruagem tivesse dado certo, já estariam esperando no Ponto do Enforcado havia muito. Elle se perguntou se podia ter encontrado outro jeito de levá-los até lá em segurança, ou se tinha comprometido a fuga de Mary e o plano de Robert ao usá-los como subterfúgio.

Elle suspirou e Malcolm segurou sua mão. Ela o encarou e viu que ele estava sorrindo. Um calor se espalhou por seu corpo, protegendo-a das pontadas de medo e dúvida.

— O quê? — sussurrou ela.

— Eu que deveria inspirar histórias de bravura, mas até agora você conseguiu ser mais destemida que eu todas as vezes. Fugindo de negreiros, botando fogo na mansão de um confederado, fugindo pelo rio com um navio roubado. Sem contar me salvando da morte certa.

Ela sentiu-se enjoada ao pensar no que o tinha deixado tão machucado, e o que teria acontecido se ela não tivesse começado o fogo e o libertado.

— Você também me salvou — disse ela.

— Eu sempre irei — disse ele, levantando a mão dela para os lábios para cobri-la de beijos.

— *Nós* sempre iremos — enfatizou ela. — Nós trazemos o melhor um do outro. Esperei a vida toda para encontrar alguém que não me defina pelo meu talento ou que não tente me censurar quando digo algo que não lhe agrada.

— Contanto que prometa não se lembrar de toda briga que tivermos nos próximos cinquenta anos, estou tranquilo tanto com seu talento como sua língua afiada.

Cinquenta anos? Poderia mesmo ter aquilo? Ela desviou o olhar, sem conseguir processar uma felicidade tão grande no meio de uma situação tão frágil.

— Bem, vamos esperar até estarmos de fato no navio para você me parabenizar por ser destemida — disse ela.

Mais adiante, as árvores começaram a rarear e o luar pôde passar pelos galhos pelados e pelas últimas folhas presas nas árvores obstinadas. Mary se virou e, sob a luz, Elle conseguiu ver o olhar da mulher focando na mão de Malcolm segurando a dela. Ela lutou contra o instinto de se afastar, de explicar que o amava e que ele a amava.

Em vez disso, ela apertou mais a mão dele.

— Estamos aqui — foi tudo o que Mary disse. — Ainda não há sinal do navio.

— Você disse que seu marido é um navegador de rio, mas não como ele começou a trabalhar nesse navio de guerra que está roubando — disse Malcolm enquanto eles marchavam até a margem do rio.

Um pequeno barco a remo estava ali, e ele começou a inspecioná-lo para ver quão barulhento era.

— Como acontece para a maioria das pessoas negras: algum homem branco tinha preguiça demais de fazer o trabalho para o qual foi contratado para fazer, então um de nós teve que fazer por ele — respondeu Mary.

Malcolm parou a inspeção por um momento e deu de ombros.

— Não posso contestar isso — disse ele. — Ele falou se devemos esperar na margem ou remar e esperar no rio?

— Bem, ele disse que não devemos remar antes de o ver, porque podemos ser notados por outro navio. Além disso, a corrente é forte.

— Bem, vou empurrar um pouco o barco e todas vocês deviam entrar. Assim podemos remar logo que virmos o navio.

Malcolm firmou os pés na margem rochosa e empurrou o barco, mantendo-o parado para ajudar Mary e Althea a subir.

— Primeiro as damas — pontuou ele com um olhar de censura para a calça de Elle, e ela quase riu.

Eles estavam tão perto de fugir, e ele estava tão perto dela. Uma euforia a preenchia.

Então ela ouviu um barulho familiar atrás de si — o rangido metálico de uma arma sendo engatilhada —, e a gratidão se esvaiu dela.

— Que surpresa o encontrar por aqui! — disse Malcolm animadamente quando Elle se virou.

Lá, parado com a arma apontada para eles, estava o negreiro que tinham deixado na estrada na noite anterior.

Capítulo 25

Malcolm podia ver que Elle estava se arrependendo de duas coisas: ter mostrado misericórdia ao negreiro e não estar com sua arma. Ela passou a mão pela coxa. Sua faca provavelmente estava sob a calça, difícil de alcançar. Ele também se arrependia muito por ter perdido a arma.

O homem se sobressaltou ao reconhecer Malcolm e Elle, e então apontou a arma para eles.

— Sabe que tem um ditado para momentos como este: tudo que vai, volta.

Ele parecia satisfeito consigo mesmo, e Malcolm torceu para aquela ser a única vez no seu relacionamento com Elle que uma diferença de opinião de fato desse em algo.

— Sim, dizem isso mesmo — disse Malcolm cautelosamente. — Mas você está a usando no momento errado. Seria mais bem utilizada ontem. Acredito que ser morto enquanto tenta capturar uma pessoa e a escravizar seja a personificação exata desta frase.

— Os rapazes que você matou eram meus amigos — disse o homem, enfurecido. — Um deles tinha uma esposa e um bebê, precisava do dinheiro.

— Você acha que as pessoas negras que você está sequestrando não têm família? — perguntou Elle atrás dele, sua voz baixa e furiosa. — Você acha que eu *quero* ter o sangue de qualquer homem nas mãos?

Tenho que viver com o pecado de matar um homem porque vocês eram preguiçosos demais para ganhar dinheiro de um jeito honesto. Em vez disso, decidiram roubar o trabalho duro de outra pessoa. Me perdoe por não sentir pena.

Malcolm casualmente deu alguns passos para o lado, se colocando entre Elle e o homem, que respondeu defensivamente quando sua escolha de vocação foi desafiada:

— As coisas são como são. Brancos no topo, escurinhos embaixo. Eu não fiz as coisas desse jeito. E nem Jeb ou Wesley, e agora eles estão mortos!

Malcolm encarou o homem que usava a lógica de uma criança para explicar coisas que afetavam a vida de muitas pessoas.

— Então, se passarem uma lei hoje que diz que homens ricos podem capturar você na estrada e te forçar a trabalhar para eles, você naturalmente o faria sem reclamar? — perguntou ele.

— Diabo, não — praguejou o homem.

Malcolm o encarou e esperou que a compreensão de sua hipocrisia recaísse sobre ele. Depois de um longo momento, Malcolm teve que aceitar que aquilo não aconteceria. Aquele homem se via como uma pessoa com uma vida valorosa e, para ele, a vida de Elle, Mary e Althea não o era. Ele provavelmente não podia nem imaginar, em seus sonhos mais loucos, que a vida delas podia ter propósito além da escravidão. Era hora de uma nova abordagem.

— Quanto acha que vai conseguir por elas? — perguntou Malcolm.

— Se as levar de volta ao senador, alguns trocados. Se as vender eu mesmo, talvez novecentos por cada uma, talvez mais porque todas elas ainda podem procriar...

O homem foi interrompido pelo barulho impaciente do pigarro de Malcolm.

— Não, a resposta certa é zero. Você não vai ganhar nada por estas mulheres, porque os homens do senador encontrariam você antes que pudesse ir a qualquer lugar e matariam você por roubo. E você está certo, eles só dariam uma quantia pífia por levá-las de volta a salvo. Mas, se nos deixar ir, eu lhe darei dinheiro o suficiente para você parar de ficar à beira de estradas à espreita de inocentes.

Elle repousou a mão nas costas dele, repreendendo-o.

— Você tem o dinheiro com você agora? — perguntou o homem, uma brilho de esperança em seus olhos.

— Não, os meus pertences foram levados quando fui capturado, mas você tem a minha palavra. Sou um homem muito rico, um homem rico que quer viver. Terei o dinheiro para mandar assim que chegar em casa.

Malcolm disse aquilo despreocupadamente, mas sabia que era arriscado — um risco que alguém acostumado a fazer as coisas do seu jeito ou pagar pelo que queria podia fazer.

— Você espera que eu confie em você? — perguntou o homem, incrédulo.

— Acha que o senador e os homens dele vão estar mais preocupados em pagar um pobretão do que eu? Se acha, está muito enganado. Na verdade, se me levar até eles, nada me impede de dizer que você me ajudou a fugir.

— Por que eu faria isso? — perguntou o homem, recuando um passo. — Ninguém acreditaria em um traidor como você.

— Aí é que você se engana — disse Malcolm em um tom gentil, certificando-se de passar a impressão de que estava do lado do homem. — Eles acham que somos como ratos: onde tem um, com certeza tem mais. E eles sempre querem saber quem são os outros, por mais improvável que seja o suspeito. Matar um homem ou dois além de mim com certeza vai fazê-los se sentir como se tivessem feito a parte deles.

O homem apertou o rifle, olhando em volta como se quisesse ver se alguém ouvia a conversa ou não.

— Quanto você me daria? — perguntou ele, os olhos indo de um lado para o outro.

Te peguei, pensou Malcolm ferozmente. Atrás de si, ele podia ouvir a quietude da noite sendo interrompida pelo murmúrio barítono do motor de um navio a vapor. O marido de Mary estava chegando. Eles estavam muito perto de fazer aquilo funcionar.

— Entre no barco, Elle — disse Malcolm, com a voz baixa e sem se virar, para depois continuar a barganha com o homem. — Mil.

Ele ficou tentado em dizer uma quantia exorbitante, mas soaria como mentira. Pessoas ricas não saíam por aí dando mais dinheiro do que precisam dar.

— Isso não é nada comparado com o que eu poderia conseguir! — exclamou o homem, ficando tenso como se estivesse pronto para atacar Malcolm.

— Eu acho que mil e sua vida é uma barganha excelente. Um homem morto não precisa de dinheiro.

Ele podia sentir o barco se movendo atrás de si, ouviu o barulho da água acomodando o peso do veículo.

— Como vou pegar o dinheiro? — perguntou o homem, abaixando um pouco a arma.

— Vá ao Banco Central de Richmond em cinco dias e pergunte por uma transferência feita do velho Walter Scott para... Qual o seu nome, filho?

As ondas começaram a lamber as botas de Malcolm, e o som do motor estava se aproximando deles. Ele começou a aplicar alguma força com as costas no barco, empurrando-o lentamente para a água.

— Daniel. Daniel Dumont Kingsley.

De trás dele vieram os gritos baixos e urgentes dos tripulantes do navio, chamando por eles. Malcolm não se virou, mas viu o rosto de Daniel empalidecer sob o luar. Ele abaixou a arma e olhou descaradamente por cima do ombro de Malcolm. O navio de guerra devia ser uma visão e tanto.

Ele deu um último empurrão no barco e pulou para dentro dele.

— Adeus, sr. Kingsley! Seu pagamento justo logo chegará — gritou ele ao se sentar no banco do meio e começar a remar.

Mary e Althea o encaravam como se ele fosse algum tipo de maníaco. Elle sorriu ferozmente.

— O lendário sr. McCall — disse ela com uma voz baixa que o aqueceu de dentro para fora.

Então a correnteza tomou o barco, ameaçando arrastá-los para longe do navio que os esperava. Malcolm não podia gastar tempo pensando em Elle ou em ninguém mais naquele momento. Pensava apenas na dor em seus ombros e na palma das mãos, nas pontadas nauseantes em sua costela, enquanto lutava contra a força voraz da água. Os homens no navio o encorajavam lá de trás, dando instruções quando o barco parecia querer desviar do caminho, e finalmente eles gritaram:

— Pare!

Ele podia sentir o volume do navio mesmo sem o ver.

Uma escada de cordas foi jogada para baixo, e ele ajudou Althea e Mary a subir com suas saias incômodas.

— Nós conseguimos — murmurou Elle contra os lábios dele, dando-lhe um beijo rápido quando ele a ergueu para a escada.

Malcolm sorriu, mas então ele ouviu o disparo de uma arma e um *splash* ao lado do barco.

— Sabia que você não tinha queimado, traidor! — A voz raivosa de Rufus ecoou pela noite.

Houve outro estampido e outro barulho de bala atingindo a água perigosamente perto de Elle.

Malcolm pulou para onde ela estava parada na escada, suas mãos alguns degraus acima das dela e seus pés alguns abaixo. Cada um dos machucados acumulados gritava com o movimento, mas ele conseguiu seu objetivo. O corpo dele bloqueava o dela completamente.

— Malcolm. — A voz dela beirava ao pânico.

— Não se preocupe, moça, apenas suba — disse ele gentilmente. — Vai ficar tudo bem. Eles estão muito longe.

A bala que passou por eles e se chocou contra o casco do navio o contradisse. Acima deles, o barulho de rifles sinalizava que os homens do navio estavam respondendo com tiros.

— Só continue subindo. Pense em todas as coisas pelas quais ansiamos. Dormir um monte em uma cama confortável quando chegarmos em Washington. Uma refeição de verdade juntos, talvez até mesmo com talheres o suficiente para nós dois.

Malcolm continuou falando sem parar enquanto subiam, distraindo a Elle e a si mesmo do perigo que os cercavam. A troca de tiros cessou quando chegaram ao gradil do navio, aparecendo completamente para a tripulação de cinco ou seis homens que tinham lhes dado cobertura.

— Obrigado — disse ele aos homens enquanto Elle saía de baixo dele.

Eles olharam desconfiados, mas Mary já tinha explicado a presença dele, então eles se mexeram para retornar aos seus postos.

Elle se virou e lhe ofereceu um sorriso brilhante e vitorioso. Todas as dificuldades da noite desapareceram diante da visão dela o esperando com admiração nos olhos.

— Vamos, então — disse ela, esticando a mão para ajudá-lo a embarcar, e foi então que ele sentiu.

Aquela atração, aquela mudança... *Te peguei.*

Malcolm esticou uma mão para ela, adrenalina, amor e esperança impulsionando-o escada acima mais rápido do que o medo fizera. Ele quase ignorou o movimento em sua visão periférica, mas seu instinto não permitiu.

— Rebelde a bordo! — gritou o homem que emergiu do convés.

O olhar dele era de pânico puro, e Malcolm soube, então, que era tarde demais.

Althea e Mary gritaram juntas um aviso, mas o homem era rápido. Ele sacou a arma e atirou, no instante em que Malcolm jogava uma perna sobre o gradil. Uma dor repentina irradiou em seu peito, machucando ainda mais quando ele viu o sorriso de Elle se transformar em uma expressão de horror. Ele já estava caindo para trás, as mãos se fechando para segurar o ar, os olhos em Elle o tempo inteiro. Ela esticou o braço para ele e, por um segundo, Malcolm achou que ela o alcançara. Então o cordão simples do colar pelo qual ela o segurava se partiu. O lamento dela começou a ressoar, mas o vento o afastou dos ouvidos de Malcolm quando ele caiu nas ondas arrebatadoras do rio gelado.

Capítulo 26

Malcolm já estava acabado, mas mesmo assim se debateu com força na água e a corrente intensa fez sua luta de mais cedo parecer um carinho gentil. A água gelada se revirava ao redor dele, empurrando-o na direção do fundo do rio.

NÃO!

Ele emergiu de novo contra a pressão da água, lutando para chegar à superfície, mas, ao se impulsionar contra o poder implacável do rio, percebeu que não sabia de verdade para qual lado ficava a superfície. Sua boca se encheu com o líquido salgado, e ele estreitou os olhos, tentando ver através da escuridão.

É o barco ali em cima?

Ele tentou nadar até o que poderia ser a lua ou uma ilusão de sua imaginação, mas foi carregado em uma corrente poderosa que rasgou suas roupas e sugou suas botas, girando-o e o desorientando ainda mais.

O peito dele começou a arder pela falta de ar, e ele abriu a boca contra a própria vontade, enchendo o pulmão de água. Pânico o tomou, e Malcolm se debateu ferozmente, procurando por algo que lhe indicasse para onde ir.

Não havia nada. Nada além da água escura ao redor dele, tentando entrar por sua boca e seu nariz.

A escuridão começava a virar uma coisa tangível, envolvendo-o como um cobertor e acalmando seu pânico enquanto a água o tornava parte dela. O barulho do barco navegando lentamente, para longe dele, vibrava na escuridão. Estavam o abandonando. Elle estava o abandonando.

Elle. ELLE.

Ela de repente estava diante dele, o encarando com aqueles olhos que o tinham cativado desde o começo.

— Você prometeu — disse ela com tristeza, tentando alcançá-lo.

Algo duro, então, bateu em seu peito; destroços do rio revirados pela esteira do barco, talvez. Malcolm não podia começar a especular o que era. Seu corpo havia desistido. Sua mente estava em branco quando, enfim, o canto da sereia da escuridão o dominou.

Capítulo 27

Elle permaneceu parada no convés, a bala dura na palma de sua mão e o cordão preto que segurava balançando com o vento. Demorou um momento para ela perceber que o barulho horrível que ecoava por cima do ronco do motor estava vindo dela. O chapéu de Timothy tinha caído e seu cabelo rodopiava e batia no rosto, colidindo contra ela como se tentasse acordá-la daquele pesadelo.

Eles chegaram ao navio. Malcolm estivera com ela, sorrindo vitorioso, e de repente não estava mais. Sangue tinha surgido sobre seu peito na camisa; então ele despencara para longe dela, caindo na escuridão.

— Não sei nadar — disse ela alto demais. — Quem sabe nadar? Alguém tem que ajudá-lo...

— Não temos tempo para isso — disse um dos homens, evitando o olhar dela.

Ela se virou para o homem que tinha atirado em Malcolm, que mantinha a boca aberta em choque ao começar a entender o que tinha feito.

Elle o pegou pelo colarinho.

— Você! Você tem que ir buscá-lo. É sua culpa!

Mas o homem já meneava a cabeça com tristeza.

— Eu também não sei nadar, senhorita — disse ele, com as mãos cobrindo as dela, talvez para lhe dar consolo, mas muito provavelmente para impedi-la de o enforcar. — Sinto muito, achei que ele estava tentando nos parar. Minha esposa e meus filhos estão lá embaixo. Eu pensei...

Elle caiu de joelhos, o corpo tremendo e os olhos ardendo. Queria chorar, mas nenhuma lágrima caía. Ela se lembrou do que dissera para Malcolm ainda na noite anterior.

Eu não chorava tanto antes de conhecer você. Ela agora sabia que era porque antes não entendia que uma pessoa podia sentir tanto, e tão intensamente. Naquele momento, pensava que nunca mais sentiria nada de novo.

Elle sentiu braços a envolverem, e ela foi puxada para uma pilha de tecidos, abraçada suavemente.

— Está tudo bem, Elle — disse Althea enquanto passava a mão no cabelo de Elle e a colocava em seu colo.

Cada carinho da mão de Althea cutucava dolorosamente os pontos de Elle, mas ela aceitou a sensação, porque era um contraste com o frio cortante que a envolvia.

Passos ecoavam ao seu redor enquanto a tripulação continuava a trabalhar. Ainda havia obstáculos no caminho e homens no encalço, e como saber se a União aceitaria a entrega ou entenderia como um truque e atiraria neles?

Malcolm teria dito algo para fazer todos rirem ao partirem para o desconhecido. Em vez disso, ele estava embaixo da água congelante, frio e pálido. Ela nunca mais ouviria sua risada ou sentiria seus lábios nos dela.

— Ah, me ajude — sussurrou ela vacilante. — Deus, me ajude.

Ela sentia como se estivesse sendo pressionada em um torninho, sem espaço para as coisas que ameaçavam transbordar. Ela apertou bem forte a bala e encarou o céu estrelado.

Passos pesados se aproximaram, e então um par de pernas fortes em calça caramelo bloqueou a visão dela.

— É ela, Mary? — perguntou uma voz grave.

— Sim, Robert. — A voz de Mary vacilou, e Elle soube que a amiga segurava as lágrimas.

As pernas se curvaram e Elle ficou frente a frente com um lindo homem de pele escura. Ele era jovem, mas havia uma intensidade em seus olhos que lhe dava um ar de comando. A pessoa se sentia compelida a lhe dar atenção e respeito.

Elle o encarou.

Me ajude.

— Sinto muito por sua perda — disse ele, e ela podia dizer que ele não estava falando apenas para fazê-la se sentir melhor. — Entendo que, por mais que aquele companheiro usasse cinza, ele estava do nosso lado e ajudou minha esposa a chegar aqui a salvo. Eu devo muito a ele apenas por isso. Mas temos muitos homens neste navio, além da família deles. Prometi que os levaria embora e, se eu parar para procurar por ele, eu estaria quebrando minha promessa. Você entende?

Ela mesma tinha dito para Malcolm que havia coisas mais importantes do que os dois. Tinha sido muito mais fácil falar do que colocar em prática.

Elle assentiu abruptamente, embora as palavras dele a partissem no meio. Ele imitou o movimento dela.

— Agora, talvez... — Robert começou, mas balançou a cabeça. — Deixe para lá. Apenas descanse e tente ser forte, tudo bem?

Ele se levantou e, quando se virou, abraçou Mary com força. Elle sabia o que ele estava pensando.

Graças a Deus não foi você que caiu.

Elle fechou os olhos para não ver o casal, mas isso não impediu as lágrimas quentes. Ela não podia compreender que Malcolm tinha partido. Que nunca mais ouviria a voz dele, riria das suas bobagens ou queimaria ao seu toque. O luto se instalou em seu peito e se aconchegou ali. Uma citação de Dickens surgiu em sua mente, terrível por sua previsão do futuro: "O coração partido. Você acha que vai morrer, mas apenas continua vivendo, dia após dia após terrível dia".

Tudo ficou relativamente silencioso por um tempo. Elle não tinha certeza se estava processando o tempo do jeito correto, se horas tinham se passado ou minutos. O navio ficou mais lento em certo momento e houve barulhos de movimentação mais abaixo do convés, mas Elle não podia fazer nada além de apertar os lábios e fechar os olhos. Provavelmente significava que estavam chegando no último ponto. Robert faria o sinal e, com sorte, eles ou teriam liberdade ou seriam afundados. Ela sabia que devia se importar mais com o desfecho da jornada, mas não tinha forças. Ouviu o barulho de passos suaves, e então Mary estava ao seu lado de novo, embrulhando-a em mais uma camisa quente.

— Ela está dormindo? — perguntou ela.

Elle sentiu Althea assentindo com a cabeça.

— Senhor, que noite! Está tudo nas mãos de Deus agora — disse Mary, pouco antes do barulho de canhões explodir sobre o rio.

— Eles estão nos atacando! Vão para baixo do convés, com as outras mulheres e crianças! — gritou um dos homens.

Foi então que Elle percebeu que Althea estava tremendo de frio e que as duas mulheres só estavam ali por causa dela.

Ela se mexeu e lentamente se colocou de pé.

— Vocês o ouviram — disse ela, sem intenção de as seguir. — Vão, as duas.

— Tantinho...

— Mary, não posso perder mais ninguém esta noite, por favor, vão.

Um dos homens empurrou Mary e Althea para longe.

O barco estava indo a toda velocidade, investindo contra o bloqueio com a bandeira branca içada. Ela queria ver isso, precisa ver o que Malcolm não podia.

Havia movimento no navio de guerra da União, os homens se preparando para atacar à medida que um navio da Confederação se aproximava.

Por favor, faça com que eles acreditem em nós, implorou ela. *Depois de levar Malcolm, pelo menos me dê isso!*

As feições dos soldados apareceram à vista, rostos pálidos sobre o azul da União. Eles miraram, mas não atiraram.

Robert passou por ela e foi até a proa, sua voz grossa vibrando:

— Meu nome é Robert Grand, e eu conquistei este navio confederado e sua carga de munição para a União. Eu e outros negros deste navio declaramos nossa liberdade. Nós viemos não como refugiados, mas como soldados: queremos lutar para fazer a União perseverar e para conquistar nossa liberdade. Por favor, avisem seu capitão e o chamem para conversar comigo imediatamente.

Aqueles soldados da União pareciam chocados ao ver um homem negro navegar até eles com um navio roubado e gritar ordens, mas eles não eram imunes ao tom de comando de sua voz.

— Nós também temos informações confidenciais que precisam ser passadas ao presidente Lincoln imediatamente — gritou Elle com a voz rouca.

Ela se colocou de pé e parou ao lado de Robert. Ela ainda tinha um trabalho para fazer, maldição. A Confederação não esperaria que a dor em seu coração passasse.

Robert se virou para olhá-la, um sorriso peculiar em seu rosto.

— E precisamos de um médico o mais rápido possível — gritou ele. — Temos um agente ferido do governo da União a bordo.

A cabeça de Elle se virou bruscamente na direção dele.

— Eu conheço este rio e conheço estas correntezas — disse Robert com simplicidade. — Eu sabia para onde um corpo iria, entre todos os lugares... Eu quase mencionei quando falei com você, mas não queria dar falsas esperanças. Então nós passamos por onde ele deveria estar, e não vi nada. Ele não estava lá.

— Por que está me dizendo isso? — perguntou Elle, lutando contra a esperança que surgia em seu peito.

Não, ela não permitiria. Ela não podia permitir tal emoção, mas o sorriso de Robert estava cada vez maior.

— Quando roubamos este navio, nós não tivemos exatamente muito tempo para soltar todas as âncoras, e vários postes de madeira foram arrancados do cais. Eles se arrastaram atrás de nós, mas não criaram muita tração, então os deixamos. Logo que passamos pelo último navio de guarda, eu o vi flutuando ao lado do navio. Não sei se ele se enroscou na corda ou foi erguido pela Providência, mas lá estava ele. Alguns homens o pescaram, pensando que estivesse morto, mas ele é feito de algo mais forte do que isso. Parece que ele decidiu que há algo pelo que vale viver, e duvido que seja a União.

Elle não disse nada. Ela soube o que era ser muda de verdade naquele momento. Todas suas faculdades a deixaram, menos a coordenação rudimentar que a permitia colocar um pé à frente do outro. Ela se virou e desceu.

O homem que atirara em Malcolm sorriu e apontou para a cabine e, quando ela entrou, outro homem estava limpando a ferida causada pelo tiro no ombro de Malcolm. Ele fora enfaixado e agora estava deitado, tremendo, sob uma pilha de cobertores e sobrecasacas.

— Ele está acordado agora, depois de forçarmos um pouco de uísque de péssima qualidade por sua garganta. A bala passou direto — disse o homem com a voz rouca. — Acho que o médico pode dizer se ele vai viver ou morrer, mas sinto que esse companheiro não é do tipo que desiste sem lutar.

Ele rasgou uma tira da camisa de linho e pressionou para estancar o sangue.

— Quer segurar isso? Vou falar com o capitão Grand — disse ele, levantando-se do banquinho.

Elle assentiu e se apressou em substituí-lo. Seus dedos tremiam ao segurar o tecido, mas ela o pressionou o mais forte que podia.

Os olhos azul-prateados de Malcolm encontraram os dela, surpreendentemente grandes em seu rosto pálido e cansado.

— E-eu p-prometi que não te abandonaria — disse ele, batendo os dentes.

Elle ergueu a mão até o cabelo molhado dele, um milhão de sentimentos revoltosos lutando pelo poder.

— Eu me lembro — disse ela suavemente. — Fico feliz em saber que você leva suas promessas a sério desse jeito.

Lágrimas quentes escorreram pelo rosto dela naquele momento, e o gelo que havia envolvido seu coração começou a derreter.

Malcolm riu de um jeito ofegante e o som quase acabou com a pouca compostura que Elle ainda tinha.

— Então, se eu disser que planejo amá-la e honrá-la para sempre, não importam as dificuldades, você finalmente acreditaria em mim?

Malcolm estava ficando embaçado, porque as lágrimas não paravam de cair.

— Acreditaria — respondeu ela.

— Acha que o capitão nos casaria? — perguntou ele, sonolento. — A lei não vai aceitar, mas o marido de Mary pode santificar nossa união.

Elle desejou que o médico chegasse. O coração dela estava quase explodindo, mas não ficaria calma até que ele fosse atendido.

— Você perdeu muito sangue e esteve na água congelante por um longo tempo — disse ela. — Essa conversa pode esperar.

Malcolm levantou uma sobrancelha, e Elle percebeu quanto ele estava pálido.

— O frio aumenta a sabedoria do homem — disse ele. — Eu quero casar e ter criancinhas, e eu poderei correr atrás de você pela cozinha enquanto prepara o jantar.

Elle transbordou de calor.

— Você deve estar delirando. Quem disse que vou ser eu que vai cozinhar? — perguntou ela maliciosamente.

Naquele momento, um homem usando o uniforme azul da União colocou a cabeça pela porta, seus olhos se arregalando com a cena diante dele.

— Eu sou o médico. Posso continuar daqui, garota — disse ele de modo tenso ao entrar.

Ele olhou para a calça dela e para o cabelo desgrenhado com uma careta.

— Esposa — interrompeu Malcolm. — Ela é minha esposa e vai ficar.

As palavras a encheram com um calor que era mais do que gratidão por ouvir a voz de Malcolm.

O médico pareceu ainda mais perplexo, mas Elle saiu de seu caminho, e ele começou a examinar sem mais discussão. Ela segurou a mão de Malcolm enquanto ele levava pontos, estremecendo por ele quando o médico cutucou suas costelas e limpou as contusões.

— Bem, você se machucou feio, mas vai viver — disse ele ao se levantar e pegar a maleta.

As palavras do médico, superficiais como eram, ficaram marcadas na mente dela, sua mais nova e mais adorada lembrança. Elle olhou para Malcolm. Os olhos dele estavam vermelhos pela última das muitas mortes da qual ele escapara naquela noite, mas para ela eram lindos.

— Malcolm, se quer que eu me case com você, preciso insistir que você pare de ser capturado por vândalos, levar tiros e quase se afogar.

— Não sou muito bom em frações, mas tenho certeza de que foi mais do que "quase", srta. Elle. — Ele levantou a cabeça para beijar a mão dela, que estava apoiada em seu peito. — Vou tentar manter as coisas simples, mas você sabe bem como eu gosto de um drama.

— Aparentemente todas as coisas boas vêm com um preço — disse ela.

O som de botas marchando ecoou no corredor estreito do navio, se aproximando da cabine logo antes de Robert e dois outros homens entrarem.

— E aqui estão os agentes da União que falei — disse ele, apontando para os dois como se não fosse nada estranho Elle estar quase sentada em Malcolm. — Tenho certeza de que a informação que eles têm é importante, então vou deixá-los.

Dois jovens soldados da União entraram na pequena cabine quando Robert se virou para ir embora.

— Espere! — Malcolm se forçou a ficar sobre os cotovelos. — Capitão, você pode nos dar a honra de nos casar antes de ir?

O coração de Elle bateu acelerado no peito, e ela soltou a mão dele.

— Você quer que nos casemos *agora*? — perguntou ela. — Você nem está usando calça, pelo amor de Deus.

— Bem, sim — respondeu ele, com aquele seu sorriso travesso. — Espero nunca mais estar tão acabado, então é melhor fazer uso da pena que está sentindo de mim agora antes que volte a apenas me tolerar.

Elle revirou os olhos.

Robert os olhou com um sorriso surpreendentemente amigável.

— Não tenho certeza se tenho poder para ser reconhecido em outro lugar que não este navio, mas se estes homens estiverem dispostos a esperar...

Os dois homens da União assentiram, suas expressões presas entre divertimento e confusão.

Robert se aproximou e voltou ao seu papel de capitão. Ele olhou para os dois com muita seriedade e por um tempo tão longo que Elle quase tremeu.

— Vocês dois estão casados.

Malcolm olhou para Elle, depois para Robert.

— É isso?

— Sim. Não parece diferente, não é? Isso vem com o tempo — explicou ele. — Ah! Esqueci de uma coisa. Beije a noiva.

Com essa proclamação, Malcolm esticou a mão trêmula para Elle. Ela o encontrou no meio do caminho e se inclinou para um beijo. Foi sem forças, e ele cheirava a rio e uísque, mas foi o melhor beijo que Elle já recebera.

— Queria poder oferecer algo melhor a você — disse ele, e Elle o empurrou gentilmente.

— Se existe algo no mundo melhor do que um detetive escocês irritante e charmoso demais para seu próprio bem, eu não encontrei — afirmou ela, e ficou feliz ao ver um pouco de cor subir às bochechas pálidas de Malcolm.

A tossida constrangida de um dos homens da União os lembrou que não estavam sozinhos. Elle olhou para os soldados, e depois se levantou da cama para apertar a mão dos homens antes que pudessem se recuperar da estranha cena.

Robert se afastou para supervisionar a entrega do navio, e os homens se sentaram em banquinhos, os olhos presos em Elle, que começou:

— Deixem-me contar uma pequena história sobre um grande navio...

Epílogo

Abril, 1862

— E foi assim que ele convenceu todas as mulheres do meu grupo de tricô a lhe dar doces e acabou doente que nem um cachorro. Mal sabia eu que um dia as tramoias dele seriam usadas em prol do nosso país.

A mãe de Malcolm se sentava em frente a Elle na sala acolhedora e aconchegante de sua extensa casa em Kentucky. A lareira crepitava com o calor e, pela primeira vez desde que chegara, Elle se sentiu completamente confortável.

A sra. McCall não escondera sua surpresa quando Malcolm apareceu na sua porta, machucado e pálido, apresentando uma mulher negra como sua nova nora. Houve vários encontros estranhos, apesar da mente normalmente aberta da mulher. As coisas não eram perfeitas, mas o fato de a mãe dele estar tentando significava muito para Elle. A mulher robusta com cabelo ruivo pálido parecia genuinamente gostar dela, depois de uma resistência inicial, e Elle estava contente por poder dizer o mesmo.

A irmã dele, Donella, com olhos verdes, um impactante cabelo loiro e traços que não pareciam combinar com os de ninguém da família, parecia mais distante, mas Elle sentia que ela mudaria de opinião em algum momento. Ela disse a si mesma que não se importava se a jovem não o fizesse, mas aquilo era uma mentira. A realidade era que se importava, ainda esperava que os irmãos de Malcolm um dia a tratassem como parte da família. Ewan estava longe, cuidando de negócios da União, mas deveria retornar do front nos próximos dias.

— Elle está bem familiarizada com meu hábito de implorar por doces, mãe — disse Malcolm, entrando na sala.

O tom divertido dele esquentou a alma dela. Várias semanas tinham se passado desde seu ferimento e, embora seu braço ainda estivesse fraco, ele tinha ganhado peso e se recuperado da febre. Um resfriado terrível o acometera depois de passar um tempo no congelante rio James, mas Malcolm sobrevivera, provando mais uma vez que ele ficaria ao lado dela por um bom tempo

— Eca, não quero saber sobre sua relação conjugal, Malcolm McCall — disse sua mãe com o sotaque forte, fingindo estar escandalizada, e Elle sentiu suas bochechas queimarem.

Malcolm não estava brincando quando disse que seu pai gostava de uma mulher com língua afiada.

— Estava me referindo à torta de noz-pecã, mãe. E é Malcolm *Burns*, se não se importar — provocou ele, seu sotaque escocês muito mais intenso na presença da mãe.

O nome McCall era inútil depois da revelação de Rufus de que ele era um traidor, então ele decidira usar o sobrenome de Elle como seu no âmbito profissional.

— Seu pai deve estar revirando no caixão. Se não estiver, deveria estar, me deixando com um filho que se afasta do próprio sobrenome.

Elle ficou sentada em silêncio, deixando seus apontamentos espertinhos para outro momento. Naquele instante, ela estava adorando observar tranquilamente a dinâmica de sua nova família. Depois de Malcolm se recuperar completamente, eles viajariam para o Norte para conhecer os pais dela, que também encontravam-se menos do que contentes com sua escolha de marido. Mas, mesmo assim, eles estavam ansiosos para conhecer o homem que cativara o coração de sua filha e ajudara a garantir a liberdade de Daniel.

E Daniel *estava* livre. LaValle escrevera para ela para avisar que ele fora entregue aos cuidados da Liga da Lealdade depois de ser resgatado. Daniel não respondera a nenhuma das cartas de Elle. Machucava, mas ela imaginava que ele havia mudado muito depois do que vivenciou. Ela esperava que um dia pudessem ser grandes amigos de novo. Esperava o mesmo entre o Norte e o Sul e, se isso fosse possível depois da guerra sangrenta que recaía sobre a nação, seria possível para eles também.

Depois de visitar os pais de Elle, eles voltariam à ação, e tinham recebido permissão para trabalhar em equipe.

Enquanto assistia a Malcolm e à mãe dele trocando gracejos, as mãos se mexendo expressivamente e os olhos carregados de amor, Elle agradeceu silenciosamente a qualquer ser superior que havia lhe concedido seu talento. Enquanto crescia, aquilo havia a isolado, destacando-a como alguém para encarar e não para cuidar. Ela tinha guardiões no lugar de professores, aliados em vez de amigos. Mas, no fim, seu talento a levara até Malcolm, e juntos eles tinham ajudado a prevenir a queda da União.

Ao traçarem o caminho para a casa da mãe de Malcolm, eles pararam brevemente na capital para contar tudo ao sr. Allan Pinkerton. Ele não havia lido a carta anterior deles, ocupado ajeitando a primeira linha segura de telégrafo da Casa Branca. Depois de ouvir as novidades, Pinkerton imediatamente entregou a informação ao presidente Lincoln e organizou seus detetives para agir.

Enquanto Malcolm convalescia, o Sul lançou seu couraçado, destruindo o bloqueio da União e mandando dezenas de homens desafortunados a um túmulo aquático. Mas, depois da informação dos dois, a União se certificara de acelerar a confecção de seu novo couraçado, e o navegaram do Batalhão Naval do Brooklyn para enfrentar seu equivalente sulista. Os dois navios estavam incompletos e desajeitados, mas, quando a notícia da batalha finalmente chegou até Malcolm e Elle, a novidade era boa: o couraçado do Sul descansava no fundo do oceano e o bloqueio se mantinha forte.

A porta da casa se abriu abruptamente, e Donella entrou depressa, com o rosto ruborizado e a respiração descompassada.

— Don, quantas vezes eu disse para você não sair com essa calça? — repreendeu a sra. McCall. — Essa garota vai ser a minha morte...

— O que foi, Donella? — perguntou Elle, percebendo a angústia no rosto da jovem. Ela se levantou de seu assento confortável. — O que aconteceu?

— É o Ewan — disse ela, segurando uma carta amassada.

Elle pegou o papel e se surpreendeu quando a garota a enlaçou com os braços, como se não suportasse ficar de pé sem apoio por mais tempo.

— *Meus queridos McCall...* — Elle leu em voz alta, então desejou não ter começado.

"Sei que prometi uma visita em breve para conhecer a esposa de Malcolm e para ter certeza de que Donella não roubou todas as minhas roupas, mas temo que minha licença tenha sido adiada indefinidamente. Eu tive o desfortúnio de ter sido capturado por bárbaros secessionistas, e no momento estou em uma de suas prisões. Embora não seja uma das acomodações mais luxuosas que alguém pode querer, não é tão ruim, apesar de a biblioteca deixar muito a desejar. Por favor, não se preocupem comigo. Estou sendo alimentado e não estou doente. Vocês me conhecem: vou encontrar um jeito de ser útil por aqui. Espero me reunir com todos vocês muito em breve. Enquanto isso, me mantenham em seus pensamentos, mas saibam que estou bem.

Com amor, Ewan"

— Não! — gritou a sra. McCall raivosamente, lágrimas caindo de seus olhos. — Não, não o Ewan. Eu falei para ele não se alistar, falei que ele não era feito para essa guerra, mas ele é tão cabeça-dura quanto vocês!

Donella se soltou de Elle e se jogou no colo da mãe.

— Malcolm?

Elle estava preocupada com todos, mas especialmente com ele. A dor dele era a dela, e estava expressa em cada linha de seu rosto quando ele se aproximou e a abraçou apertado.

— Ele diz para não nos preocuparmos — disse ele com a voz mais grossa, passando a mão pelo cabelo dela sem pensar. — Quando tinha mais ou menos 12 anos, ele caiu de uma árvore enquanto brincava com um grupo de garotos. Ele se comportou de um jeito estranho depois, mas convenceu a todos nós de que estava bem. Só percebemos dois dias depois que ele tinha quebrado o braço.

— Como? — perguntou ela, se afastando para ver o rosto de Malcolm. — Não estava doendo?

— Ele estava com muita dor — respondeu Malcolm. — Mas ele nunca quis ser motivo de preocupação. Nem mesmo naquela época, quando precisava tanto de ajuda.

O estômago de Elle se contorceu.

— Nós iremos até ele — disse ela. — Nós vamos encontrar um jeito de libertá-lo.

— Perceba que ele não disse *onde* está preso — pontuou Malcolm. — Isso não foi um descuido. Maldição, Ewan!

Malcolm abraçou-a forte, e Elle fez a única coisa que podia: abraçou-o de volta. A sala que parecera acolhedora e convidativa antes agora estava sombria, os únicos barulhos sendo o fogo queimando e o choro abafado das mulheres McCall.

— Sinto muito — sussurrou Elle.

— Eu também — respondeu ele em voz baixa. — Mas não sou o único McCall habilidoso. Se tem algum jeito de sair daquele lugar, Ewan vai descobrir.

Eles dividiram um jantar austero depois disso, e Malcolm estava incomumente quieto quando ela se juntou a ele na cama.

— Você acha que as coisas vão um dia se ajeitar? — perguntou ele. — Toda essa devastação, todas essas perdas?

Ela se virou para ele sob o cobertor quente.

— Eu não sei — respondeu. — Quero dizer que sim, mas não consigo prever o futuro. A única coisa que sei com certeza é que eu te amo e acho que sempre amarei.

Malcolm se mexeu na escuridão e o calor de seus lábios pressionou a testa dela.

— Não vai procurar nesse seu cérebro por uma citação apropriada? — perguntou ele.

Elle se pressionou contra as mãos dele, que alisavam seu corpo, o carinho lascivo avisando que o resto da noite seria destinado a fazer amor, de novo e de novo.

— Eu o fiz — respondeu ela, irritada. — Ninguém nunca escreveu nada que capturasse como me sinto por você. Minhas reles palavras vão ter que servir.

— Reles? — inqueriu ele, balançando a cabeça. — Perfeito. Eu também te amo.

Pensamentos sobre o mundo e suas dificuldades foram embora à medida que os lábios dele roçavam nos dela e ela pressionava os dedos nos ombros de Malcolm. Eles estavam juntos, o que significava que podiam suportar tudo o que estava por vir.

Agradecimentos

Primeiro, queria agradecer a Esi Sogah, Michelle Forte e à equipe inteira de Kensington por acreditar neste livro e, tão importante quanto, por sempre me deixar saber disso. Trabalhar com todos vocês é incrivelmente gratificante!

Também gostaria de agradecer a Victoria Adams por amar tanto Malcolm e Elle e por inspirar certo capítulo deste livro (você sabe qual).

À minha maravilhosa, incansável e incrível agente, Courtney Miller-Callahan, por sempre saber o que dizer, por ser uma parceira no amor por GIFs e por simplesmente ser um ser humano impressionante para caramba.

A Katana, Derek e Krista: meu grupo de escritores do Brooklyn e o melhor grupo de críticas que já encontrei.

Às minhas aves de rapina, por sempre me incentivarem com suas gentis, ainda que muito afiadas, garras. Vocês me completam, como os vários genes animais em fitas de DNA de dinossauros modificados geneticamente.

Ao meu marido, Nicolas: *je t'aime, même quand je suis trop occupé pour faire le lessive. Pleins de bisous!*

A Beverly Jenkins, por abrir o caminho para escritoras como eu e por representar incansavelmente pessoas não brancas nos romances de época — e na história dos Estados Unidos.

Finalmente, agradeço a Ta-Nehisi e Golden Horde/Black Republicans, por criarem um espaço no qual eu pude me esgueirar e me tornar uma autora de romance de época.

Nota da autora

Não era para eu ter escrito este livro. Quando decidi levar minha escrita a sério, resolvi que, embora eu amasse ler romances de época, era melhor me manter longe disso. Acabariam sendo muitos sentimentos para desemaranhar, muita injustiça para resolver até um final feliz, levando em conta o tipo de heróis e heroínas que gosto de escrever. Por fim, quando aprendi mais sobre a história que nunca me foi ensinada na sala de aula — para além das histórias simplificadas sobre George Washington Carver amar amendoins e Rosa Parks estar cansada —, percebi que era importante que mais gente escrevesse sobre as experiências de pessoas não brancas e marginalizadas em ambientações históricas, e que eu gostaria de ser uma delas. Mas eu nunca escreveria sobre AQUILO.

Quero dizer, a Guerra Civil. Ainda é uma ferida aberta nos Estados Unidos — será que já é história quando seus efeitos ainda reverberam sob a superfície da vida nesse país? Muito carregado. Muito difícil. Muito desgastante.

Mas, ao que parece, quando decido que algo é proibido para mim, essa coisa está destinada a acontecer. (Eu também disse para mim mesma que não estava interessada em namorar com homens franceses, então você pode imaginar qual é a nacionalidade do meu marido.) Quanto mais eu aprendia sobre a história dos Estados Unidos, mais eu via como era um cenário tão interessante e épico quanto o dos duques e viscondes regenciais pelos quais leitores de romance suspiram. Eu também vi a possibilidade de estender a trama sobre a Guerra Civil para além do "irmão lutando contra irmão" e "encantadoras beldades do Sul", duas categorias que convenientemente deixavam de fora toda uma parcela do povo, no geral, aquela de cor mais escura.

Muitas coisas alimentaram a ideia que formou este livro, mas primeiro e mais importante foi o blog do Ta-Nehisi Coate, *The Atlantic*, onde ele discutira a Guerra Civil e sua relação com a sociedade estadunidense em uma série de publicações que durou do fim de 2008 até 2014. As publicações do blog, assim como as contribuições dos comentaristas que viriam a ser conhecidos como *The Horde*, influenciaram profundamente minha decisão de escrever um romance de época e de escrever sobre a Guerra Civil em específico.

Muitos dos personagens neste livro são baseados, em parte, em figuras históricas da vida real. Elle é baseada em Mary Bowser, uma antiga escravizada com uma memória eidética que foi posicionada na Casa Branca de Jefferson Davis para coletar informações para a União. Malcolm é baseado em Timothy Webster, um dos melhores detetives de Pinkerton durante a guerra. O marido de Mary, Robert Grand, é baseado em Robert Smalls, um escravizado que era um marinheiro de rio incrível e usava isso a seu favor. Depois de roubar um navio de guerra e códigos dos confederados, ele teve uma carreira ilustre, a qual com sorte irei compartilhar com vocês mais tarde nesta série de livros.

BIBLIOGRAFIA

Seguem aqui as obras usadas na pesquisa para este livro:

BROCK, Sallie A. *Richmond during the War* [*Richmond durante a Guerra*]. Nova York: G. W. Carleton & Co., 1867.

DOUGLASS, Frederick. *Narrative of the Life of Frederick Douglass* [*A história de vida de Frederick Douglass*]. Boston: The Anti Slavery Office, 1845.

JORDAN, Robert Paul. *The Civil War* [*A Guerra Civil*]. Washington, D.C.: National Geographic Society, 1969.

LAUSE, Mark A. *A Secret Society History of the Civil War* [*Uma história da Sociedade Secreta sobre a Guerra Civil*]. Champaign, IL: University of Illinois Press, 2011.

McPHERSON, James M. *Battle Cry of Freedom* [*Brado pela Liberdade*]. Nova York: Oxford University Press, 2003.

PINKERTON, Allan. *The Spy of the Rebellion: being a true history of the spy system of the United States Army during the late rebellion, revealing many secrets of the war hitherto not made public* [*O espião da rebelião: uma história verdadeira sobre o sistema de espionagem do Exército americano durante a última rebelião, revelando vários segredos da guerra que ainda não vieram a público*]. Nova York: G. W. Carleton & Co., 1883.

PRATT, Fletcher. *The Civil War in Pictures* [*A Guerra Civil em imagens*]. Garden City, NY: Garden City Books, 1955.

VAN DOREN STERN, Philip. *Secret Missions of the Civil War* [*Missões secretas da Guerra Civil*]. Westport, CT: Praeger, 1959.

Este livro foi impresso pela Lis Gráfica, em 2021,
para a Harlequin. O papel do miolo é pólen
soft 80g/m², e o da capa é cartão 250g/m².